马克思与物联网分享时代

中国文论的自主创新

刘方喜　著

河北大学出版社
·保定·

出 版 人：朱文富
责任编辑：杨显硕 韩立霞
装帧设计：赵 谦
责任校对：冯喆圆
责任印制：靳云飞

图书在版编目（CIP）数据

马克思与物联网分享时代：中国文论的自主创新 / 刘方喜著．-- 保定：河北大学出版社，2020.5
ISBN 978-7-5666-1656-2

Ⅰ．①马… Ⅱ．①刘… Ⅲ．①中国文学－文学理论－研究 Ⅳ．① I206

中国版本图书馆 CIP 数据核字（2020）第 057352 号

出版发行：河北大学出版社
地址：河北省保定市七一东路2666号 邮编：071000
电话：0312-5073003 0312-5073029
网址：www.hbdxcbs.com
邮箱：hbdxcbs818@163.com
印 刷：保定市北方胶印有限公司
幅面尺寸：170 mm × 240 mm
字 数：210千字
印 张：11.75
版 次：2020年5月第1版
2020年5月第1次印刷
书 号：ISBN 978-7-5666-1656-2
定 价：45.00 元

前　　言

本书是国内将物联网与中国文论相结合进行研究的首部专著，它以当今物联网革命所锻造出的新型生产方式为新的实践基础，以马克思相关思想为理论基础，将两者充分有机结合在一起，在新的时代语境下，探讨中国文论自主综合创新之路。

2016年由西方学者克里斯蒂安·福克斯（Christian Fuchs）和文森特·莫斯可（Vincent Mosco）编辑的《数字资本主义时代的马克思》一书引言的标题是《马克思归来》。现在看来，用“数字技术”描述我们这个极速发展的时代稍显宽泛，早期的数字技术还主要应用于信息传播，而当今依然建立在数字技术基础上的“物联网”则还关乎物质生产方式的变革，已经大大超越了早期的信息传播媒介范式，较之“数字时代”，用“物联网时代”来描述我们这个时代似乎更为精准。如果说数字时代马克思开始归来的话，那么，在新的物联网时代马克思离我们更近了。在早期的计算机数字技术的发展上，我们落后于西方，而在当今物联网技术的发展与应用上，我们基本上与西方同步。因此，总体来说，中国不再是当下全球“物联网时代”简单的跟随者，而也是其开启者之一——这是当今中国文论自主创新坚实的实践基础。另一方面，马克思相关思想早已融入中国现当代文论之中而成为其有机组成部分，因此，中国当下物联网发展新实践与马克思思想有机结合，以新时代新实践激活马克思思想潜能，以马克思思想观照、探析新时代新实践，同时吸收中华优秀传统文化相关资源，乃是当今中国文论自主创新的重要路径之一。

1995年，比尔·盖茨的《未来之路》提出与物联网相近的理念；1999年，美国麻省理工学院自动识别技术中心开始使用“物联网”这一概念，并于2001年发表的文章中公开使用这一概念；2005年，国际电信联盟正式提出“物联网”概念[①]。较晚于技术性研究，全球对物联网及其社会影响的研究，大致于2010年前后才开始。

近几年，笔者开始对物联网及其社会影响展开研究并取得较多成果，截至2018年发表物联网研究论文13篇，在国内哲学社会科学界相关研究中位居第4位。

美国学者杰里米·里夫金认为，物联网正在全球范围内引发一场静悄悄的革命，这是一场技术革命，也被认为正在引发新的工业革命。而马克思对第一次工业革命及其社会影响作了非常卓越的研究：“机械发明”引起“生产方式上的改变”，并且由此引起生产关系上的改变，因而引起社会关系上的改变，“并且归根到底”引起“工人的生活方式上”的改变[②]——这种基本思路依然适用于对当今物联网革命的分析：当今物联网也正在引发人类物质生产方式的重大改变，进而也引发人类生活方式的改变，对全球社会文化生活产生巨大影响。

在社会实践方式上，物联网革命是当今中国大发展的重要世界背景，发展物联网与分享经济等已被写进国家战略（“十三五”规划等），推动“互联网＋”“智能制造”“大众创业，万众创新”等已成为我们的战略选择——这为包括文论在内的中国哲学社会科学自主创新提供了坚实的实践基础。

在社会价值原则上，物联网革命使“分享（共享）”作为一种社会价值理念日益凸显出来，一个新的“物联网分享时代”已经来临。马克思对“分享”理念有非常精深的研究；中共十八届五中全会提出的“共享是中国特色社会主义的本质要求”命题，是21世纪马克思主义的重要理论创获，习近平在五大发展新理念的整体框架中系统阐述了“共享发展”新理念；同时，中华优秀传统文化中也存在不少关于“分享（共享）”的思想资源——这些思想资源为包括文论在内的

---

① ［德］乌珂曼等编著，《物联网架构——物联网技术与社会影响》，别荣芳等译，北京：科学出版社2013年版，第2页。

② 《马克思恩格斯全集》第47卷，北京：人民出版社1979年版，第501页。本书的分析建立在对马克思大量原始文献梳理的基础上，考虑到《马克思恩格斯全集》中文第二版至今尚未出齐，为使引用原始文献出处统一，本书凡引用马克思、恩格斯语，均据中文一版50卷《马克思恩格斯全集》，特此说明。

中国哲学社会科学在物联网时代的自主创新提供了坚实的理论基础和价值制高点。

笔者对“分享（共享）”理念一直有持续的关注和研究并取得较多研究成果：2009年，笔者《“汉语文化共享体”与中国新诗论争》由山东教育出版社出版；2012年，笔者论文《让劳动者分享剩余价值：“剩余价值流转”中的城市文化转型》在《探索与争鸣》第12期发表，对马克思“分享”理论作了初步梳理和阐释；2014年，笔者论文《市场框架下的社会主义“分享”价值原则——基于文化战略学的考量》在《探索与争鸣》第10期发表，对中国化马克思主义最新理论成果中的“分享”理念作了初步探讨；2016年始，笔者在《毛泽东邓小平理论研究》等学术刊物发表系列论文，结合马克思“分享”理论和习近平“共享发展”理念等，从社会价值论、社会形态论等角度，对物联网革命的社会影响，作了较为系统、深入的探讨，并提炼出“分享主义”这一标识性的概念，在学术界产生较大影响。

笔者在《当“分享”成为“主义”：物联网开启新时代》一文[①]中根据里夫金《零边际成本社会：一个物联网、合作共赢的新经济时代》[②]（以下简称《零边际成本社会》）一书相关论述，把支撑物联网革命的价值原则提炼、概括为“分享主义”这一标识性概念——陈宪《分享经济能够颠覆资本主义吗？——兼评里夫金〈零边际成本社会〉》一文[③]对此提出质疑，强调物联网“分享经济”只是处置“闲置”资源“利用技术变革形成商业模式”，对其将导致资本主义必然灭亡表示怀疑——分歧或许在于对物联网分享经济是作狭义的还是广义的理解：西方这方面的主流观点，确实只是狭义的理解，将其仅仅作为资本主义自我修复、再造或再定义的新“商业模式”来讨论——这种研究路数当然也非常重要；而里夫金的独特性恰恰在于广义的理解，从物联网生产方式中发现了颠覆传统资本主义的力量，并且是在三次工业革命的历史脉络中展开相关探讨的——笔者更倾向于这种研究路数：如果仅仅在狭义上把物联网分享经济视为一种新的商

---

① 《读书》2016年第1期。

② Jeremy Rifkin：*The Zero Marginal Cost Society*：*The Internet of Things*, *the Collaborative Commons*, *and the Eclipse of Capitalism*, First published in 2014 by PALGRAVE MACMILAN in the U.S.

③ 《文汇报》2016年4月1日第2版。

业模式的话，那么，它就仅仅只是一种关乎经济发展的战术性助推器；而如果在广义上将其视为代表当今新工业革命的一种新的先进的“生产方式”的话，那么，它就同时也是关乎经济社会整体发展的战略性助推器，而其引发的是关乎人类社会整体发展的“分享主义”的价值原则革命。更为重要的是，所谓“分享（共享）经济”作为一种商业模式，在作为一种“风口”热闹了一阵子之后，也出现了很多乱象，如共享单车、网约车等，并且这种商业模式始于“分享”，现在却越来越走向“垄断”或“反分享”——这表明“资本”的“反分享”本性还没有被彻底改变，但是，在资本框架下的“分享经济”模式走向“分享”的反面，绝不意味着由物联网等新技术所开启的“分享主义”价值原则的发展就会被彻底阻断，物联网等新技术不断释放出的巨大生产力、不断创造出的巨量社会财富，乃是“分享主义”价值原则不断发展的强大的现实的物质的推动力，在“分享”与“反分享”的拉锯战中，基于“反分享”价值原则的资本终将退出历史舞台。

社交平台技术，乃是物联网的重要技术之一，它与移动互联网技术、智能手机等结合在一起，也对文艺、文化的生产、传播、消费等全流程或全生态产生了革命性的影响。在微信等相关社交平台技术及平台上的文艺、文化新实践的发展上，中国不落后于西方，这为物联网分享时代中国文论自主创新提供了坚实的文艺实践基础。

本书拟在以上研究成果和理论思路的基础上，对物联网革命对文艺、文化的影响作较为系统的考察，提炼出“审美分享主义”这一标识性概念，对物联网时代中国文论自主创新体系作初步探讨。

本书第一章，首先在全球化语境中，在马克思主义跌宕起伏的当代命运中，揭示物联网如何引发当代人类物质生产方式的新革命，引发“分享主义”社会价值革命。世界呼唤“马克思归来”，马克思主义迎来新的伟大复兴。第二章回到中国改革开放40年、新中国成立70年的历史进程中，分析中国当代文论的历史成就和不足，揭示继文艺与政治关系、文艺与经济关系这两大问题域之后，物联网、人工智能等新技术如何开启文艺与技术关系这一新的问题域，整合这三大问题域，中国文论自主创新迎来重大机遇。在1980年代的“语言转向”或所谓“向内转”中，文论研究者只关注对文艺所谓的内部规律的内部研究，忽视文艺发展所谓外部的社会影响，对马克思主义文论的历史唯物主义向度有所偏离；在1990年代的“文化转向”中，文论界开始重新关注文艺的外部社会影响，但对历史唯物主义的偏离并未得到彻底改观，比如文论界所热衷研究的西方马克思主义文论，对当代资本主义有激烈的批判，但总体上不正面谈共产主义，跟着西方文化研究走的中国文论界也避而不谈——这两次转向的总体不足是自主创新意识不强。笔者这几年研读西方有关物联网、人工智能等新技术社会影响的著作发现，其中许多西方学者会提到“马克思”“共产主义”等，这初步昭示着在当今物联网分享时代“马克思归来”的新状况和新趋势，而提升中国文论的自主创新意识，推动中国文论的自主创新，立足中国物联网发展当代新实践，重回马克思的共产主义哲学等，非常必要。

马克思哲学思想的最终归结点是“共产主义”，这首先关乎“社会形态论”，每个人的自由发展是一切人的自由发展的条件的自由人联合体，是对共产主义社会形态重要经典描述之一；这种社会形态论又是与“社会价值论”紧密结合在一起的，其中各尽所能、按需分配是对共产主义社会价值原则的经典描述，可以说按需分配乃是最高程度的普遍分享（共享），而这构成了共产主义社会形态的价值基础；自由人联合体社会形态、按需分配社会价值原则的实现，又以高度发达的生产力为物质基础，从主体角度看，就是以每个人高度的“生产性”为基础，马克思用全面发展的个人描述这种具有高度生产性的主体，而这构成了共产主义社会形态的生产主体基础——联系起来看，个人的“生产性”与社会财富的“分享性”的高度统一、相互提升，乃是共产主义社会形态的基本特征。共产主义的生成历史，就是自由人联合体社会形态、普遍分享的“按需分配”价值原则、具有高度生产性的全面发展的个人主体的生成史，而资本主义的历史使命就是为共产主义的生成创造物质条件。因此，随着社会生产力的不断发展，资本主义逐渐衰退并被共产主义替代，可以说是马克思哲学的主导脉络，而马克思是在“私有财产的运动”“剩余价值的流转”中梳理和考察这一历史脉络的。从社会价值论看，为共产主义普遍分享创造物质条件的资本主义所奉行的主导性的社会价值原则却是“反分享”，随着生产力越来越发达，这种反分享社会价值原则将受到越来越大的冲击——代表当今高度发达生产力的物联网生产方式所滋生出的“分享主义”价值原则，就对资本主义反分享价值原则形成极大冲击，而这为我们重构马克思共产主义哲学思想提供了新的时代起点。

马克思指出，在共产主义社会，“由于给所有的人腾出了时间和创造了手段，个人会在艺术、科学等等方面得到发展”——这可以说是在共产主义逐渐生成的社会历史脉络中，对“艺术”的一种重要社会定位——而传统马克思主义文艺美学研究对此多有忽视。马克思指出，自由时间可以运用于“发展不追求任何实践目的的人的能力和社会的潜力（艺术等等，科学）”，即直接提升人自身的“生产性”，艺术自由创造体现了个人高度的“生产性”，同时也是提升个人“生产性”的一种重要方式，“每个人的自由发展”“全面发展的个人”等皆与艺术作为“自由的精神生产”“真正自由的劳动”中个人主体特性相关（详论见后）——西方现代美学对个人自由性、个性等主体特性皆有揭示和强调，但往往在跟物质生产实践割裂乃至对立中展开这方面的探讨，而马克思与此的重要分野是：始终结合物质生产实践，并在“私有财产的运动”“剩余价值的流转”中，在资本主义衰退并被共产主义替代的历史进程中，历史地考察艺术及其主体的自由和个性。这才是马克思文艺美学的精神实质所在，脱离这些社会历史实践发展进程的所谓“内部研究”等，皆会或多或少偏离这种精神实质，而重新恢复并发扬这种精神，乃是物联网分享时代中国文论自主创新的重要契机所在。本书主体部分将对此作初步探讨。

第三章从社会价值论角度，在分析物联网引发的分享主义社会价值革命的基础上，对马克思“直接的社会性—分享性—生产性”关系框架作初步勾勒和阐释，为审美分享主义建构清理出社会价值论的哲学基础。第四章在分析与物联网相伴随的“创客运动”所引发的生产主体革命的基础上，对马克思“全面发展的个人”“劳动者的个人所有制”等理论作较为系统的阐释，为审美分享主义建构清理出生产主体论的哲学基础。第五章从社会形态论角度，在分析与物联网相伴随的“分享主义平台”所引发的社会形态革命的基础上，对马克思“自由人联合体”等理论作较为系统的阐释，为审美分享主义建构清理出社会形态论的哲学基础——这三章初步勾勒出了涵盖文艺、文化生产、产品、传播、消费全流程、全生态以及主体与客体等全要素的理论框架，为物联网分享时代中国文论自主综合创新初步奠定理论基础。

与物联网平台、社会形态论相关的是西方文化研究中的空间生产理论，第六章在物联网革命的时代背景下，对此作了马克思主义的重构和拓展。第七章对基于互联网社交平台等技术的微信、抖音等平台上的中国文艺新实践、新生态等略作分析，并对中国本土思想资源尤其是中华优秀传统文化方面的资源略及自主创新初探等作梳理，以初步清理出相关本土实践和理论基础，推动物联网分享时代中国文论自主综合创新。

刘方喜

2020 年 5 月

目　　录

第一章　物联网生产方式革命与马克思归来

从全球化角度看，后工业消费社会或信息社会的重要特点，是非物质性的文化符号生产的快速发展。物质生产的作用似乎被弱化了，重视物质生产基础性作用的马克思历史唯物主义哲学思想也被弱化了；作为当代诸多新兴技术集成性的产物，相对于狭义的互联网即“信息互联网（Internet of Information，缩写为IOI）”，“物联网（Internet of Things，缩写为IOT）”使“物（things）”的作用重新凸显出来，其与制造业的结合，正在引发全球物质生产方式革命或新工业革命。一种不同于“消费主义”的“分享主义”的社会价值原则正在生成，世界呼唤马克思归来，马克思主义正在走向全面伟大复兴。

第一节　当“分享”成为“主义”：物联网革命开启新时代

物联网正在引发一场不同于“消费主义”的“分享主义”社会价值革命。小写的“分享（share）”，描述的是一种美好行为，是个美好而古老的词，但当它遭遇新锐的“物联网”，却旧貌换新颜而成为大写的“主义”：分享主义（Sharism）。无论中文还是英文，这绝对是个新词，它勾画出一个正在向我们走来的新时代。

在2008年之后的后金融危机时代，美国人杰里米·里夫金2014年出版了新著《零边际成本社会》，在三次工业革命的历史脉络中，勾画由“物联网”开启的“分享经济（sharing/sharable economy，也译作‘共享经济’）”新时代，而这关乎“西方道路”的“大问题”，所开启的并非只是一种全新商业模式，同时也是一场静悄悄的革命。读到这本书，我马上想到马克思《在〈人民报〉创刊纪念会上的演说》中说过的一句话：“蒸汽、电力和自动纺机甚至是比巴尔贝斯、拉斯拜尔和布朗基诸位公民更危险万分的革命家。”① 马克思讲的是“曾经”发生的第一次工业革命，以“蒸汽机”为代表的革命家彻底革掉了封建主义的命，资本主义“开机键”被按下；但作为历史主义辩证法大师，马克思指出，资本主义“关机键”也被同时按下：大机器生产也将葬送资本主义——但是，资本主义似乎并没有迅速被“关机”或“死机”，20 世纪尤其二战后的第二次工业革命使其躲过了灭顶之灾，其死亡“暂停键”被按下；而现在，第三次工业革命则再次按下资本主义死亡的“重启键”，其死亡已进入倒计时——《零边际成本社会》可谓一份语调温和的死亡判决书，而这回扮演革命家角色的是“物联网”，由其开启的“分享主义”，作为一种消解资本价值逻辑的新的价值原则，则可谓这场静悄悄革命的新式武器。

谈到“主义”，中国学人会马上想到 20 世纪初胡适的著名口号，“多研究些问题，少谈些主义”：“主义”是个大“问题”，“问题”则是小“主义”。“分享”曾经不是“主义”，而只是“问题”——道德问题。老子曾经说过一句多少有些愤世嫉俗的话：“天之道，损有余而补不足；人之道则不然，损不足以奉有余。孰能有余以奉天下？唯有道者”——历史上这样的有“道”者微乎其微，但能略损自己有余财富以补穷人不足的有“德”者，则不乏其人，其美好道德行为被称为“慈善”——这种“道德性分享”，之所以只是“问题”而非“主义”，是因为它在贫富分化社会里普遍性不强，影响不大。而由物联网生产方式所滋生出的“分享”价值原则，之所以可以冠以“主义”，恰恰因为“分享”已开始具有较强普遍性，并将对现有社会结构形态产生越来越大的影响。《零边际成本社会》还揭示，具有普遍意义的“分享”产生的重要背景和条件，是由物联网所锻造出的“极致生产力（extreme productivity）”——由此反推：正是生产力的欠发达，使“道德性分享（慈善）”不能成为具有普遍意义的“主义”。

胡适还只是说“少”谈些主义，而现在我们的知识界却有“避”谈乃至

① 《马克思恩格斯全集》第 12 卷，北京：人民出版社 1962 年版，第 3 页。

"不"谈主义的倾向——由《零边际成本社会》中译过程，可略见端倪。该书英文副标题是《物联网，合作共赢，资本主义黯然失色》（*The Internet of Things, the Collaborative Commons, and the Eclipse of Capitalism*），中文版副标题却成为《一个物联网、合作共赢的新经济时代》——"资本主义（Capitalism）"这个"大词"被过滤掉了。在也有讨论"分享经济"内容的《哈佛商业评论》2011 年 1、2 月合刊的英文封面，其"大理念"（The Big Idea）栏由迈克·波特（Michael E. Porter）和马克·克拉默（Mark R. Kramer）撰写的文章《创造分享价值：公司成功与公共利益相联系将重新定义资本主义并释放创新与增长浪潮》（*Creating Shared Value: Connecting company success and community benifit could redefine capitalism and unleash a wave of innovation and growth*），以大写的"如何修复资本主义"（HOW TO FIX CAPITALISM）标示出来——而我注意到，同期中文版封面的大写标题却是《焦点：重塑商业模式》，"资本主义"这个"大词"及相应的"大理念"在商业主义的小型话语表述中也被过滤掉了。里夫金等强调物联网的社会影响是革命性的，关乎"主义"即"资本主义"的式微，而我们知识界却避谈"主义"而只谈"问题"即"商业模式"乃至"商机"，这种出于主观、利益或专业主义的自我过滤，值得反省。

一方面避谈主义，另一方面，我们知识界关乎"主义"的争论又似乎异常火爆——尤其在传统主流媒体以外的互联网上有突出表现。"分享（共享）经济"尤其"物联网"等已成为知识界乃至大众传媒上的热词，然而关注者多是只谈"商机"而不谈"主义"的经济学家。另一方面，热衷于抽象的"主义"之争者，往往很少关注物联网、分享经济这些新"问题域"。讨论西方道路这样的"大问题"，至少是《零边际成本社会》重要议题之一，但该书确实又是结合非常具体的"小问题"展开讨论的：该书第二部分《近乎零边际成本的社会》描述了免费的信息、免费的软件、免费的能源、免费的教育（慕课）、免费的 Wi-Fi 等——这些都是不仅发生在西方，同时也发生在我们身边且在日常生活中也能真切体验到的东西。所谓"零边际成本"是个颇具经济学专业性的词，其导致的结果是"零边际价格"，也即几乎可以"免费"获得各种商品或服务：如果说"没有免费的午餐"表达的是一种拒绝"分享"的理念的话，那么，"免费"就意味着"分享"——"分享"成为"主义"，似乎并没那么高深、玄妙，它与普通人尤其年轻人日常生活密切相关，是个关乎“小日子”的“大主义”。

《零边际成本社会》第四部分《社会资本和共享经济》，讨论了在物联网分享经济模式下，“从所有权到使用权”的演变这样的“大问题”，因为“所有权”关乎的可谓资本主义的命根子：产权、专利、私有制等——这些东西的式微，对于资本主义来说不啻釜底抽薪。该书结语有云：“我想把我的结束致辞献给那些忠诚地支持资本主义制度的人，他们害怕近乎零边际成本社会的到来会宣告他们自己的灭亡，但经济发展永远不会停滞不前，它会不断演变，并偶尔演绎出全新的模式。”“即将到来的零边际成本社会所释放出来的强大社会力量不仅具有颠覆性，而且具有变革性。这些力量不可能被抑制或扭转。”① 结论是：资本主义必然灭亡——这恰是马克思曾得出的结论。里夫金并非激进左翼革命家，他宣判资本主义死刑的声调不那么高昂，但很坚定。他说：“尽管我赞美我父亲及大量企业家的企业家精神，但是我并不为资本主义的逝去感到哀伤。”② 不过里夫金勾画的资本主义消亡之路，并非重回计划经济时代，“旧的经济制度不会一夜之间被击垮”，而在此渐进的过程中，“新的经济模式将是政府、市场和共享的混合体”③：市场（资本）在未充分释放出自身潜能之前，不会退出历史舞台，但在充分释放出自身潜能之后，必将退出历史舞台。

里夫金更早一本书叫《第三次工业革命》，主要讲“产业革命”“技术革命”，《零边际成本社会》在此基础上还讲“价值革命”。该书第四部分提出，主导传统资本主义的“交换价值（exchange value）”，将被物联网开启的“分享价值（sharable value）”取代。这种“价值革命”同时也是“社会革命”，该书第十一章的标题是《一场深刻的社会变革》。回过头来看，第二次工业革命为什么会挽救资本主义？仅仅因为其发达的技术和生产力？成也萧何，败也萧何。马克思强调：发达的技术和生产力，曾把资本主义拉上历史舞台，也将把资本主义拉下历史舞台。在第二次工业革命中，因应发达的技术和生产力，西方实际上对其价值

① ［美］杰里米·里夫金：《零边际成本社会：一个物联网、合作共赢的新经济时代》，赛迪研究院专家组译，北京：中信出版社2014年版，第322页、第323页。

② ［美］杰里米·里夫金：《零边际成本社会：一个物联网、合作共赢的新经济时代》，赛迪研究院专家组译，北京：中信出版社2014年版，第321页。

③ ［美］杰里米·里夫金：《零边际成本社会：一个物联网、合作共赢的新经济时代》，赛迪研究院专家组译，北京：中信出版社2014年版，第322页。

原则已作了微调，即通过较广泛的社会福利保障制度改革，进行了一场“价值改良”：“分享”作为一种价值原则，首先是对利润（剩余价值）的分享，而利润归资本及其持有者所“独占”、劳动者没有理由“分享”，乃是资本基本的价值原则。社会福利制度则通过二次分配，使劳动者部分“分享”到利润——这在市场自由主义者看来简直是对资本持有者的抢劫（当下物联网分享经济中的“免费”更是明目张胆的趁火打劫），在社会福利保障制度已普遍实行的今天，他们依然不断对此大加挞伐。然而正是这种“分享”的价值改良，挽救了资本主义，按下了资本主义死亡的“暂停键”。

如果说第二次工业革命迫使资本主义进行“改良”的话，那么，当下的第三次工业革命则在对其本身进行“革命”。社会福利改良还是在市场“外部”推动分享，而“分享经济”则使“分享”推进到市场“内部”：一是市场外的修补，另一则是市场内核的裂变；一是政府推动的“制度性分享”，另一则是市场本身推动的“经济性分享”——“分享主义”价值原则，已按下资本主义死亡的“重启键”。但是，另一方面，这场分享主义革命却非疾风暴雨式的暴力革命，而是一场静悄悄的“和平演变”。

以上讨论的是“西方道路”。《哈佛商业周刊》的文章认为，“分享经济”重要影响之一，是以“分享”重新定义“资本主义”——由此反推：传统资本主义的重要特点之一就是反对和拒绝“分享”。而改革开放以来的中国道路则可以说是以“市场”重新“定义”了“社会主义”，因为传统社会主义是以“计划经济”来“定义”的。在我看来，“社会主义”与“市场”的关系，作为“政策问题”已解决，但作为“学术理论问题”似未解决，一些人至今还认为“社会主义”难与“市场”相容——此可谓“市场过度恐惧症”。另一方面，又有一些人则常犯“市场过度依赖症”——两种观点虽尖锐对立，却同时犯着把市场“本质化”的通病，这种“本质主义”通病，既反“历史主义”，同时也反“辩证法”。

里夫金温和的死亡判决书有云：“应该说，这种认为经济制度围绕稀缺和利润来组织的观念，会最终促使商品和服务近乎免费的富裕经济时代的到来。这种理念看似违反常理且难以接受，但它的确正朝我们走来。”[①]“富裕”与“稀缺”对立，“免费”“分享”与“盈利”或“利润”的“独占”“排他”对立，而在当下物联网的作用下，围绕“稀缺”和“利润”组织起来的市场本身，促发社会有机体分泌出其“抗体”：建立在“非稀缺”基础上的“分享主义”原则。“在资本主义时代即将终结的时候，对其下定论并不是一件容易的事。资本主义市场经济并不是其支持者所说的救世主，也不是其反对者所说的邪恶化身。”[②]虽未自我标榜，但里夫金言论本身，却充溢着历史主义的辩证精神。这里要说明的是，被里夫金宣判死刑的“资本主义”不等于“西方社会”——而许多人有意无意间把两者直接画等号。我们整体上把“资本主义”限定在狭义范围内，主要指通常所谓的建立在私人所有权基础上的利润最大化、利润独占以及过度竞争等经济原则及建立在此基础上的社会原则，在此意义上，说利润分享作为一种价值改良无法真正拯救“资本主义”，绝不是说无法拯救“西方社会”，而“资本主义”被和平演变，对“西方社会”来说也未尝不是件好事。

里夫金非常看好中国物联网分享经济的发展，他在为《零边际成本社会》中文版所作“序”中指出：

> 在中国，服装也通过善淘网（Buy42.com，该网站致力于在其网络平台上将服装分配给资助贫困人群的慈善事业）这样的互联网创业公司被广泛地分享。同时，一些像sharism.org这样的小型新兴社会企业家组织也经常主办研讨会，并持续提供教育课程，来介绍协同共享中共享经济的哲学原理和日常实践，帮助中国的年青一代做好准备，在新时代实现从所有权制到使用权机制的飞跃。[③]

这是“中国道路”进一步发展所面对的新状况之一。从“中国道路”发展进程

---

① ［美］杰里米·里夫金：《零边际成本社会：一个物联网、合作共赢的新经济时代》，赛迪研究院专家组译，北京：中信出版社2014年版，第321页。

② ［美］杰里米·里夫金：《零边际成本社会：一个物联网、合作共赢的新经济时代》，赛迪研究院专家组译，北京：中信出版社2014年版，第321页。

③ ［美］杰里米·里夫金：《零边际成本社会：一个物联网、合作共赢的新经济时代》“中文版序”，赛迪研究院专家组译，北京：中信出版社2014年版，第XXIV页。

看，不仅有前三十年与后四十年之分，其实，后四十年也已呈现出由“社会主义框架下的市场”而“市场框架下的社会主义”的阶段性：（1）首先是在社会主义框架下能不能搞市场经济，这一问题在 1992 年邓小平南方谈话后，至少在政策上已得到基本解决；（2）接着是在市场框架下能不能搞社会主义。作为中国道路的表述，所谓“公平与效率”，跟“分享与市场”相关。前三十年的计划经济尽管有诸多弊端，但其重视分享的价值原则本身却不能说绝对的错，过早过度重视分享而形成的平均主义的最大短板是“效率”低——这是市场化改革的出发点。随着改革的推进，效率问题得到一定程度解决，但贫富分化所造成的不平等问题随之凸显出来——中国道路其实也在不断自我调整，这由关于“公平与效率”关系表述细微变化的轨迹可以看出。中共十四大确立了建立社会主义市场经济体制的改革方向，提出要“兼顾效率与公平”，十五大、十六大继续强调该原则。十六届六中全会提出“更加”注重社会公平。中共十七大提出再分配“更加”注重公平，五中全会强调“更加注重保障和改善民生，促进社会公平正义”。中共十八大进一步强调“要把保障和改善民生放在更加突出的位置”，三中全会提出的改革总目标之一是“让发展成果更多更公平惠及全体人民”，“建立更加公平可持续的社会保障制度”，五中全会更是鲜明地提出了共享发展理念。这一系列表述，充分体现了中国在市场经济体系日趋成熟并已成为全球第二大经济体新状况下，公正、分享价值原则已开始受到越来越多的重视。由《零边际成本社会》所揭示的物联网分享经济发展趋向可知：中国道路这种发展趋向，尤其是党的十八届五中全会提出的共享发展理念，顺应了全球发展进步大势。“共享（分享）”已成为中国发展战略的重要理念，但支撑发展的还有很多其他理念，使“发展”向“共享”偏移，也需要知识界的观念自觉和积极推动。

如果作进一步理论抽象的话，与“平等”“公平正义”等相关的价值原则可概括为“分享性”，与“效率”等相关的价值原则可概括为“生产性”（本书后面第三章将对这对范畴展开具体分析）——这对范畴可以使我们对“中国道路”和“西方道路”，作更具概括性的清晰描述。对这两者关系，同样不能作本质主义而要作历史主义的辩证把握：无论在中国还是西方，这两大原则都“曾经”是冲突而相互掣肘的，但这绝不意味着二者就“永远”不相容。中国道路前三十年，可以说是“分享性”原则压倒“生产性”原则，历史教训是：在生产力欠发达的

“稀缺”状况下，过早过度偏重“分享性”而倡导平均主义，会阻碍“生产性”的提升。《零边际成本社会》揭示，当“生产力欠发达”这一“前提”发生变化，即变成“极致生产力”的“非稀缺”状况，随之而来的“结果”也必然发生变化：“分享性”不仅不再阻碍“生产性”的提升，恰恰成为“生产性”进一步提升的源源不断的动力！另一方面，资本主义早期发展道路，可以描述为“生产性”原则压倒“分享性”原则，这在“稀缺”状况下，还有几分历史合理性。反对经济平等、分享、社会福利等的核心理由是：它们会阻碍“生产性”的提升，但在今天极致生产力的非稀缺状况下，当“分享性”与“生产性”已开始由相互掣肘而变成相互提升时，这一理由已从根本上被动摇。

如果把资本（市场）视作人类文明的毒瘤，那么暴力革命就是用手术刀切除之，使资本主义以断崖式、外科手术式、机械性方式灭亡；而当今物联网分享经济的发展，则展示了资本主义和平演变的渐进式、内生式、有机性的死亡进程（被社会有机体分泌出的“抗体”所“中和”）。暴力颠覆颇多悲剧性，和平演变则更多喜剧色彩。马克思曾经说，历史事件会出现两次，第一次是悲剧，第二次是喜剧，而世界历史形态的最后一个阶段是它的喜剧，这是为了人类能够愉快地同自己的过去诀别——能以喜剧方式愉快诀别过去，对人类来说绝非坏事。“分享”一直维护着社会有机体：历史悠久的个人的“道德性分享（慈善）”是减轻社会不平等的缓释剂，20 世纪政府的“制度性分享（社会福利保障制度）”是屏蔽不平等负面影响的防火墙，而 21 世纪物联网市场本身促生的“经济性分享（分享经济）”则可谓中和不平等本身的抗体——作为一种美好理念和行为的“分享”，逐步获得越来越强的普遍性而成为“分享主义”——这岂非人间正道？

代表“极致生产力”的物联网开启了分享主义新时代。马克思指出：“人的思想跟不上事变的进程。”① 知识分子的理念往往总与时代错位。曾经，在生产力欠发达的状况下，平等、分享价值原则被过早过度推崇，理念并非不好，结果并不理想。现在，物联网已使“市场”本身裂变出“分享性”价值原则，如此，再不摆脱市场过度恐惧症，似已滞后于时代。另一方面，里夫金《第三次工业革命》第七章的标题是《渐渐远去的亚当·斯密》，其依然没有摆脱市场依赖症的

① 《马克思恩格斯全集》第 12 卷，北京：人民出版社 1962 年版，第 31 页。

“回到亚当·斯密”的论调，是不是也已滞后于时代？

总之，从社会价值论看，物联网生产方式正在引发社会价值新转型，与此相关的价值原则可以概括为“分享主义”；而从社会形态论看，这种分享主义价值原则正在对资本主义社会形态产生重大影响，也正在引发社会形态新转型——这是物联网革命的时代意义所在。

第二节　马克思主义跌宕起伏的当代命运

理论创新与转型的根本动力，最终来自社会生产方式的新变和转型。包括西方马克思主义在内的左翼批判理论之所以有所创新，与西方的“消费时代”转型密切相关，而其总体上的三大通病是：在社会价值立场上回避“共产主义”、在研究视角上忽视“经济”尤其“物质生产”作用、在技术观念上的消极悲观主义。当下蓬勃发展的物联网生产方式，正在推动“消费时代”向“分享时代”转型，为我们超越这些通病提供了现实立足点。与消费时代相伴的，是理论上的“De-”时代，即解构（de-construct）一切的时代；而分享时代正在推动理论走向“Re-”时代，即重建（re-construct）的时代。笔者曾用“审美生产主义”描述“消费时代”重建马克思美学的指向，本书则用“审美分享主义”来勾勒物联网“分享时代”重建马克思美学的指向；而“自由的生产主义”与“普遍的分享主义”的统一，乃是马克思所描述的“共产主义”的基本特征之一。在笔者看来，这也构成了基于科学社会主义（共产主义）理论的美学思想的基本点。法国学者阿苏利“审美资本主义”理论揭示了“资本主义的审美化”和“审美的资本主义化”的当代趋向，而“审美分享主义”力图揭示审美的共产主义之维：“分享主义”社会价值原则，在社会形态上与“共产主义”相一致，而与“资本主义”相对抗。

笔者这些年的一个研究思路是：“穿过”西方马克思主义及各种当代左翼批判理论，“回到马克思”，重新探寻、揭示马克思思想的整体价值及其当代意义。近期，笔者在当下正在兴起的“物联网”上，找到了复兴马克思思想的坚实“平台”和有效突破口，觉得可以把自己的研究思路概括为“马克思＋物联网”，即在物联网这一平台上复兴马克思思想。马克思曾经指出：

> 波拿巴过去所积累的各方面的经验指出了一个帮助他摆脱最严重的经济困难的妙法——信用。正巧在法国出现了圣西门学派，这个学派在产生和衰落的时期都沉湎于一种幻想，以为随着普遍的幸福生活的到来，一切阶级矛盾就必定会消失，而这种幸福生活是可以靠某种新发明的社会信贷计划获得的。……和书一样，学说也有自己的命运。圣西门成了巴黎交易所的庇护天使，欺诈行为的先知，普遍营私舞弊的救世主！……人的思想跟不上事变的进程。①

马克思自己的书比如《资本论》及其学说，也有自己的命运，并且可以说其命运是跌宕起伏的。马克思虽未像圣西门那样"成了巴黎交易所的庇护天使"，但读读《资本论》，掌握点资本主义经济规律，然后到交易所里去大赚其钱，应该还是大有人在的。而当今的美国总统及其好伙伴华尔街的金融大鳄们，也依然像拿破仑·波拿巴那样，把"信用"或所谓"虚拟经济"当作"摆脱最严重的经济困难的妙法"。另一方面，圣西门式的乌托邦主义在当代依然在发展，圣西门学派还把改良资本主义的希望寄托在"社会信贷计划"这样的金融经济手段上（由此可见只"占领华尔街"也是不够的），而包括西方马克思主义在内的左翼批判理论则试图用"文化（意识形态）的解构"来革资本主义的命。这里有必要强调的是：无论是"改良"还是"革命"，不触动社会基本的生产方式，是难见成效的。笔者在几篇文章中多次提道：左翼批判理论所强调的大众文化消费中"意义解构"或"对抗性解码"，在试图颠覆资本主义"文化结构"的同时，是不是在巩固和强化资本主义的"经济结构"呢？左翼发动的"文化革命"是不是恰恰成为当代资本主义文化经济（产业）大发展的重要推手？现在看来，英国文化研究伯明翰学派"积极受众论"盛行之际，不正是西方资本主义文化产业（文化工业）繁荣之时吗？说得严苛些：伯明翰学派等，是不是恰恰成了资本主义当代文化工业的"救世主"？尽管这可能是"事与愿违"，"人的思想跟不上事变的进程"。

"穿过"而非"跳过"包括西方马克思主义在内的左翼理论，意味着要"穿

① 《马克思恩格斯全集》第 12 卷，北京：人民出版社 1962 年版，第 31 页。

进”其中，反思其弊（当然也不忽视其创新拓展的一面），在此基础上“重回马克思”才会有新的发现。一种思潮、理论乃至“主义”的发展，难免有起伏。从二战结束后马克思主义的全球遭际来看，1968年法国“五月风暴”，是战后马克思主义或左翼思潮兴盛的一个标志性的顶点，这场虽是发生在街头但更多“文化”色彩的革命，持续的时间很短，并且很快由“街头”转入“书斋”而成为更单纯的“文化革命”。进入1980年代，以撒切尔主义、里根主义为代表的新自由主义，进一步压制了作为“文化革命”的左翼思潮的社会影响力。1989年前后的东欧剧变及之后的苏联解体则使左翼思潮和马克思主义的发展坠入谷底。2008年以来的全球金融危机，使新自由主义神话破产，而马克思主义的发展，也迎来了触底反弹的新机遇。新世纪尤其2010年代以来，物联网分享经济的出现和强劲发展势头，则使马克思主义的全球伟大复兴获得了更加强劲的动力。

从其本身发展来看，二战后，随着东、西方两大阵营对峙（冷战）格局的形成，马克思主义的发展实际上也分成了两支：西方马克思主义与东方马克思主义。尽管两者存在交叉（如卢卡奇等）、互动，但在一段时期内，两者是趋于分化的。分化的重要原因之一是：一方面，资本主义自我调整使其社会矛盾有所缓解；另一方面，社会主义发展遭遇曲折，西方马克思主义或左翼产生失望情绪，其内部实际上也出现了分化。这种分化表现为：一部分人认为马克思主义已被西方当代现实所超越，革命的主体无产阶级已失去革命的冲动，由此，一些人实际上已放弃批判立场，投入新自由主义怀抱；另一部分人对当代资本主义依然持批判立场，但回避共产主义价值立场，一些人如鲍德里亚等对当代资本主义的批判不可谓不深刻，但结论往往是悲观的，并且这些左翼批判者从反对所谓马克思的“经济决定论”出发，实际上走向了“文化（符号结构等）决定论”、单纯的文化批判或文化政治学批判。

包括西方马克思主义在内的当代左翼批判理论的再一通病是技术观上的悲观主义（相反，右翼人士大都是技术乐观主义者）。其基本预设是：技术总是被资本国家、巨型公司掌控并用于操控大众——直到目前这总体来说并不错，斯诺登监听门事件就凸显出了技术操控的险恶性。但这只是问题的一面。从其跌宕起伏的命运来看，1960年代是左翼运动的一个兴奋期，但街头造反总体上无果而终后，左翼人士大都退回书斋，开始对资本主义进行文化革命，由此后现代解构主义文化理论发展进入亢奋期——今天回过头来看，我们会沮丧地发现：这一亢奋期或者说左翼文化批判理论的高峰期，恰恰也是新自由主义积聚力量的时期，直至1980年代撒切尔主义、里根主义大行其道。如果说左翼批判理论在冲击资本主义“文化（意识形态）结构”上取得一定成效的话，与此同时新自由主义却强化了资本主义的“经济结构”，直至2008年全球金融风暴，新自由主义再度破产——左翼运动迎来了发展的新契机，问题在于：把这种契机转化成真正的有效发展，左翼人士必须进行深刻的自我反思。

弗雷德·特纳《数字乌托邦：从反文化到赛博文化》描述了计算机如何从1960年代的冷战机器演变为1990年代互联网时代构建数字乌托邦的重要工具的进程。在笔者看来，这一进程事实上包含着左翼或者资本主义捣乱者的分化：从1970年代开始，一部分反文化嬉皮士继续着文化反抗，解构主义思潮是其中的重要一支，以“文化碎片化”解构资本主义的文化权力垄断；而另一部分人则走进技术尤其计算机、互联网技术领域，由“文化嬉皮士”演变为“技术嬉皮士（黑客等）”，以“技术碎片化”冲击资本主义的技术权力垄断，进而冲击资本主义的经济权力垄断（冲击知识产权等）。左翼理论研究显然不够重视后者，而后者给我们的重要启示之一是反思性地认识到，技术悲观主义的预设是有问题的：当代先进技术的掌控主体，不仅包括资本国家、巨型公司，也包括资本主义的捣乱者“文化嬉皮士”和“技术嬉皮士”等。实际上当今互联网的整体特性，是由这两方面的主体及其斗争形塑而成的。当代技术的碎片化在计算机、互联网技术发展进程中有突出表现：一开始，“巨型计算机”是由大学实验室、民用或军用巨型公司掌控，这当然体现了技术上高度的垄断化，但是，后来“微型计算机（微机）”“个人电脑”的出现，则标志着这种垄断技术的碎片化、大众化和民主化；互联网开始也只是大型机构狭小范围内的一种交流工具，而“万维网”的出现则标志着其技术的大众化和民主化。如果说狭义的互联网标志着信息、文化的大众民主化的话，2010年前后兴起的“物联网”则在此基础上进一步促发着“物”“经济”的大众民主化。今天的左翼批判理论如果继续忽视这种技术、经济上的大众民主化进程的话，就很难获得有效、有力的发展。

在价值立场上回避“共产主义（社会主义）”、在研究视角上忽视“经济”、在技术观上的消极悲观主义，乃是包括西方马克思主义在内的各种左翼美学和文化批判理论的通病，而中国特色社会主义实践的巨大成就、以物联网为代表的全球社会经济生产方式的重大变革，则为在超越这些通病的基础上推进经典马克思主义的全面复兴，提供了坚实的支点。

第三节　物联网生产方式革命推动马克思主义伟大复兴

作为当代诸多新兴技术集成性的产物，相对于狭义的互联网即“信息互联网”，“物联网”使“物”的作用重新凸显出来，其与制造业的结合，正在引发全球物质生产方式革命或新工业革命，在社会价值原则上正在引发一场生产方式高度的“生产性”、直接的“社会性”与价值原则的“分享性”相统一的“分享主义”大潮，在社会形态上昭示着资本主义的加速灭亡与社会主义的伟大复兴。马克思主义美学的复兴，离不开马克思主义的整体复兴，而马克思主义的真正复兴，又离不开社会主义（共产主义）及其价值原则的复兴——以此来看，如果说马克思主义在全球呈现出伟大复兴的趋势的话，那么，坚持走社会主义道路的中国，显然是其中的关键所在；而中国马克思主义发展的立足点和动力，首先是中国特色社会主义的伟大实践及其已取得的巨大成就。中共十八届五中全会提出了共享发展理念与“共享是中国特色社会主义的本质要求”命题。习近平对共享发展理念作了系统论述——这是基于中国特色社会主义伟大实践经验，对马克思主义科学社会主义理论的重大创新性贡献，既有着马克思主义经典理论的根基，同时又顺应了全球发展进步大势。可以说“共享”在理论上已达到了高度的自觉，如何推动理论自觉转化、落实为实践自觉，是推动中国特色社会主义进一步发展的关键之一，而包括文艺美学在内的哲学社会科学在这方面应该有所作为。

一、物联网革命与新发展理念

中共十八届五中全会提出的五大发展理念，首先是根据中国特色社会主义自身实践提炼出的，而与之相关的全球背景，是以物联网为代表的新工业革命。作为一种新生事物，物联网的影响是广泛而深远的，从积极的一面来看，其为各领域发展提供了重大战略机遇：在实践上，笔者更关注其对推动中国特色社会主义发展所形成的重要机遇；在理论上，笔者更关注物联网及其相关研究对推动马克思历史唯物主义、政治经济学、科学社会主义发展所产生的重大机遇。五大发展理念与新兴的物联网生产方式之间存在诸多相通之处：物联网是建立在全球互联互通基础上的，“开放发展”是其基本理念；物联网经济通常又被称作“协同”经济，与“协调发展”理念相关，在促进区域、城乡协调发展方面可以发挥作用；作为后消费主义时代配置自然资源更具生态性的方式，物联网也与“绿色发展”相关。当然，物联网与创新发展、共享发展有着更直接的关联：作为高新科技不断汇聚、“万众（创客）创新”力量不断积聚的平台，“创新发展”也是物联网的基本理念；支撑物联网运转的重要价值原则是“共享（分享）”，“共享发展”理念包蕴其中。一方面，五大发展理念是指导中国特色社会主义新实践的重要新理念，对于研究作为新工业革命重要代表的物联网有重要指导意义；另一方面，物联网可以成为五大发展理念重要的战略性助推器，使中国特色社会主义进一步发展迎来了重大战略机遇。

从实践上来看，物联网经济是在 2008 年全球后金融危机时代开始极速发展的。这场危机对物联网经济发展究竟起到了什么作用、有多大作用，值得探讨，但是，人类已有发展史表明：机遇往往诞生于危机，而作为新生事物的物联网也必将在机遇与危机并存中发展。从研究上来看，2010 年前后，西方学术界才开始大量出现探讨物联网的理论著述，物联网尚在发展之中，其理论探讨尤其大众认知还远远不够清晰和成熟。在研究过程中，笔者总是想起《周易·系辞》的精彩论述：

> 一阴一阳之谓道。继之者善也，成之者性也。仁者见之谓之仁，知者见之谓之知。百姓日用而不知，故君子之道鲜矣。显诸仁，藏诸用，鼓万物而不与圣人同忧，盛德大业至矣哉！富有之谓大业。日新之谓盛德。生生之谓易。成象之谓乾。效法之谓坤。极数知来之谓占。通变之谓事。阴阳不测之谓神……知几其神乎……几者，动之微，吉之先见者也。

用上面这些话描述物联网当下全球认知状况，当是非常准确的：智能手机、电商、移动支付、免费 Wi-Fi、滴滴、Uber、Facebook、抖音……凡此种种与物联网相关的新生事物，不光欧美大众，中国百姓也在“日用”之，但尚未清晰认知其中之“道”，而探讨物联网之“道”的各国研究者，又仁者见仁、智者见智。总体来说，物联网发展尚处在“动之微，吉之先见”的“几”的状态，而相关理论研究的意义也就在于准确认知和把握这种“几”的状态。“知几”是为了“知来（预知未来）”，而“知来”需“极数”“通变”，即在总结已有的历史发展规律中预知未来以获得“先见”之明。对于作为新工业革命的代表物联网来说，尤其要将其置于与前两次工业革命的联系、比较中，来加以认知和探讨。

从全球范围内来看，第二次工业革命助推西方发达国家摆脱普遍匮乏而步入普遍丰裕的消费社会，这对西方大众来说并非坏事，但是过度的消费主义价值原则，一方面加剧了西方发达国家和发展中国家之间贫富分化的全球社会冲突，另一方面还加剧了人类与自然之间的全球生态冲突——附带强调的是：物联网“分享主义”作为可以替代“消费主义”的新价值原则，也会对西方大众过度消费的生活方式有所改造，进而对全球绿色生态发展有所推动。较之第一次工业革命，第二次工业革命释放出了更巨大的生产力，其后果是产生了更加过剩的产能以及更加过剩的劳动力人口。在笔者看来，在资本主义传统的市场框架下，这两种过剩问题是无法得到真正解决的，并且随着全球生产力进一步极速发展，这两种过剩只会进一步加剧。在2008年之后的全球后金融危机时代，与西方经济缓慢复苏相伴随的就业人口的不增长乃至负增长现象，部分地证明了这一点。总体来说，全球社会不可能再回到劳动密集、集约型主导的时代。这是全球性问题，当然也是秉持开放发展理念、在全球化进程中发展自己的中国所面对的大问题，并且对于作为最大发展中国家的中国来说，这方面的问题更为严峻：与产业转型相配套的去产能措施的实施，使就业问题变得更加严峻，而且这一问题绝非单纯的经济问题，同时也是很严峻的社会问题；而重回劳动密集、粗放型经济，绝非这一问题的有效解决之道，必须有新的思路——这是我们理解五大发展理念及“大众创业，万众创新”等新战略重要的背景。无论对于中国还是全球来说，危机倒逼改革，而在当代社会，改革的有效推进，往往需要高新科技提供支点，作为当今新工业革命先进生产方式代表的物联网就可以提供这种支点。

从中国现状来看，物联网“吉”象尚未充分显现，诸如忽视实体制造业、利用互联网金融（众筹等）进行商业欺诈等“凶”象却已层出不穷，一度被颇为看好的共享单车、网约车等商业模式也开始出现问题，“乱花渐欲迷人眼”；但是，

“不畏浮云遮望眼”，穿透种种乱象，揭示物联网发展之“道”，非常必要。从积极一面看，在物联网发展的许多方面，我们已占得先机；发展物联网分享经济已被写进国家战略（“十三五”规划等），“互联网+”“智能制造”“大众创业，万众创新”等也已成为我们的战略选择；支撑物联网运转的一个重要价值原则是“共享（分享）”，中共十八届五中全会提出了包括“共享发展”在内的五大发展理念及“共享是中国特色社会主义的本质要求”重大命题，习近平相关论述更是完整地构建起了社会主义共享发展理论体系。这为中国学者探讨物联网正大之“道”，构建物联网研究中国话语体系，提供了坚实的实践和理论基础。笔者初步研究的体会是：物联网的影响是广泛而深远的，不能仅仅只从新“技术模式”、新“商业模式”的角度来讨论。总体上，“物联网”乃是当今新工业革命时代先进的新“生产方式”，这种新的先进生产方式，必将带来全球社会经济基础的重大变革，进而促发包括发展理念、制度设计等庞大的上层建筑的重大变革，对人类社会未来发展产生广泛而深远的影响——中国特色社会主义的大发展、中华民族的伟大复兴，迎来了重大战略机遇。

物联网是在全球化极速发展中产生的，而当今全球经济结构远远没有达到均衡，甚至失衡的态势会进一步加剧。因此，物联网对不同国家所形成的影响——无论是机遇还是挑战——是非常不同的，盘清家底，认清优劣，至关重要。从目前的发展状况来看，物联网显然更容易在流通、金融、消费等领域急速扩张（中国现状也证明了这一点），而我们的突出短板，是关乎生产领域的可持续升级的制造业体系、技术创新机制等尚未完全成形，对此我们必须始终保持足够清醒的认识。但是，辩证地看，制造业、技术体系一旦成形，对新生事物也会产生习惯性推拒力量（欧美发达国家有部分体现），而这却可以成为我们实现弯道超车的后发优势，前提是我们必须把物联网的正面影响因势利导地引向制造业或实体经济。笔者个人认为，或许更为重要的是：要关注支撑物联网经济发展的价值原则、制度环境等。还处在发展中的物联网是决定人类社会未来的重要因素之一，技术、商业在塑造着物联网，而价值原则、制度设计等也是塑造物联网未来的重要力量：用社会主义价值原则、制度设计等来塑造物联网，以引领其发展方式和方向，对于中国乃至全球发展来说都非常重要。在物联网研究上，我们应坚定以历史唯物主义为原则的马克思主义的理论自信——笔者个人初步研究的体会是：

马克思相关政治经济学及科学社会主义理论，作为马克思主义中国化最新成果的五大发展理念，尤其是创新发展与共享发展、共建与共享相统一的基本思想，对于当今物联网经济的发展及其广泛而深远的社会影响等，具有极强阐释力，可以成为构建物联网研究中国话语体系坚实的理论基础和价值制高点。

二、物联网引发全球物质生产方式新革命

如何为“物联网”定位，目前中外学界存在不同看法。笔者的基本看法是：它与制造业的结合正在形成一种代表当今新工业革命极致生产力的先进的新“生产方式”，而并非单纯的新“商业模式”。

简单勾勒一下物联网发展并不长的历史脉络，对于理解其基本特点并作准确定位，非常必要。“物联网”的最大特点首先是“信息互联网”“能源互联网”“物流互联网”之“三网合一”。“通信互联网”也即“信息互联网”，而“能源”“物流”则关乎“物”，整合两者的互联网就成为“物联网”。信息互联网本身经历了两大发展阶段：在Web 1.0阶段，大众利用互联网的方式主要是所谓“信息冲浪”，可以说大众还只是信息的“消费者”；而以社交网络为代表的Web 2.0则使大众也成为信息的“生产者”，因而整体上也就成为信息的“产消者”。在笔者看来，如果说人类经济社会的信息化转型，肇始于第二次工业革命并在Web 1.0阶段达到顶峰的话，那么，以社交网络为代表的Web 2.0则标志着信息化转型的完成——同时也是“终结”，而由第二次工业革命引发的信息时代的“终点”，恰恰是以建立在Web 2.0基础上的物联网为代表的新工业革命的“起点”。如果说互联网的上半段属于“信息时代”的话，其下半段就属于“物联网时代”。作为“终点”和“起点”的标志，就是在“信息”联通的基础上加进了“物”的联通：信息化与实体制造业、虚拟世界与现实世界开始形成更深度融合，大众不再仅仅只是“信息”的“产消者”、虚拟世界的构建者，同时也成为“物品”的“产消者”、现实世界的构建者。如果说即使作为升级版Web 2.0的IOI即狭义的“互联网”还只是一种信息或虚拟性事物的生产、传播、消费方式的话，那么，IOT则关乎实体经济或物品的生产、流通和消费。在此意义上，物联网研究专家克里斯·安德森《创客：新工业革命》一书以“创客（Makers）”作为“新工业革命”的重要标志，就具有特别重要的意义：“创客”的加入，才使物联网架构更

加趋于完整。从现实状况来看，直到目前为止，代表中国物联网经济的百度、阿里巴巴、腾讯三巨头，还主要是以“电商”示人，其骄人的业绩还主要体现在流通、消费、金融等领域，尽管已开始关注实体制造业并试图产生影响。目前全球物联网研究的一个基本共识是：构建完整的物联网经济发展体系，只有“企业”这个主体还是不够的，还需要“政府”“大众”这两大主体——这是中国政府正在推动“双创”和“创客”基地建设的重要原因之一。从研究角度来看，创客的具有广度和深度的介入，使物联网经济更接近马克思所谓的“生产方式”乃至“物质生产方式”。因此，从历史唯物主义的角度来看，用“物联网时代”而非宽泛的“互联网时代”，来描述当下新工业革命所带来的时代新变，无疑更为贴切：与第一次工业革命所产生的“大机器生产方式”相对，这次革命所产生的似可称之为“物联网生产方式”。

如果将其视作一种推动社会整体发展的基础性的“生产方式”，我们就可以从价值原则等多方面，对物联网进行深入、系统研究，并以历史唯物主义为理论立足点，整合西方已有物联网理论而不是简单地跟着西方说，进而推进中国本土物联网理论的发展，构建物联网研究中国话语体系。文论研究在这方面也可以有所作为。

三、中国处于物联网生产方式发展实践和价值制高点

如果说物联网生产方式如里夫金所说正在使资本主义黯然失色的话，那么，它正在并必将使中国特色社会主义蓬勃发展。从中国已取得的成就来看，2015年5月在布鲁塞尔国际标准组织物联网标准化大会上新成立的WG10物联网标准工作组正式同意，同步转移中国主导的物联网体系架构国际标准项目（ISO/IEC30141），无锡物联网产业研究院副院长沈杰当选为ISO/IEC30141国际标准主编，将与其他国际专家共同推进和完善物联网体系架构的国际标准，这将有助于中国在物联网国际标准制定中掌握主导权，使中国提出的物联网架构方案成为国际标准的主体内容；① 而中国物联网经济几乎是与西方发达资本主义国家同步

---

① 参见《专家：中国将主导物联网架构国际标准制定》，新华网，http://news.xinhuanet.com/world/2015-05/20/c_1115353595.htm。

发展起来的，并且在许多方面取得的成就不输西方，西方物联网经济研究专家如里夫金、安德森等，对中国引领新工业革命物联网分享经济发展有所期待。这表明中国在物联网生产方式发展实践上具有优势，而根据中国特色社会主义自身实践，顺应全球新工业革命发展大势，中共十八届五中全会提出的五大发展理念，则为我们研究物联网等新技术提供了价值制高点。

中共十八届五中全会通过的《中共中央关于制定国民经济和社会发展第十三个五年规划的建议》[①] 在论及“创新发展”中强调：“拓展网络经济空间。实施‘互联网＋’行动计划，发展物联网技术和应用，发展分享经济，促进互联网和经济社会融合发展。实施国家大数据战略，推进数据资源开放共享。完善电信普遍服务机制，开展网络提速降费行动，超前布局下一代互联网。推进产业组织、商业模式、供应链、物流链创新，支持基于互联网的各类创新。”发展物联网、分享经济是“创新发展”战略的重要组成部分。中共十八届五中全会后，习近平《在网络安全和信息化工作座谈会上的讲话》[②] 再次强调了互联网在推动新发展理念践行方面的重要意义，并在农业革命、工业革命的历史脉络中对互联网信息革命作了定位，并强调指出，“总体上说，网信事业代表着新的生产力、新的发展方向，应该也能够在践行新发展理念上先行一步”，“网信事业要发展，必须贯彻以人民为中心的发展思想”，“让亿万人民在共享互联网发展成果上有更多获得感”。而网信事业可以多方面推进共享，成为实施创新驱动、推进共享发展的重要推动力。

五中全会后，习近平《在省部级主要领导干部学习贯彻党的十八届五中全会精神专题研讨班上的讲话》[③] （以下简称《讲话》）是一篇有关五大发展理念的理论系统性、实践指导性很强的重要文献，其中有关“共享发展”的论述理论系统性更强，更加弥足珍贵：

党的十八届五中全会提出的共享发展理念，其内涵主要有 4 个方面。一是共享是全民共享。这是就共享的覆盖面而言的。共享发展是人人享有、各

---

① 参见新华网，http://news.xinhuanet.com/fortune/2015-11/03/c_1117027676.htm。

② 《人民日报》2016 年 4 月 26 日第 2 版。

③ 《人民日报》2016 年 5 月 10 日第 2 版。

> 得其所，不是少数人共享、一部分人共享。二是共享是全面共享。这是就共享的内容而言的。共享发展就要共享国家经济、政治、文化、社会、生态各方面建设成果，全面保障人民在各方面的合法权益。三是共享是共建共享。这是就共享的实现途径而言的。共建才能共享，共建的过程也是共享的过程。要充分发扬民主，广泛汇聚民智，最大激发民力，形成人人参与、人人尽力、人人都有成就感的生动局面。四是共享是渐进共享。这是就共享发展的推进进程而言的。一口吃不成胖子，共享发展必将有一个从低级到高级、从不均衡到均衡的过程，即使达到很高的水平也会有差别。我们要立足国情、立足经济社会发展水平来思考设计共享政策，既不裹足不前、铢施两较、该花的钱也不花，也不好高骛远、寅吃卯粮、口惠而实不至。这 4 个方面是相互贯通的，要整体理解和把握。

以上论述是对共享发展理念的进一步细化、深化，中国特色社会主义“共享”理论体系已然成形。毛泽东、邓小平、江泽民、胡锦涛等一直高度重视社会主义的共同富裕目标，而把这些思想集中提炼、凝定为“共享”范畴，则是习近平新时代中国特色社会主义思想所取得的新的重大理论创获，是世界科学社会主义理论的重大突破。从相互贯通的角度来看，共享发展从低级到高级、从不均衡到均衡的过程体现了渐进性，“全民共享”覆盖面的逐渐扩大、“全面共享”内容和领域的逐步拓展，也体现了渐进性，从多方面、多层次推进渐进共享，是对中国特色社会主义近期和远期发展目标和进程高度凝练的理论概括，而渐进共享的推动力来自“共建”，“共建才能共享”。《讲话》强调，“发展依靠人民”，“要通过深化改革、创新驱动，提高经济发展质量和效益，生产出更多更好的物质精神产品”，“要全面调动人的积极性、主动性、创造性，为各行业各方面的劳动者、企业家、创新人才、各级干部创造发挥作用的舞台和环境”。最终，《讲话》把“落实共享发展理念”高度概括为两个层面的事：“一是充分调动人民群众的积极性、主动性、创造性，举全民之力推进中国特色社会主义事业，不断把‘蛋糕’做大。二是把不断做大的‘蛋糕’分好，让社会主义制度的优越性得到更充分体现，让人民群众有更多获得感。”这两个层面的高度统一至关重要：一方面，要“广泛汇聚民智，最大激发民力”，如此才能充分提升人的“生产性”，为社会生产力的发展注入源源不断的活力和动力，全民共建、全面共建，全民共享、全面共享才能获得坚实的物质基础；另一方面，全民共享、全面共享，不断提升发展成果的“分享性”，又会激发全民共建、全面共建的积极主动性，全民生产性、创造性会随之得到不断的全面提升。当这两个层面形成一种螺旋式上升的良性循环，“分享性”与“生产性”在相互促进中相互提升，“渐进共享”就会获得源源不断的推动力。

共享发展新理念可以使我们在全球物联网研究中处于价值制高点。物联网平台，既是一种“共享”平台，同时也是一种“创新”平台，进而也是“共享”与“创新”相互促进、相互提升的融合平台——这也是物联网研究的一个基本共识。而用习近平共享发展论话语来描述无疑更为清晰：物联网平台，既是一种可推进“全民共享，全面共享”的“共享”平台，同时也是一种“广泛汇聚民智，最大激发民力”的“创新”平台和“共建”平台；而习近平“共建才能共享，共建的过程也是共享的过程”的论述，更可以用来清晰描述物联网平台“共享”与“创新（共建）”高度融合的基本特点。推进创新发展与共享发展、共建与共享的深度融合，乃是推进中国特色社会主义渐进共享过程的关键所在。作为一种创新、共建与共享不断融合的平台，物联网生产方式将对人类社会未来发展产生非常广泛而深远的影响。

当然，物联网生产方式也可以对协调、开放、绿色发展发挥助推作用。其不断提升、扩展的全球互联互通性，既有助于推进面向全球的开放发展，也有助于推进立足国内的区域、城乡协调发展——推动“电商”下乡的举措已初见成效，表明在协调城乡发展上，物联网可以有所作为。作为一种创新驱动的发展方式，物联网是一种不过度依赖消耗自然资源的内涵式发展方式；其不重排他性“所有权”而更重视分享性“使用权”的运作特点，又使其在已生产出的产品的充分利用上可以发挥作用，因而它也是一种节约型发展方式；其“分享主义”的基本价值原则，对影响大众生活的过度的“消费主义”也会有所矫正——里夫金《零边际成本社会》一书在结尾处指出：物联网的发展也有助于不断提升全球“生物圈意识”，因而对绿色发展也有重要推动作用。作为第三次工业革命的代表，物联网生产方式的发展，无疑是中国特色社会主义的大发展、中华民族的伟大复兴的重大战略机遇，而这也为中国文论的自主创新带来了重大历史机遇。

第二章　物联网革命开启中国文论自主创新时代

上一章对物联网引发的全球物质生产方式新革命作了初步分析：一方面，物质生产方式的革命必然也引发包括文艺在内的文化精神生产方式的革命；另一方面，作为物联网基础性技术之一的移动互联网社交平台技术等还直接引发文艺、文化生产方式的变革，进而也将引发文艺、文化理论范式的“技术转向”及向“文艺与技术关系”问题域的重大转型。这是中国文论自主创新的重要契机，而理解这种转型意义，又需要回到中国文论发展的历史进程中去。理论的创新离不开历史的传承，下面以 2018 年改革开放 40 年、2019 年新中国成立 70 年为两个时间节点，对中国当代文论发展史略作梳理和总结，以清理出中国文论自主创新的历史基础。

第一节　语言、文化、技术：40 年文论三次转向与马克思归来

近 40 年的中国文论是在改革开放和全球化进程中发展起来的，因此，也应置于这一进程中加以反思。反思历史又需首先立足当下：2018 年注定是不平凡的一年，是中国改革开放 40 周年，同时也是《共产党宣言》发表 170 周年、马克思诞辰 200 周年，1968 年法国“五月风暴”50 周年，当然也是始于 2008 年而至今依然阴魂未散的全球金融危机 10 周年——如果不拘囿于过度分化、细化的学科专业主义，我们就会发现，这些时间节点，对于反思文艺、文化理论的发展

历程，瞻望其未来发展前景，都具有特别重要的意义。40 年来，中国文论已经历“语言（学）转向”“文化转向”，21 世纪以来又正在经历由物联网等新技术引发的新的“技术转向”。今天看来，在历次转向中总体上我们坚持了马克思主义基本立场，但毋庸讳言的是，前两次转向也存在跟着西方转、自主性不足及偏离马克思历史唯物主义等问题。因此，反思和总结文论这 40 年发展的经验和教训，首先需要坚持马克思主义的基本立场，同时还要有全球化眼光。

一、“文化转向”的终结与“技术转向”的开启

从西方看，1968 年“五月风暴”后，西方文论的“文化转向”开始极速扩张，而其重要历史背景是：西方尤其法国知识分子由“街头革命”退缩到“书斋革命”“话语革命”，于是后现代解构主义话语大行其道。今天我们反思“文化转向”的积极或消极意义，都不应忽视这一历史背景。而在 1990 年代跟着西方转的我们，是缺乏这种反思的：今天看来，西方的“文化转向”在实践上与西方消费社会、信息时代转型密切相关，在理论上则关乎马克思主义理论命运的沉浮。在此前的“语言转向”或“向内转”中，作为文艺“内部研究”的形式主义、结构主义大行其道，而作为“外部研究”的马克思主义不再被重视。“文化转向”则是一种“向外转”，并且批判当代消费资本主义是其主流，马克思的批判精神得到一定重视和继承，但经济、物质生产等历史唯物主义的基本问题不再被重视。在“文化转向”中，马克思可谓“不在场的在场者”，而在当下新的“技术转向”中，马克思正重新“登场”：2016 年由克里斯蒂安·福克斯和文森特·莫斯可编辑的《数字资本主义时代的马克思》宣告“马克思归来”，基于数字技术的信息互联网发展为物联网，开启了新的“技术转向”。如果非要确定一个时间节点的话，笔者愿意把新“技术转向”开始的时间点定在 2008 年：这一年肇自美国的金融风暴袭击全球，使全球经济发展至今依然没有摆脱低迷状态。但理论界往往忽视的是：也恰恰是从 2008 年开始，物联网、大数据、区块链、人工智能等新数字技术开始极速发展，并越来越深刻地改变着人们的日常生活、物质生产方式和包括文艺在内的精神生产方式。这是文论要开始“技术转向”的最基本的社会实践基础，而物质生产方式作用的凸显，为重视物质生产研究的马克思的归来，提供了重要契机。

在回溯历史之前，首先揭示一下“文化转向”的“完成”同时也是“终结”。主导“文化转向”的后现代解构主义大师罗兰·巴特、米歇尔·福柯、雅克·德里达、让·鲍德里亚、斯图亚特·霍尔等已相继离世，更为重要的是：大师们所追求的激进“理想”正在成为“现实”，而使之成为现实的，是当下正在进行的“技术转向”的终极目标“物联网”尤其是“人工智能”。人工智能已开始像人一样“写作”，比如微软小冰已经可以创作作为文学皇冠上钻石的诗歌，并且已经出版了一本像模像样的诗集。在作为智能机器的小冰那里，“人”准确地说是我们作为肉体凡胎的“生物人”之为“主体”已被彻底解构，颠覆“主体形而上学”的解构主义大业，正在被彻底完成。现代派作家曾追求过“自动化写作”，后现代大师巴特追求“零度写作”并宣告“作者已死”，福柯宣判“人已死”——这在小冰“身”上已被实现。大师德里达所追求的，彻底解脱所指的束缚而成为能指的无限蔓延的写作理想，也正在被真正实现。作为生物性的人在写作中想彻底排除自己感受、感情及外界所指物的影响（束缚）是很难的，而对于物理性的智能机器人来说这根本就不是个问题。它们没有肉身，因而也没有感受、感情的束缚，并且也不受外界所指物的影响。微软小冰写诗是绝对的自动化的零度写作，是纯粹的能指链的无限蔓延。文化研究大师霍尔的“编码—解码”理论或许依然部分有效，但编码者已不再是作为生物人的统治阶级，而是物理性的智能机器。那么，大众抵抗性解码所要抵抗的是谁呢？当然，解构主义在哲学上所追求的瓦解“人类中心论”的理想也正在被实现——智能机器人作为物理性的新“物种”将取代生物性的人类的“中心”地位。还沉迷在解构主义“后”字话语迷宫中的理论批评家们宣称一个“后人类”时代正在到来，或者说，人类作为一种物种正在被“后”掉。

我不知道，自己激进理想已实现的后现代解构主义大师们九泉之下是否会安息，因为总体上他们对现代技术并无好感，除了本雅明等之外，他们普遍持技术悲观主义态度。当下新技术所产生的结果，对于他们来说或许正如他们常使用的一个词——“反讽”。但是，不管怎么说，无可奈何花落去，如果我们还继续跟着后现代大师们的话说，最多只是狗尾续貂；想别开生面，就要明白“物联网”“人工智能”等已使大师们与我们“划清界限”了。他们是非网络化、非智能化时代的大师，我们则要做数字化、网络化、智能化时代的理论研究者。文化转向中解构主义文化批判依然部分使用语言转向中结构主义文本批评中的话语，但基本“范式”已变；同样，在当下新的技术转向中尤其在其初始阶段，依然可以部分使用后现代解构主义文化批判的话语，但必须转换基本“范式”。笔者注意到：当下操持“后”字解构主义话语的许多关于互联网、人工智能等极致技术的文化批评，基本“范式”未变，比如用“后人类”来描述人工智能所开启的新时代就是如此。因此，在理论上自觉推动基本范式的转换，非常必要。

今天看来，世界文论的三次转向，首先与“技术范式”转型尤其是信息传播技术发展相关：(1) 与“语言（学）转向”相对应的是印刷技术，大致可以将这次转向视作安德森所谓“印刷资本主义”时代信息传播状况在理论上的总结，所采用的可称之为“印刷”范式。(2) 与“文化转向”相对应的是不同于印刷技术的新的电子传播技术，从对大众文艺生活的影响来看，尤其是电影、广播、电视等技术。代表文论“文化转向”的所谓“文化研究”，其实是随着技术的发展而发展的，阿多诺主要谈的是广播、电影等，本雅明主要谈的是电影，而从麦克卢汉和伯明翰学派始，文化研究越来越主要谈电视——笔者认为，“电视”乃是文化研究的最主要对应物，并因此可将其基本范式称为“电视范式”。总体来说，可将“文化转向”及其研究成果称为“电子资本主义”时代信息传播状况在理论上的总结。(3) 与当下正在经历的“技术转向”相对应的首先是不同于“模拟信号”的“数字信号”技术（在此意义上可称其为“数字化转向”），与此对应的技术载体是建立在二进制数字技术上的计算机和互联网，信息互联网又发展为物联网，而人工智能当是数字化技术发展的极致。“物联网范式”尤其是“人工智能范式”已大大不同于“电视范式”，文化研究的进一步发展必须转换范式，而“技术转向”所要完成的将是“数字资本主义”时代的信息传播状况在理论上的总结。

尽管“技术”在现代历史中始终扮演革命角色，但到了当下，“技术”已从后台走向前台，并日渐成为革命的“中心”，同时也是全球社会生活的“中心”——这是“技术转向”的内涵之一。贯穿印刷资本主义、电子资本主义、数字资本主义三阶段或“印刷范式”“电视范式”“互联网范式”的一条重要脉络，是文化信息的大众化、民主化：现代印刷机大大提升了文化普及率，电视机对此有进一步提升，而作为“超级计算机”的互联网在对文化大众化提升的幅度上，是前两者无法望其项背的。数字资本主义开始于计算机，巨型计算机的微型化而出现所谓“微机”或“个人电脑”，标志着这一工具大众化、民主化的第一步；一台台电脑通过万维网连通起来，大众也就连通起来了，这是更具革命性意义的第二步。互联网的Web 1.0阶段，大众通过浏览网页（所谓“网上冲浪”），更便捷地获得更大量信息，标志着信息与文化大众化程度的大幅度提升，但在此阶段，大众依然还是“消费者”，以“电视范式”为主导的文化研究范式依然适用于分析这一阶段的文化现象。更具革命意义的是Web 2.0阶段，即社交平台的出现，大众不仅仅只通过互联网“消费”信息，而且也可以通过互联网平台“生产”“发布”“传播”信息，而信息互联网又进一步发展为物联网，与移动化智能手机结合在一起，使大众这方面的能力得到进一步提升——不同于“文化转向”的“技术转向”由此真正开始。

“技术转向”的真正开始，意味着此前文化转向中出现的种种理论范式，已越来越不适合阐释新的社会文化现象，文艺、文化乃至整个社会研究的基本范式正在经历新转型：（1）在“技术范式”上，文化转向中的主导范式是“电视范式”，“遥控器”是大众文化反抗的利器，但这种反抗总体来说毕竟是“无声”的并且是相互孤立的，而“智能手机”则使大众的反抗由“无声”变为“有声”并且是互联互通的。当大众能把自己生产的文字、视频、音频等发布到社交平台上传播时，用菲斯克的话来说，他们就不再仅仅只在沉默中再生产文化产品的“意义”部分，而且在大声喧嚣中生产文化产品的“物质”部分了。“电视范式”已不再完全适应用于移动智能互联网时代的大众文化的研究。（2）在“主体”范式上，在电视范式下，大众主要是“消费者”，而社交网络尤其智能手机则使大众成为一种新的文化主体，即“产消者”。如果说电视带来了大众文化“消费”的革命的话，那么，智能手机等则带来了大众文化“生产”的革命。作为“产消者”的大众开始参与包括文艺在内的文化信息生产、流转的各环节、全过程，并逐步对社会文化生态产生越来越大的影响。当然，更具激进性的数字技术是物联网尤其是人工智能，智能机器正在使大众成为包括文化产品在内的信息产品的“生产者”，而物联网“创客”还使大众成为物质产品的生产者。这是对只关注文化信息符号产品的“消费者”“受众”的后现代文化研究更大的挑战，“文化转向”的终结，看来势在必行。

更为重要的是，引发文论范式转型的“技术转向”，不仅关乎“技术范式”的转型，更关乎“社会转型”尤其是“物质生产范式”的转型。与“文化转向”相伴随的是一场重大的社会转型。对此学界有不同的描述：后工业转型、后现代转型、消费社会转型、信息社会转型等——总体来说，信息、文化的生产尤其是消费，在社会生活中发挥越来越大的作用，乃是此次社会转型的重要特征之一，[①] 也是包括西方马克思主义在内的文化研究轻视物质生产的历史原因之一。与当下正在进行的新的“技术转向”相伴随的也将是一场新的重大社会转型，其不再像电视等技术一样只单纯影响大众的文化活动，物联网、区块链、大数据、人工智能等新技术也开始对物质生产或实体制造等产生越来越深刻而广泛的影响。新技术带来的数字化、网络化、智能化，既是当今全球文化精神生产方式发展的趋向，也是当今全球物质生产方式发展的大势——这也意味着“信息化时代”的终结，而“信息化时代”单纯的“传播媒介范式”将越来越不适用于分析当下和未来的文化发展状况，这为我们重回马克思“精神生产—物质生产”理论框架、从物质生产方式革命角度审视当代全球文化的重大变革和发展大势提供了现实基础。这也正是在新的“技术转向”中马克思归来的重要契机。

二、语言转向、文化转向：马克思的缺位与“不在场的在场”

改革开放 40 年以来，中国文论于 1980 年代开始“语言（学）转向”或“向内转”，1990 年代开始“文化转向”或“向外转”。从中西比较看，钱中文先生认为这两次转向存在一种“错位”现象：1980 年代，中国文论开始语言转向、向内转时，西方文论已开始文化转向、向外转，而且总体来说，这两次转向我们是在慢半拍中追随西方而“跟着转”的。从发展角度看，在开放之初首先向西方学习是没有问题的，并且中国文论界也绝非只单纯地跟着转，还是取得了不少结合本土实践的理论成果的，总体上也坚持了马克思主义基本立场，成绩也不必低估。

首先看 1980 年代的“语言（学）转向”。应该说以此描述中国文论 1980 年

① 这方面的详细梳理和分析，参见刘方喜：《消费社会》“导读”部分，北京：中国社会科学出版社 2011 年版。

代的转向不尽准确，相关的描述还有如审美转向、本体（论）转向、主体（论）转向、向内转等。而转向的重要的思想史背景，是改革开放之初的拨乱反正、思想解放运动。所谓“转向”又是相对于在此之前的30年文论总体趋向而言的，涉及的核心议题是文艺与政治的关系：前30年越到后期，确实存在把文艺与政治关系简单化、教条化乃至庸俗化的倾向。这在文艺政策与学术研究方面都有所体现，而作为政策层面的拨乱反正，1980年，邓小平提出“不继续提文艺从属于政治这样的口号”，《人民日报》发表社论《文艺为人民服务文艺为社会主义服务》，“双为”成为文艺发展的基本方针政策。这无疑克服了把文艺与政治关系简单化的倾向，而在学术研究领域的第一次转向则可以说是文艺领域思想解放运动的重要标志之一。其重要意义也在于：恢复了文艺与政治之间关系复杂性、丰富性的本来面貌。但毋庸讳言的是，学术理论研究领域也确实存在一些片面、极端的矫枉过正倾向：由强调文艺与政治关系复杂性，到彻底割裂两者之间联系。这又集中体现在对待马克思主义文论的态度上：此前的马克思主义文论一定程度上确实存在教条化乃至庸俗化的倾向，但在此次转向中又出现疏离乃至偏离马克思主义的极端、片面倾向，试图以西方新的时髦理论取代马克思主义文论。

中国文论的这次转向，是在开放、全球化进程中进行的，因此，也应置于这一进程中来加以辨析和反思。一定程度上，此次转向是在西方相关思潮推动下进行的，而与西方相关思潮又存在历史时序上的某种错位。“语言转向”与俄国形式主义、法国结构主义等思潮相关，俄国形式主义还与俄苏的马克思主义有一定关联，随着俄苏学者雅各布森等的西移，后来又形成了布拉格结构主义和法国结构主义，英美又出现新批评、叙事学等理论，它们一起汇聚成了西方文论的一股重要思潮，标志着西方文论基本范式的一次重大转向。对于西方而言，这种转向所针对的首先是此前包括精神分析、存在主义文论在内的“心理主义”倾向，总体上“语言学”转向是相对于“心理学”而言的，其力图以“结构主义范式”取代“心理主义范式”，在哲学上存在解构“主体中心论”的趋向；而在中国文论此次转向中，“心理主义范式”却大行其道，具有心理主义倾向的存在主义、精神分析等理论广受推崇。美学和文艺上的“主体论”俨然成为我们此次转向的重要标签之一，“主体转向”也是对此次转向的重要描述之一。此次转向也被描述成所谓“审美转向”“本体（论）转向”，这种强调审美自律、艺术本体等的观念，与西方更早的康德美学、唯美主义思潮等相关。从中国文论自身发展史看，此次转向所推崇的包括精神分析在内的主体心理批评和审美自律等理念，其实早在几十年前的五四时期就已颇为盛行——凡此种种昭示着 40 年文论第一次转向的复杂性。

以上在中国文论与西方文论发展时序上辨先后，并非要在理论价值上论高下，而是要揭示中西关系的复杂性。从马克思主义理论命运的沉浮来看，无论是中国还是西方的“语言转向”或“向内转”，都存在把马克思主义文论当作“外部研究”而不加重视的倾向，总体上马克思是“缺位”的——对此，美国学者弗雷德里克·詹姆逊《语言的牢笼：马克思主义与形式》已有较为深入的辨析。从方法论上看，对文艺作品的形式结构、审美特性的分析，与对作品内容及其所反映的社会历史内容的分析，处于不同层面，两种研究方法并不必然存在不可兼容、相互取代的关系，而 1980 年代文论的第一次转向中却存在以审美的、形式结构的“内部研究”取代社会历史的“外部研究”的倾向。在价值论上，过度强调文艺政治性的片面、极端倾向固然需要拨乱反正，但是不能由此走向另一极端，即完全割裂文艺与政治的关联。在语言转向中或多或少存在相近倾向，而在其后强调“再政治化”的“文化转向”中，这种倾向得到一定程度的调整。

再看 1990 年代开始的“文化转向”。总体上说中国文论的此次转向，也是紧随西方之后而“跟着转”的，但也存在我们本土社会文化发展状况的现实推动。在中国当代文学批评和研究领域，有学者强调“九十年代文学”已是不同于“八十年文学”的新范式；受西方后现代主义思潮影响，也有不少学者用不同于“新时期”的“后新时期”来描述这种新范式，并且“后”字满天飞成为此次转向的一个重要现象。从社会经济发展看，1992 年邓小平南方谈话使中国坚定走上社会主义市场经济发展道路，随着生产力和综合国力的逐步提高，中国文艺、文化的进一步发展必然面临越来越多与传统不同的新问题，准确地阐释这些新问题，要求文论基本范式有新的转型。再更具体地从文艺、文化发展状况看，在语言转向中，以“语言”为载体的文学在文艺乃至整个社会文化活动中处于显要位置，这从 1980 年代早期各类图书的畅销、文学期刊的快速发展、许多文学作品极易引起社会轰动等现象可略见一斑；而进入 1990 年代，电视机日益普及，电视文艺、文化的社会影响越来越超过文学，并且与大众日常消费活动的联系越来越紧密，可以说，“电视范式”越来越取代“语言范式”而成为主导范式——这是第二次转向中，文艺理论研究的重心由“纯文学”向更具宽泛意义的“文化”“消费”“日常生活”等转向的重要的现实原因。

关于信息媒介技术对文化转向的影响，前已有所分析；而从理论思潮的变化看，西方与“文化转向”相伴随的是所谓“新历史主义”思潮的兴起，从文艺研究来说，这与“外部研究”相关，这种“历史主义范式”与以“内部研究”为主的“结构主义范式”已非常不同，也是文论新转向的重要标志之一。而马克思主义历史唯物主义无疑也是一种“历史主义范式”，因此，在“文化转向”中，马克思或多或少受到一定重视，这尤其体现在西方马克思主义文论上。如果说语言转向存在“去政治化”趋向的话，那么，这种文化转向则出现了“再政治化”新趋向。但是，包括西方马克思主义在内的西方文化研究，继承马克思批判精神的同时，也存在偏离历史唯物主义的趋向。马克思所讲的“政治”是被“经济（基础）”所决定的，而文化研究所谓“再政治化”之“政治”则是“文化政治”“微观政治”或消费活动中的“日常生活政治”等，马克思所讲的被经济决定的政治被作为所谓宏大话题而不予重视，总体上马克思可谓“不在场的在场者”。这又集中体现在基本方法论上反对所谓马克思的“经济决定论”或“经济主义”而呈现出“去经济学化”的倾向——对此，西方学者加恩海姆已有所反思：“在发达资本主义国家近十年内的主要政治和意识形态领域的斗争，无论好坏，都是紧紧地围绕着经济问题的——税收、福利、就业和失业，即使不希望成为经济主义，难道从事文化研究的人真的能够否认这些事实吗?”[①]

但是，总体来说，西方“文化转向”的“去经济学化”的倾向并无大的改观。[②] 而中国文论的第二次转向与第一次转向一样，依然存在追随西方“跟着转”而自主意识不强的总体性不足，这表现在：文论界对包括西方马克思主义在内的文化理论主要处于引介上，对于西方“文化转向”的总体不足还缺乏深入反思。

---

① 尼古拉斯·加恩海姆：《政治经济学与文化研究》，贺玉高、陶东风译，《西北师大学报（社会科学版）》2005 年第 1 期。

② 这方面的详细分析，参见刘方喜：《批判的文化经济学》第一章，保定：河北大学出版社 2013 年版。

三、技术转向中马克思的归来与中国文论的自主创新发展

今天看来，要对文论三次转向作深入而准确的反思，需要“回到马克思”，并且需要我们重新“发现”马克思：在中国和西方的“文化转向”中，“上层建筑（意识形态）—经济基础”往往被视作马克思文艺、文化思想的唯一分析框架，这种认知并不准确。在马克思那里，文化发展最终、最根本的“基础”，其实并非作为“生产关系总和”的“经济基础”，而是作为“生产关系”与“生产力”的总和的“物质生产方式”，“精神生产—物质生产”才是更基础性的理论框架。马克思在这方面的经典论述是：

> 要研究精神生产和物质生产之间的联系，首先必须把这种物质生产本身不是当作一般范畴来考察，而是从一定的历史的形式来考察。例如，与资本主义生产方式相适应的精神生产，就和与中世纪生产方式相适应的精神生产不同。如果物质生产本身不从它的特殊的历史的形式来看，那就不可能理解与它相适应的精神生产的特征以及这两种生产的相互作用……只有在这种基础上，才能够既理解统治阶级的意识形态组成部分，也理解一定社会形态下自由的精神生产……资本主义生产就同某些精神生产部门如艺术和诗歌相敌对。①

马克思以上经典论述在中外文艺、文化理论研究中并未得到足够重视，而其中马克思实际上勾勒了包括“艺术和诗歌”在内的“精神生产”的两种社会形象：“意识形态”与“自由的精神生产”——通常所谓的“上层建筑—经济基础”框架只适合于分析作为“统治阶级的意识形态组成部分”的文艺、文化，并不直接适用于分析作为“自由的精神生产”的文艺、文化。

更为重要的是，马克思实际上还特别强调：不能把“精神生产—物质生产”当作抽象的超历史的分析框架来运用，而要作历史的考察。物质生产总具有“一定的、历史地发展的和特殊的形式”，而非恒定不变的，不仅“资本主义生产方

① 《马克思恩格斯全集》第 26 卷第 1 册，北京：人民出版社 1972 年版，第 296 页。

式”不同于“中世纪生产方式”，而且资本主义生产方式本身也始终处于“历史地发展”过程之中。马克思所处时代的第一次工业革命，塑造出资本主义物质生产机械化、自动化的特殊的历史的形式，其后的新工业革命又不断地改塑这种形式，而与西方文论“文化转向”相对应的第三次工业革命，又是一场信息革命，标志着人类进入信息化时代。电子信息技术尤其是电视技术为文化产业的大发展奠定了技术基础，在物质生产之外的“文化产业”成为“支柱产业”。这是包括西方马克思主义在内的文化研究相对更重视“文化”在当代资本主义社会生活中的突出作用的原因。而在马克思所处的19世纪，“文化产业”还远远没有发展起来，“文化”在社会生活中的作用也远远没有这么大。从这个意义上说，“文化转向”中重“文化”而轻“经济”尤其轻视“物质生产”，是具有一定历史合理性的。但是，西方学者往往忽视的是：“文化产业”的崛起或费斯克所谓的“文化经济”的大发展，恰恰是建立在物质生产大发展基础上的，没有第二次工业革命中物质生产领域的电气革命，第三次工业革命中的新能源、新材料革命等及由此累积发展起来的巨大的物质生产力，就不可能有当代文化经济的大发展。由此可见西方“文化转向”轻视“物质生产”的历史局限性。

在“文化转向”的时代，包括文艺、文化在内的“信息”是在相对独立于物质生产之外发展的，这同时也意味着“信息”并未直接作用于物质生产或实体制造。在当下新的“技术转向”中，建立在数字信息基础上的物联网、大数据、人工智能等则开始直接作用于实体制造，或者说开始直接融入物质生产之内而成为其内在要素。前已指出，以社交平台为代表的互联网Web 2.0已开始改塑文化生产方式，其后，互联网技术的进一步发展又把“物”带入互联网，传统的“信息互联网”发展为“物联网”。这在互联网和数字技术发展史上同样是革命性的，其革命性表现在：正在开始改塑物质生产的工艺过程，引发物质生产新的工艺革命。有人认为信息时代是第三次工业革命，但美国学者安德森辨析指出，信息革命并不等于工业革命，当然更不等于机器革命。“自信息时代在1950年左右露出了一丝曙光，经历了20世纪70年代末、80年代初的个人电脑发展期，又走到了90年代的网络时代，这毫无疑问可以称之为一次革命。但直到目前它在制造业开始显示威力之前，都不能被看作真正的工业革命。因此，不妨将新工业革命看作数字制造和个人制造的合体：'创客运动'的工业化。"① 从物质生产的全流程来看，所谓"信息时代"只意味着流通等过程的"信息化"，并没有带来物质生产工艺过程本身的"信息化"。物联网、创客的出现，则标志着物质生产或实体制造工艺过程本身的信息化、数字化、网络化、智能化。单纯的"信息化"时代正在终结和一种新的"工业化"时代正在来临，是当下文论新的"技术转向"最重要的时代背景。

物联网、创客等开始赋予当今全球物质生产以新的数字化、网络化、智能化的特殊形式，而"与它相适应的精神生产的特征以及这两种生产的相互作用"也必然随之发生新的变化，其中最突出的变化是"两种生产"开始走向融合。互联网、人工智能等数字技术不仅成为当今全球文化生产的内在要素，也正在成为当今全球物质生产的内在要素。数字化、网络化、智能化正在成为全球文化精神生产与物质生产共同的发展趋向。这种新的时代状况，也宣告着割裂与物质生产的关联而孤立分析文化生产的"文化转向"的终结，单纯的"信息范式"或"传播媒介范式"已不再完全适用于分析当下新的文艺、文化现象。另一方面，如果说在"文化转向"中马克思还是"不在场的在场者"的话，那么高度重视与物质生产关联的马克思文艺、文化理论在新的"技术转向"中正在重新"登场"。西方学者宣示数字时代"马克思归来"，可以说体现了一种时代的召唤。

再回到中国文论40年的发展进程中来：如果说在"语言转向""文化转向"中，中国文论或多或少存在"跟着转"的不足的话，那么在当下新"技术转向"中则迎来了在"主动转""同步转"中自主创新发展的重大契机。在理论上，"语言转向"作为所谓"向内转"，脱离了马克思结合社会实践尤其是物质生产讨论文艺、文化问题的历史唯物主义方向，马克思是"缺位"的；"文化转向"虽然是"向外转"，但其中作为文艺、文化活动的"外部"因素，总体上是不包括经济活动尤其是物质生产方式的，偏离历史唯物主义的倾向并未真正改变，马克思依然是"不在场的在场者"。"在场"是说马克思的批判精神还在，"不在场"是说所谓马克思的经济决定论或经济主义受到普遍质疑。在当下数字技术尤其是物联网技术引发的第三次"技术转向"中，马克思正在重新"登场"。从中国文论

---

① ［美］克里斯·安德森：《创客：新工业革命》，萧潇译，北京：中信出版社2012年版，第48页。

40年发展史看，改革开放使我们克服了马克思主义教条化的倾向，而总体上我们始终并依然高举马克思主义的旗帜，这是中国文论在世界文论新转向、马克思归来的新时代中，可以坚定理论和文化自信的底气所在。再从技术和物质生产实践看：在文化生产方面，如果说在“文化转向”中我们的电视文化发展要比西方慢半拍的话，那么，在“技术转向”中我们的互联网、智能手机等的发展则与西方基本同步；在物质生产方面，我们的物联网、大数据、人工智能等数字技术的发展及其融入实体制造的产业化发展，也与西方几乎同步；更为重要的是，40年改革开放取得的历史性成就，综合国力的大幅度提升，使中华民族实现了由站起来、富起来到强起来的历史性飞跃。如果说在第一次工业革命的物质生产方式的机械化、自动化变革上中华民族没有抓住发展的机会的话，那么在当今新技术、新工业革命引发的物质生产方式的数字化、网络化、智能化变革上，中华民族则迎来了伟大复兴的重大机遇。① 凡此种种为中国文论在主动推进当下世界文论新的“技术转向”中自主创新发展提供了坚实物质基础。

总之，在当下世界文论新的“技术转向”中，中国文论自主性大发展，在理论资源和物质基础方面都具有一定优势。当然，我们也必须清醒地认识到，从世界范围内看，与互联网、物联网、区块链、大数据、人工智能等数字技术正在按摩尔定律“指数级”增长的速率相比，当今包括文艺、文化理论在内的全球哲学社会科学研究，都普遍显得滞后。这对中国文论来说，既是挑战，也是自主创新发展的重大机遇，因为我们不必再等着西方开始新的“技术转向”之后再“跟着转”，而至少可以“同步转”乃至“带着转”。但其前提是，面对当下新技术的极速发展及其对社会生活的巨大的革命性影响，我们必须首先主动、自觉地增强“转型意识”，充分认识到西方“文化转向”中的后现代解构主义话语、“信息范式”或单纯的“媒介范式”，对当下新的社会文化实践已经越来越缺乏解释力。唯其如此，中国文论才能真正抓住机遇而获得自主创新发展。

---

① 这方面的详细分析，参见刘方喜：《“大机器工业体系”向“大数据物联网”范式转换：社会主义“全民共建共享”生产方式建构的重大战略机遇》，《毛泽东邓小平理论研究》2017年第10期。

第二节 文艺与政治、经济、技术：70 年中国文论问题域的演进

上一节以 2018 年改革开放 40 年为时间节点，梳理了中国文论的三次转型及其中马克思主义文论的沉浮；本节再以 2019 年新中国成立 70 年为时间节点，对马克思主义文论自身的基本“问题域”的历史演进加以梳理和分析。这两个时段是有所交叉的，但我们梳理的视角有所不同，因而呈现的理论的历史面貌和脉络也会有所不同。

在“语言转向”或“向内转”中，马克思是缺位的，但这主要体现在表层的思想潮流上，实际上，此期中国马克思主义文论依然在坚守中有所发展，尤其在“文艺与政治关系”这一马克思主义文论的经典问题域的研究上是有新的拓展的。

在“文化转向”中，马克思是“不在场的在场者”，跟着西方大众文化理论走的我们不太重视对文艺与经济关系的研究，但这同样体现在表层的思想潮流中。我们文论界对文艺与经济关系还是有所研究并取得一定成果的，尽管在当时这方面的研究并非主流。上一节的分析已经指出：“语言转向”“文化转向”总体来说是我们跟着西方转，自主性相对不够强，但是，透过这些表层的思潮，我们会发现：此期在“文艺与政治关系”“文艺与经济关系”问题域研究上我们并没有完全跟着西方走，而这方面的研究成果相对而言自主性是较强的，尽管理论上可能还不太成熟。因此，把改革开放 40 年以来的两次转向，置于新中国成立 70 年这个更长历史时段中并从“问题域”的角度加以重新审视和考察，有助于更全面地揭示和把握中国当代文论发展的历史全貌，尤其有助于发现那些可能被一时热闹的思潮所掩盖的自主性相对较强的研究及其成果。这种发现对于我们今天在新的历史起点上进一步推进中国文论自主综合创新非常重要。

“技术转向”涉及的基本“问题域”是“文艺与技术关系”，上一节对此有所讨论，本节将对中国文论界具体研究及所取得的成果略作概述，以更清晰地清理出中国文论自主创新的新起点。

一般认为，“文艺与政治关系”是马克思主义文论的基本“问题域”，而 1990 年代以来“文艺与经济关系”这一新问题域凸显出来，21 世纪以来，物联

网、人工智能等新技术的发展又使“文艺与技术关系”这一问题域凸显出来。如果说70年实践发展尤其是经济发展为中国社会进一步大发展已累积起厚实的实践基础的话，那么，70年文论发展累积起的丰厚理论基础，则使中国马克思主义文论自主综合创新发展迎来重大机遇。

一、“问题域意识”与70年文论问题域的演进

从当下和未来趋势看，世界文论正在进入综合创新时代，这种综合创新需要吸收、融合历史传统理论资源，同时又要克服历史上比如文论界1980年代所谓“片面的深刻”及与此相关的非此即彼、独断论的思维定式。为此，可以引入美国科学哲学家达德利·夏佩尔的“域”或“问题域”研究法，“域，就该术语用在这里的意义而言，不只是一个相关信息群；它是一个存在着问题的相关信息群，而这个问题通常是被充分限定的并且是在一些特别考虑（即‘充分理由’）的基础上提出来的”。夏佩尔还从4个方面描述了作为一种信息群的“域”的特征：(1)“这种结合是以各项之间的某些关系为基础的”；(2)“这样联结起来的信息群存在某种问题”；(3)“这个问题是一个重要的问题”；(4)“科学研究这个问题已经‘时机成熟’”。[①] 由此来看，这种“存在着问题的相关信息群”构成的“域”也可谓“问题域”，这一概念被科学或技术哲学广泛应用。为表述方便，兹引述“维基百科”对“问题域”的定义如下：

> “问题域（problem domain）”是需要检查以解决某个问题的专业或应用领域。聚焦一个问题域，意味着只关注某个个别兴趣的特定主题而排除其他一切……对于诸如对艺术、设计、创造性工作和后常规科学（post-normal science）等理性研究来说，问题域的问题寻求和非线性的方法，可能有助于将先前被排除的某个兴趣领域内部化（internalize）。[②]

这种“问题域（problem domain）”与阿尔都塞所谓的“problématique（英译为

① ［美］达德利·夏佩尔：《理由与求知：科学哲学研究文集》，褚平、周文彰译，上海：上海译文出版社1990年版，第302页、第306页。

② 参见维基百科网，https://en.wikipedia.org/wiki/Problem_domain，2019年2月4日。

problematic，中译也作‘问题域’）”有所不同，而与夏佩尔对“域（domain）”的定义大致相近。这种“问题域”具有一定排他性，但是，被一个问题域排除在外的“外部问题”，却可能被另一个问题域“内部化”而成为其“内部问题”。比如文论界 1980 年代所谓的“向内转”，只重视对文本分析这种“内部问题”的“内部研究”，而把所谓“外部研究”排除在文学理论学科研究之外。设定文本分析为特定“问题域”而重视内部研究本身没有问题，但由此认为这就是文论学科全部问题而排斥外部研究的价值，在思维方式上显然是一种非此即彼的独断论。在其后的所谓“向外转”中，所谓“外部问题”就被文化研究“内部化”而成为其“内部问题”，但是，以“文化研究”取代“文学研究”从而否定在特定问题域的文本分析的内部研究的价值的做法，其实同样没有摆脱非此即彼的独断论。夏佩尔强调：“不应当认为，对其中一个问题的完整回答，完全不依赖对其他问题的回答，从而可以把它们相互孤立开来逐一地加以研究。事实上我们将发现，它们是相互依赖的。也不应该设想，在试图理解科学的本性时不存在须加以研究的其他问题了，尽管我想证明上述问题是一些非常关键的问题。”[①] 这大致可以用来评述文论所谓“内部研究”和“外部研究”。“在域的项之间，或者在两个已经发现具有某种关系的域之间，发现的关系越多，人们就越感到它们之间可能存在着更全面、更深刻的关系。”[②] 把诸多“问题域”联系、整合在一起，是理论综合创新的一种重要路径。由此来看，夏佩尔的“域”或“问题域”意识，对于克服 70 年文论史上的一些独断论倾向是有助益的。

夏佩尔所谓的“域”与另一科学哲学家托马斯·库恩所谓的“范式”有所不同。夏佩尔指出：“从历史事实上看：在科学历史上不存在这样的时刻，在它之后，先前所使用过的一切背景信念都被抛弃了，也不存在库恩意义上的‘革命’，即旧‘范式’被一个与旧‘范式’不可比的新‘范式’所代替。”[③] 从文论史研究看，范式转换式研究更能揭示文论演进的历史脉络和规律，但新范式不断代替

---

① ［美］达德利·夏佩尔：《理由与求知：科学哲学研究文集》，褚平、周文彰译，上海：上海译文出版社 1990 年版，第 305 页。

② ［美］达德利·夏佩尔：《理由与求知：科学哲学研究文集》，褚平、周文彰译，上海：上海译文出版社 1990 年版，第 308 页。

③ ［美］达德利·夏佩尔：《理由与求知：科学哲学研究文集》，褚平、周文彰译，上海：上海译文出版社 1990 年版，第 30 页。

旧范式的描述，容易让人产生历史断裂的印象。与之相比，“问题域”的先后出现和成形，也可昭示文论演进的历史脉络和规律，而历史断裂性却相对较弱。

从马克思主义角度看，“理论问题域”的出现与“实践问题域”的出现密切相关。本章拟从“文艺与政治关系”“文艺与经济关系”“文艺与技术关系”这三个先后出现的“问题域”，来描述和考察70年文论的历史发展进程，而这又与新中国70年社会发展实践的变化密切相关：前30年计划经济等实践发展方式，决定着“经济”并不“直接”影响文艺，此期所形成的主要是“文艺与政治关系问题域”；改革开放使市场经济成为一种重要社会实践发展方式，“经济”开始“直接”影响文艺，逐步形成了“文艺与经济关系问题域”；新世纪以来，“技术”对文艺的影响越来越大，尤其人工智能技术更是在文艺作品生产环节开始产生“直接”影响，“文艺与技术关系问题域”呈现。这是从“变化”的角度来说的，从“连续”的角度来说：前30年以文艺与政治关系为主导问题域，并不意味着经济、技术对文艺的影响绝不被关注；同样，新世纪以来，文艺与技术关系问题域逐步凸显出来，也不意味着技术对文艺的影响在此之前绝对没有被关注。但是，一种“问题域”的出现、成形，也非基于主观的随意判断，而是有客观指标比如数据等方面的依据的：说“文艺与经济关系问题域”在1990年代以来逐步成形，是因为与此相关的论文尤其是“大众文化”方面的研究论文越来越多；同样，说“文艺与技术关系问题域”在新世纪以来逐步出现，也是因为相关研究论文的数量越来越大。也正因为如此，由“问题域”的出现和成形，可以审视文论的转型。

今天来看，三大问题域皆已暗含于马克思相关理论探讨中，社会实践发展特定阶段往往只会凸显出马克思整体理论的某个方面或某个问题域；而随着社会实践发展的日趋成熟，理论问题域会更全面呈现出来，马克思整体理论也会随之更全面展现出来。这为我们今天在历史与逻辑的统一中，将诸种问题域整合在一起进行综合创新提供了可能。下面，首先从问题域角度，对70年文论的发展进程作一简要梳理和审视。

二、文艺与政治关系：前30年文论问题域及其延伸

文艺与政治关系问题域主要涉及的是文艺的意识形态性问题。从世界马克思

主义文论史看，马克思、恩格斯、列宁等对此皆有经典论述，其后，文艺意识形态论也成为中国现代文论中的重要理论，尤其是在以马克思列宁主义为指导的左翼文论中。在总结左翼文论经验尤其是中国共产党领导的文艺发展经验的基础上，毛泽东《在延安文艺座谈会上的讲话》创造性地构建起中国马克思主义文论体系，作出了“作为观念形态的文艺作品，都是一定的社会生活在人类头脑中反映的产物”，“文艺为工农兵服务”，“政治标准第一，艺术标准第二”等重要论断，勾勒出了文艺与政治关系问题域的轮廓。在新中国成立后的 70 年中，前 30 年大致以文艺与政治关系问题域为主，而改革开放以来围绕意识形态的探讨及所谓“向内转”等，大抵也可视作这一问题域的延伸。

其一，前 30 年在文艺与政治关系问题域中对意识形态的探讨。1949 年新中国成立之后，在“延安讲话”的指导下，文艺意识形态论继续发展，并且受到了苏联文论的较大影响。1950 年代，苏联专家毕达可夫、柯尔尊等到中国讲学，皆从社会意识形态角度看文艺本质问题。1960 年代，中国文论界编写了两部文学理论教材：以群主编的《文学的基本原理》把文学界定为一种社会意识形态，认为文学与其他社会意识形态都是客观的现实生活在人们头脑中的反映，都被社会经济基础所决定，又反转来影响于一定的社会生活，对社会经济基础的巩固和发展，起促进、推动或阻碍、破坏的作用；蔡仪主编的《文学概论》虽出版于 1979 年，但编写主要是在 1960 年代进行的，其提出了文学是反映社会生活的特殊的意识形态的观点。这两部教材大抵体现了当时文论的基本认识。总体来看，十七年时期，文论界在文艺与政治关系问题域中，皆能坚持文艺意识形态性与非意识形态性的统一，而其后的“文革”十年，这种统一性被破坏，社会实践发展出现了偏差，文论发展也出现了偏差，意识形态性被当成文艺的唯一特性，文艺为政治服务变成文艺为一时一地的具体政策服务。

其二，改革开放以来围绕意识形态的探讨，依然是文艺与政治关系问题域的延伸。新时期改革开放在实践和理论上皆是从拨乱反正开始的。在政策层面，1980 年，邓小平提出不继续提文艺从属于政治这样的口号，文艺为人民服务，为社会主义服务成为文艺发展的基本方针政策。在理论层面，文论界围绕意识形态问题产生了争鸣：栾昌大提出文艺具有意识形态性和超意识形态性这双重特性；董学文提出文学艺术的特殊性在于它是意识形态和非意识形态的集合体；等等。这些观点强调了非意识形态性的一面，而吴元迈、陆梅林等学者则对此提出质疑。相关争论中有两点值得注意。

（一）吴元迈《关于文艺的非意识形态化》指出，文艺的非意识形态化，是过去和现在一切非马克思主义文艺理论的共同特征。以此来看，揭示并强调文艺的“非意识形态性”与“非意识形态化”乃至“去政治化”并不等同。

（二）围绕文艺是否属于上层建筑的讨论，使文艺与经济、政治的复杂关系得以呈现。朱光潜认为“上层建筑”与“意识形态”是平行的，反对在两者之间画起等号。① 吴元迈、钱中文等学者对此提出质疑。钱中文明确把文艺定位为观念的上层建筑，认为上层建筑是一种比较复杂的现象，除了意识形态的上层建筑，还存在政治、法律等机构这类上层建筑，后者们表现为社会实体，但归根到底，它们仍然是经济基础的反映，政治在上层建筑中起到主导作用，对于文艺实际也是如此。② 这勾勒出了“观念上层建筑（意识形态）—制度上层建筑—经济基础”这一范畴链，并与通常所谓的“文化（文艺）—政治—经济”正相对应。在此框架中，文艺、文化受经济的影响是“间接”的，而受政治的影响则是“直接”的。由此可见，说前 30 年总体上处在“文艺与政治关系问题域”中，是因为：要求文艺必须是“观念上层建筑（意识形态）”的反映，并且影响文艺发展的力量主要来自作为“制度上层建筑”的政治机构。

其三，新时期所谓“向内转”总体上没有越出“文艺与政治关系问题域”。1980 年代风头更劲的是所谓“向内转”。对此，学界有不同观点：陈燊认为，与当代西方形式主义文论有关，有人以语言否定文学的意识形态性；严昭柱强调，文艺意识形态性质问题，关系到对社会主义文艺的本质的认识，而“主体论”文艺观反对把文艺归入反映论、认识论领域，而认同现代西方文艺理论的表现论和表情说、欲望说。③ 这些观点批评的是当时热衷引进西方文艺理论所形成的所谓“向内转”“语言（学）转向”“审美转向”等总体态势，使“意识形态”被当作“外部的”“非语言形式的”“非审美的”问题在这些转向中被轻视乃至搁置，并

① 朱光潜：《上层建筑和意识形态之间关系的质疑》，《华中师院学报》1979 年第 1 期。

② 钱中文：《文艺和政治关系中的一个根本问题——论文艺作为“观念的上层建筑”的特征》，《学习与探索》1980 年第 3 期。

③ 《关于文艺的意识形态性问题——座谈会发言》，《文艺理论与批评》1990 年第 5 期。

且存在追求所谓“片面的深刻”的倾向，鼓吹“非意识形态化”乃至“去政治化”。某种程度上可以说这使“拨乱反正”走向“矫枉过正”了。

其四，“审美意识形态”论是此期在“文艺与政治关系问题域”中所取得的重要成果。董学文在描述此期的文论发展态势中指出，总体来说，将文艺简单界定为一种社会意识形态的文学本质观，受到相当程度的诘难和质疑。钱中文、童庆炳等提出，“审美意识形态论”似乎在肯定文艺的意识形态性的同时也顾及了文艺的审美特点，在当时的美学热与文艺理论美学化倾向指向中，得到较多学者的认同。① 此期与此相关的热点如美学热、形象思维讨论等，也是为了矫正此前强调文艺依附于政治乃至具体政策所导致的文艺创作的概念化、公式化、脸谱化等倾向。不同于“向内转”的矫枉过正，强调“意识形态性—非意识形态性（审美性等）”统一的审美意识形态和审美反映论，总体上可视作此期在该问题域所取得的重要成果。

三、文艺与经济关系：市场框架下凸显出的文论问题域及其缺失

说新时期围绕意识形态的讨论，是“文艺与政治关系问题域”之“延伸”，还因为此期出现的新问题域是“文艺与经济关系问题域”。其实践根源是中国逐步走上了社会主义市场经济发展道路，市场开始对文艺产生越来越“直接”的影响。这在文艺生产者收入来源上有突出表现：“市场”开始成为他们收入的主要来源，而在前 30 年的计划经济框架下，其收入主要来源于政府。从中国马克思主义文论经典文献看，习近平 2014 年《在文艺工作座谈会上的讲话》，是继毛泽东《在延安文艺座谈会上的讲话》后，又一重要纲领性文献。在延安时期及整个革命战争时期，在前 30 年计划经济条件下，文艺与市场关系问题都不是突出问题，而习近平讲话的重要现实背景之一是：推进社会主义市场经济改革使文艺与市场经济关系问题凸显出来。“文艺不能当市场的奴隶”的重要论断有着非常强的现实针对性——而这表明在新的实践问题域下理论上的“文艺与经济关系问题域”也凸显出来。在学界相关一系列讨论中，新的“文艺与经济关系问题域”逐步呈现出来，但相关研究总体上还不够深入。

---

① 董学文、陈诚：《近三十年文艺意识形态论争与反思》，《商丘师范学院学报》2008 年第 2 期。

其一，“文艺与经济关系问题域”在从通俗文艺到大众文化讨论中的呈现。从中国文艺现代发展史来看，在现代化之初，商业化通俗文艺如鸳鸯蝴蝶派等就粉墨登场，这表明“文艺与经济关系问题域”具有较强“现代性”，其中所谓的“经济”严格说来应为“市场经济”。新中国成立后的前30年，商业化通俗文艺退出历史舞台，是因为“市场经济”退出了历史舞台；改革开放以来，商业化通俗文艺再次呈现强劲发展势头，是因为市场经济再次登台——这表明理论问题域恰恰是随着实践问题域的出现而出现的。

随着商业化通俗文艺的兴起，学界相关研讨也随之出现。在当代和现代文学史研究方面，王先霈等主编的《80年代中国通俗文学》指出，通俗文学的勃然兴起和持续兴盛，在80年代中国的文学领域，或者扩大一些，在这一时期全社会文化生活之中，都是十分突出的现象；钱理群等著的《中国现代文学三十年》（修订本）把通俗文学的发展作为一种连续性的线索作了描述和分析；陈平原《二十世纪中国小说史》第一卷对中国现代通俗文学的早期发展更是作了大篇幅论述；范伯群主编的《中国近现代通俗文学史》则提出了通俗文学与纯文学是中国现代文学的“两个翅膀”的说法。新时期以来，港台武侠、言情等类型通俗文艺大量涌入内地（大陆），也引发了学界的争论，最具典型意义的当是对金庸的经典化。典型个案是中国现代文学研究资深专家严家炎对金庸武侠小说作了极高的定位，认为金庸的艺术实践使近代武侠小说第一次进入文学的宫殿，是一场静悄悄地进行着的革命。对于这些抬高商业化通俗文艺的做法，袁良骏、易中天、何满子等学者提出不同意见，发表了很多争鸣文章。

在理论研究方面，围绕文艺、文化能不能商品化也形成了争鸣：陈文晓《社会主义商品化——文艺繁荣的历史趋势》认为，“一部作品无论具有何等崇高的精神目的，如果没有票房价值，没有市场，那就算吃了败仗，失去了艺术的一切功能”；王锐生《社会主义条件下的精神生产与商品生产》指出，“我们所说的精神产品商品化，不光是说精神产品采取商品形式，而是指精神生产完全受价值规律的支配，以利润为其生产的主要目的”；蒋茂礼《商品化中文学独立品格的沦丧》同样分析道，“文学的商品化就决定了衡量文学作品价值的尺度不是美学标准，而是利润标准”。[①] 另外一些学者则提出了反对商品化的意见。进入 21 世纪，“大众文化”越来越成为学界关注的焦点，并引发了相关争鸣，文艺与经济交融所引发的文论转型得到了重视，大众文化的“两面性”“小众性”“强制性”以及文学性泛化、审美泛化等问题得到了广泛但并不深入的讨论。

其二，“文艺与经济关系问题域”在“人文精神”“新理性精神”讨论中的凸显。尽管 1980 年代已开始有文艺商品化的讨论，但总体来说，那时商品化似乎还没有对所谓严肃文艺创作形成多大冲击，严肃文艺的创作者们还在忙于思想解放和现代形式技巧的探索呢。但是，90 年代以降，随着中国坚定不移走上社会主义市场经济发展道路，市场在社会生活中的作用越来越加强，商业消费化文学对纯文学的冲击可以说已经非常明显了。这时候出现的关于“人文精神”的讨论，首先正是对这种冲击的应对。论争起始于王晓明等《旷野上的废墟——文学和人文精神的危机》一文，“一股极富中国特色的‘商品化’潮水几乎要将文学界连根拔起”，文学的意识形态功能“逐渐被其他传播媒介所取代，人民自己独立发言的能力也逐渐发达，文学‘载道’的事务就又濒于歇业了”。[②] 张颐武《人文精神：最后的神话》指出：“它（人文精神）被视为与当下所出现的大众文化相对抗的最后的阵地……‘人文精神’对当下中国文化状况的描述是异常阴郁的。它设计了一个人文精神/世俗文化的二元对立，在这种二元对立中把自身变成了一个超验的神话。”[③] 人文精神倡导者确有此倾向，但是另一方面，批评者似乎在以大众感性欲望为立足点，而强调精神生活的“自发性”，其实却忽视乃至掩蔽了在市场扩张中大众感性欲望被单纯消费化、片面化的一面。

随着商业社会中消费文化的普及和艺术产品市场化的加剧，现代审美性日益成为突出问题。其标志是审美行为和审美判断越来越强调感性解放和身体欲望的满足，强调审美活动的物质化、生活化和实用化。对此，文艺学美学界以钱中文为首，经过一段时间酝酿和探讨后，明确提出并大力倡导“新理性精神”。这一主张得到全国学界响应。“新理性精神”以重建人文精神为思想主导，试图综合

---

① 陆梅林、盛同：《新时期文艺论争辑要》（下册），重庆：重庆出版社 1991 年版，第 1891 页、第 1937 页、第 1974 页。

② 陈思和：《中国当代文论选》，上海：上海教育出版社 2010 年版，第 58 页。

③ 罗岗、倪文尖：《90 年代思想文选》第 1 卷，南宁：广西人民出版社，第 351 页、第 353 页。

理性和感性及非理性，以解决当前审美文化过分突出感性和身体性的问题。童庆炳、朱立元、王元骧、许明、徐岱等学者皆就此发表专文进行讨论。

其三，“文艺不能当市场的奴隶”、文化经济学与新问题域研究的深化。应该说，以上有关大众文化、人文精神、新理性精神等问题的讨论还是具有一定本土性、自主性和现实性的，并没有完全跟着西方大众文化理论走。1990 年代尤其是 21 世纪以来，从理论上看，中国文论界的主流是大量引进西方大众文化理论，相关研究也有较大发展。从理论演变看，如果说有关“人文精神”的讨论还主要遵循法兰克福学派范式而只看到大众文化的消极面的话，那么，此后主要遵循伯明翰学派范式而相对不再重视对大众文化负面性的研究似乎在文论界成为主流。西方大众文化理论总体上存在“去经济学”倾向，主要关注的是文化消费活动中的身份认同、区隔、竞争等问题，文化与市场经济之间关系这一更基础性问题，恰恰没有得到充分关注和深入研究，主要跟着西方说的中国文论界总体上也大致如此。总体来说，不顾中国实际，不顾产业化、市场化发展方式对文艺、文化发展的负面影响而简单地跟着西方说，滋生了很多问题。从实践看，文化产业化的发展方式一方面确实大大促进了当代文艺繁荣发展，但是另一方面，也出现种种乱象，并且许多负面现象有愈演愈烈之势。以此来看，2014 年习近平《在文艺工作座谈会上的讲话》所提出的“文艺不能当市场的奴隶”的重要论断具有极强现实针对性。此后，理论界对文艺与市场关系开始了更加深入的研究，如《文学评论》2014 年第 6 期集中刊发了一组讨论“文学与市场”的文章，高建平、程巍、刘方喜、赵炎秋等学者从多方面探讨了相关议题。

随着推进文化产业的发展成为国家战略，有关文化产业、创意产业发展具体方法的研究以及文化（艺术）经济学等方面的交叉研究获得较大发展。龚举善从文论范式转型的角度提出了“文学经济学批评范式”的概念[①]。胡惠林则对中国文化经济学的发展作了历史梳理：“中国文化经济学研究经历了 20 世纪 50—70 年代的初始阶段、80—90 年代的转型阶段和 20 世纪 90 年代后的建构阶段。艺术社会学和马克思主义关于经济基础和上层建筑的理论是中国文化经济学研究初始阶段的价值观与方法论，改革开放后中国从计划经济体制向市场经济体制转变，

① 龚举善：《文学经济学批评范式的生成逻辑与方法论意义》，《河北学刊》2017 年第 1 期。

带动了中国文化经济学研究的市场经济转向，重建关于文化与经济关系的认知系统，马克思主义政治经济学和现代西方经济学同时对中国文化经济学研究的市场化转向产生影响，形成关于文化商品的双重属性和文化经济运动双重规律理论。”[①] 这种历史梳理对于我们理解 70 年文论问题域的变化等有重要启示。

其四，马克思关于文化精神劳动“生产性”理论的重要启示。李准认为，“关于文艺发展和市场经济的关系在理论原点上并没有得到实质性的推进”，“对于包括文艺作品在内的精神产品是不是商品的问题，马克思主义经典作家也没有像对物质商品那样作出系统而又完整的论述。或者说，这是马克思主义经济学和文艺学还没有完全解决的一个难题”。[②] 但实际情况并非如此，如季水河《论马克思艺术生产论的现实价值与当代艺术生产》[③] 指出，马克思艺术生产论在当今正向着多个维度展开，关乎审美创造中的艺术生产、意识形态中的艺术生产、艺术产业中的艺术生产等，这种三分法是有马克思政治经济学经典文献依据的。再如高建平《文学在市场中的生存之道》[④] 指出，马克思曾经努力区分生产劳动与非生产劳动。张玉能《中国特色社会主义文艺理论的里程碑——学习习近平总书记在文艺工作座谈会上的讲话》[⑤] 指出，在社会主义市场经济中，要“以马克思主义政治经济学的基本原理，辩证处理文艺生产及其产品的非生产劳动性和生产劳动性，创作生产出审美价值、交换价值和使用价值相统一的文艺作品”。对此，刘方喜专著《批判的文化经济学：马克思理论的当代重构》通过对马克思政治经济学中相关经典文献的详细梳理，进行了集中而专门的研究，实际上已经触及讨论文艺与市场关系的“理论原点”。

总之，马克思有关包括文艺在内的精神劳动“非生产性—生产性”理论等，涉及的正是文艺与市场关系的“理论原点”，对于我们考察在社会主义市场经济框架下，如何繁荣发展文艺尤其采取什么样的发展方式等，具有直接指导意义。单纯从经济学角度展开的文化经济学研究，总体来说不会关注文化“非产业化”

---

① 胡惠林：《中国文化经济学：历史、现状与特点》，《福建论坛（人文社会科学版）》2017 年第12 期。

② 韩宵宵：《破解文艺和市场的关系应深化理论原点的研究——专访中国文艺评论家协会名誉主席李准》，《中国文艺评论》2016 年第 2 期。

③ 《中国人民大学学报》2015 年第 2 期。

④ 《文学评论》2014 年第 6 期。

⑤ 《长江文艺评论》2016 年第 5 期。

的发展方式，而对于基于文艺学和美学的文化经济学来说，文艺“产业化”发展方式与“非产业化”发展方式之间的关系，恰恰是基础问题，或者，如果说“文艺与市场关系”是文艺学的“外部问题”的话，这一外部问题落实到文艺学内部就“内部化”为文艺发展“产业化”与“非产业化”之间的关系——马克思“生产性—非生产性”分析框架对于这种探讨有直接的指导意义。[①]

四、文艺与技术关系：物联网、人工智能等凸显出的新问题域

前已指出，“文艺与经济关系”这一现代性问题域中的“经济”是指“市场经济”，而在“文艺与技术关系”这一现代性问题域中所谓的“技术”主要是指不同于“手工技术”的“机器技术”。因此，这一问题域更具体的表述应是“文艺与机器关系问题域”。由此来看，现代印刷机的出现已使文艺与机器关系成为“问题”，但当时的西方文论对此并未特别关注因而也未成其为“问题域”；其后又出现了与录音机、摄影机、录像机等更先进机器相关的广播、电影、电视等，其对文艺活动影响更大，与此相关的大众文化尤其是大众媒介研究开始更多关注文艺与机器关系，但其主流做法是只把“机器（如电视等）”当作“背景”，只关注在这一“背景”中凸显出来的“文艺”本身——而这是因为电视机等机器对文艺生产的影响相对而言还是“间接”的。今天，当微软人工智能机器小冰也可以自主创作诗歌作品时，“机器（智能计算机）”对文艺活动原初的“生产”环节也开始产生“直接”影响，并似乎呈现出取代“人”而成为文艺生产“主体”之势。如此这般，“机器”也就正在由“后台”走向“前台”、由“背景”转为“前景”，“文艺与机器关系”也就作为“问题域”而凸显出来了。

其一，1980 年代有关将自然科学方法论引入文艺研究的讨论，已初步触及这一问题。王善忠《科学技术革命与文艺研究》[②] 指出，自从信息论、控制论、系统论问世以来，现代科学技术无论在理论上还是在方法上都有了重大的突破和变革，并且也逐步影响并渗透到包括自然科学、技术科学和社会科学、人文科学在内的各个科学领域，但是，文学的研究对象是高度复杂的人、人的感情，目前

---

① 这方面的详细分析，参见刘方喜：《文艺意识形态近四十年研究之反思——以意识形态性与非生产性为视点》，《中国文学批评》2018 年第 4 期。

② 《学习与探索》1985 年第 5 期。

运用“三论”来研究文学还远未达到令人满意的效果，因为它们所提供的现代科学方法是以数学和电子计算机为工具的。当时的文论界形成了“老三论”“新三论”话语爆炸的奇观，连科学家如钱学森等也介入了相关争鸣。

其二，1990 年代以来有关大众文化尤其是大众媒介、网络文学的研究，更进一步触及这一问题，但总体来说依然未成为文论“问题域”——用夏佩尔的话来说，时机尚未成熟。在大众文化研究中，媒介的作用确实被高度关注了，但总体来说，文论界主要只关注媒介的“后果”，即在现代文化传播机器尤其电视机媒介背景下凸显出的“文化”，而这种“文化”与“机器”的关系并未从技术哲学的高度被加以关注和探讨。[①] 麦克卢汉、本雅明等西方学者的相关探讨还是颇有技术哲学意味的，但是，我们对本雅明的研究，更多关注的是所谓“灵韵”如何被“震惊”所取代，而他对现代机器技术对文艺生产所产生的革命性影响等研究并未被特别重视。

其三，新世纪以来，以数字技术、互联网等与文艺的关系为题目的研究论文大量出现，尤其是有关物联网和人工智能的研究，使“文艺与机器关系问题域”初步呈现了出来。当然，其中绝大多数的论文主要侧重于新技术对文艺影响的现象描述，深入、系统的理论探讨还相对较少。李云开《人工智能技术在文艺创作中的应用》[②] 指出，人工智能向文艺创作领域的渗透，推动了文艺理念的革新，对艺术是情感的表达、艺术是现实生活的展现等传统艺术观念形成挑战，但是，从本质上来说，人工智能仍隶属于机器范畴，尚不能在根本上取代人脑。

蓝凡《技术对艺术的颠覆：艺术分类的新维度》[③] 梳理了工业化以来现代技术对艺术一次又一次的颠覆，认为人工智能是技术对艺术的“终极式”颠覆。在《艺术创造和自由意志不能被机器取代——翟振明谈“人工智能与艺术的未来”》[④] 中，翟振明指出，我们现在的图灵机或者叫冯诺依曼机器是绝对不可能有自由意志的，不是技术的问题，只有按照量子力学原理搞出来的东西，未来才

---

① 这方面详细分析，参见刘方喜：《技术哲学之维：网络文艺研究的理论提升》，《西北师大学报（社会科学版）》2009 年第 6 期。

② 《电子技术与软件工程》2018 年第 4 期。

③ 《艺术百家》2018 年第 1 期。

④ 《美术观察》2017 年第 5 期。

有可能变成自由意志而终将取代人。康德用“自由意志”确立了人在道德活动中的主体性，而刘方喜《“知性的僭妄”与打不败的想象力：人工智能的人文之思》① 指出，康德用“自由想象力”确立了人在艺术审美活动中的主体性，人工智能很难取代人的自由想象力。学界目前较少的研究至少已初步把“文艺与机器关系”这一与人工智能相关的新“问题域”揭示出来了。其中涉及的基本问题是文艺工艺生产之“主体性—非主体性”关系。这种关系似乎在“文艺与政治关系问题域”中也存在，但是，其中涉及的主要是在文艺之“观念生产”过程中的主体性，比如，1980 年代主体论主要关注人的主观心理，审美反映论也只是强调文艺观念反映活动中人的能动性或主体性。而在“文艺与机器关系”这一新问题域中，主要涉及的则是文艺之“工艺生产”过程中的主体性——这是心理主体论、观念反映论所无法充分解释的。

其四，马克思“生产工艺学批判”理论的重要启示。谢兴伟《机器智能时代：艺术何为?》② 指出：“马克思说‘私有制使我们变得如此愚蠢而片面’，以致‘一切肉体的和精神的感觉’都被‘拥有的感觉所代替’。我们也可以换一个角度说，工业化社会以来的‘机器式的人’也是如此的贫乏而片面，以致‘一切肉体的和精神的感觉’都被‘机器式的理性所奴役’。”这种仅仅在“人与物（机器）关系”中的讨论，恰恰是目前人工智能研究的主导性倾向，而马克思则是同时也在“人与人关系”中、结合“私有制”来讨论现代机器及其社会影响问题。对于文论研究来说，就是要把文艺工艺生产中的“主体性—非主体性”问题置于其“工艺性—社会性”中加以审视，这正是马克思“生产工艺学批判”的主要思路。③

五、物联网革命引发全球文论新转型

前面在综合性讨论中对物联网等新技术所引发的文论转型已有所分析，下面再加以概括总结。

---

① 《探索与争鸣》2017 年第 11 期。

② 《艺术工作》2018 年第 3 期。

③ 详细分析参见刘方喜：《技术、经济与社会奇点：人工智能革命与马克思工艺学批判重构》，《马克思主义与现实》2018 年第 6 期。

（一）电视遥控器→智能手机→3D 打印机："技术"范式新转型

与物联网相关的无线化、移动化、智能化的社交平台技术等，正在锻造跟传统的"遥控器＋电视"不同的"智能手机＋平台"的当代大众文化全新模式。随时随地通过智能手机屏幕热热闹闹刷"存在感"的"微信大众（微民）"，已不同于孤独静坐在家里的自由摆弄遥控器的"电视大众"。微信最基本的技术载体是智能手机等。可以说智能手机以及移动互联网技术引发的首先是一种"微革命"，而往前追溯，这种微革命的源头当是"微机"，又被称为"个人电脑"。这又是相对于早期的"巨型电脑"而言的。巨型电脑往往只能用于巨型公司的研发、生产，乃至主要用于军事工业，其微型化则使电脑个人化，并使电脑由"生产资料"向"消费资料（个人消费品）"转型。从政治形象学的角度来看，由巨型计算机向微机、个人电脑的转变，象征着集中垄断的社会权力开始弥散化、碎片化并向个人转移。这同时也意味着工业体系中技术的新转型：在第一次工业革命中，先进技术主要运用于生产资料（生产工具等）的生产，而个人电脑作为个人消费品则标志着技术开始运用于消费资料的生产。与此相关的还有，巨型卡车后出现了作为个人消费品的小轿车，以及收音机、录放机、电视机、电冰箱等。技术的这种转型直接触发了传统"生产型社会"向当代"消费社会"的转型。

电脑的微型化、个人化，有可能使人与人分开，从而也使人"碎片化"——比如小轿车封闭的空间就是个人碎片化的原子主义的典型象征，而紧接着出现的互联网技术则在"微型化""碎片化"的基础上又使人人"互联互通化"。当一台台"微机"联接成"互联网"时，微机才真正成为重塑人与人社会关系模式的革命性力量。与"互联互通化"同等重要的是，紧接着的互联网的"移动化"及在此基础上出现的手机"智能化"，使个人手机转型为智能手机——而智能手机的革命性力量增强，与前此的"电视遥控器"相比就可以明显地看出来。如果说"遥控器"是电视时代文化权力大众化、民主化的典型象征物的话，那么"智能手机"与微信则成为"微时代"大众文化权力的新的典型象征物。

从学术的角度来看，西方文化研究固然已开始重视互联网文化研究，但总体来说还没有摆脱"遥控器＋电视"范式。伯明翰学派非常重视大众在文化消费活动中的积极能动性，但主要表现在大众对文化信息（意义）的消费、解读或所谓解码上。这方面菲斯克的表述最为清晰：文化厂商生产文化产品的"物质（文本）”部分，而其“意义”部分则由消费者“生产”。而大众消费者又主要是通过鲍德里亚所谓的“沉默”来孤独地对抗、解构资产阶级的文化产品的，比如文化资本家生产出一部电视剧，想对大众形成意识形态影响，但大众可以通过拒绝观看降低收视率而无情地淘汰这种文化商品，“遥控器”就成为大众战斗的武器。受众这方面的积极主动性毋庸置疑，但大众这种反抗总体来说毕竟是“无声”的，并且是相互孤立的。而当今的“智能手机＋平台”模式则使大众的反抗由“无声”变为“有声”并且是互联互通的。现在大众除了摆弄电视遥控器以外，还可以敲击键盘，狂刷屏幕，发出声音，生产文本。用菲斯克的话来说，现在大众不仅在沉默中生产“意义”，而且也可以在大声喧嚣中生产文化产品的“物质（文本）”部分了。从文化信息的生产与传播来看，电视（还包括电影、广播等）是垂直的、单向的，而包括微信在内的互联网平台则是平面的、双向的，文化权力无疑更进一步民主化了，大众对文化生态的介入更深入、全面了。

相对而言，智能手机等影响的还主要是文化信息产品的生产，而与物联网相联系的3D打印机则关乎物质产品的生产，使大众也有望成为物质产品相对独立、自由的生产主体，这必将引发社会整体生产的全面大众化、民主化。

（二）消费者→产消者→创客：“大众”范式新转型

与由“遥控器＋电视”范式而包括微信在内的“智能手机＋平台”范式转型相伴随的，是“大众”范式的新转型。当大众开始也能直接生产文化产品的“物质（文字、音像等）”部分时，大众就由单纯的文化消费者而转变为产消者了，当然同时也成为直接的传播者——这是“大众”范式新转型。正是这种转型，使大众可以直接介入包括文艺在内的信息生产、传播、消费等各环节、全过程，从而成为重塑社会文化整体生态的重要民主力量。西方文化研究已有理论，主要是建立在“大众”作为“消费者”这一范式基础上的——而在当今“智能手机＋平台”模式下，“大众”已成为“产消者”。总体来说，西方文化研究已有理论最成功的部分是受众理论，尤其是强调受众积极主动性的理论——而在今天新的社交网络和移动互联框架下，应对此加以重新审视。文化研究要想有新的突破，必须转换范式了。

第二次世界大战后，人类迎来了所谓的“信息时代（电报、电话的普及等）”，而从对社会文化的影响来说，电视的日益普及可以说使人类进入了“电视时代”。众所周知，麦克卢汉的《理解媒介——论人的延伸》既是媒介理论的经典，同时也是文化研究的经典，而该书主要是建立在“电视”文化范式基础上的。再如伯明翰学派的文化理论也大都与电视文化相关，比如文化研究中的一个经典案例就是对电视剧《豪门恩怨》全球传播效果的分析，如此等等。互联网的普及使人类进入“互联网时代”。从包括文艺在内的信息生成、流转的过程来看，“电视”还只关乎信息的“传播”环节，大众还只是单纯的“消费者”。互联网Web 1.0也主要只关乎“传播”环节，大众也依然还是单纯的“消费者”。而以社交网络为代表的互联网Web 2.0则还关乎信息的“生产”，大众不再仅仅只是单纯的“消费者”。比如在建立在互联网Web 2.0和移动互联网技术基础上的微信平台上，大众可以通过转发信息而成为直接的“传播者”，这就是所谓人人皆是传播者的“自媒体”时代的特征。同时，大众也可以把编辑、改编过的乃至自创的包括文艺在内的信息发布到微信平台，从而也成为“生产者”。如果说电视带来了文化“消费”的革命的话，那么微信等则带来了文化“生产”的革命。作为“产消者”的大众开始参与包括文艺在内的文化信息生产、流转的各环节、全过程，并逐步对社会文化整体生态产生越来越大的影响。

置于包括文艺在内的文化发展的长时段历史中来看，大众成为文化“产消者”的意义就凸显出来了。其实，在主要以“口传”为主的文学发展的较早时期，大众本来就是“产消者”，文学活动本来就是自给自足、自产自消，文学性本来就处于弥散状态，文学整体生态也具有浑融性。文字的出现使文学生态开始分裂，书面语文学逐步成为文学的主流，大众的口传文学依然在继续发展，但越来越边缘化——当今世界各国所谓“文学史”研究就充分证明了这一点。在早期书面语文学生态中，大众既非“生产者”，也非“消费者”；到了近代资本主义，印刷术的广泛运用扩大了书面语文学的“消费者”的范围。与这一进程相伴随的，是文学创作越来越专业化，这种专业化使本来弥散的文学性得以聚合，获得了确实值得人类骄傲的书面语文学成就。但是，问题的另一面是，大众被逐出了文学生产的主流圈子，其文学创造力受到一定压制。广播、电视的出现，进一步扩大了文化消费的范围，可以说“电视”确实是文化大众化、民主化的重要象征——但大众依然只是单纯的“消费者”。建立在社交网络、移动互联技术基础上的微信则使大众成为文化信息产品的“生产者”，这为在更高层面上恢复文艺、文化生态的浑融性提供了某种可能——当然，把这种可能变为现实，必然会受到其他各种社会因素的制约。

如果说智能手机等使大众成为文化信息符号产品的“产消者”的话，那么基于物联网技术的3D打印机则使大众也有望成为物质产品相对独立、自由的生产主体即“创客（Makers）”。大众在社会整体生产中的地位必将得到大大提升。

（三）消费主义→分享主义：“价值”范式新转型

与从“遥控器+电视”到“智能手机+平台”模式的转型相伴随的，还有从“消费主义”到“分享主义”的“价值”范式的转型。“分享主义”价值范式体现的是一种“分享性”价值原则——而它与“竞争性”“独占性”“排他性”及“营利性”等传统的商业的、市场的价值原则相对。基于互联网社交平台的微信文化具有极强的分享性，表现为人人皆可以“免费”并且非常便捷地分享到包括文艺在内的各种文化信息，如文字、图像、声音、影像作品等。在此意义上，“微时代”的到来，同时也意味着“分享时代”的到来。

英国学者费舍斯通的《消费文化与后现代主义》用“犬兔追逐”形象地描述了奢侈消费中的状况；其实更早的时候美国学者凡勃伦的《有闲阶级论》就已把奢侈消费定位为“金钱竞赛”——这些都揭示了奢侈消费中的“竞争性”原则。相对于必需品消费，其实所谓文化消费也是一种奢侈消费。从西方当代理论的发展史来看，法兰克福学派强调文化消费活动中大众受控制，而伯明翰学派则强调大众消费者的积极主动性——两种观点尖锐对立，但两者都是建立在相同的“竞争性”原则上的，区别只在于在文化意识形态竞争或斗争中谁更处于上风而已。我在一些反思伯明翰学派“积极受众论”总体不足的文章中曾经追问：即使承认大众在文化商品的消费活动中具有积极主动性，大众在文化消费中的意识形态竞争或斗争，是不是恰恰成为资本新的增殖点呢？大众颠覆性、解构性的文化消费，是不是恰恰巩固并加强了当代消费资本主义的“经济结构”呢？我们应该看到问题的复杂性。

从文艺生态来看，在商业化主导的消费主义框架下，文艺生产、传播、消费等诸环节及处于不同环节的人之间的联系，是通过“金钱”勾连起来的，“没有免费的午餐”是主导文艺流转全过程的铁律。而互联网则一定程度上突破了这一铁律：互联网研究者美国人克里斯·安德森以《免费》为书名，概括了互联网文化的基本特征，即大众可以免费分享到软件技术产品及包括文字、音乐、影像等在内的文艺、文化产品。在互联网上，“免费”一开始是以“盗版”的形式出场的，这必然受到基于排他性私人产权的商业力量的阻击，而在这场角逐中，商业力量节节败退，万般无奈，各类相关企业最后只得使“免费”本身成为一种新的盈利模式——这就是物联网研究专家美国人杰里米·里夫金《零边际成本社会》所谓的“分享经济”模式。“分享主义”价值原则从根本上挑战着包括知识产权在内的私人产权的排他性。如果说在消费社会大众的文化消费活动还只是触动了资本主义的“文化结构”的话，那么，在新的互联网时代，大众已开始触动资本主义的“经济结构（产权结构等）”了。反对盗版、维护包括版权在内的私人产权排他性的一个说辞是，免费分享会使软件技术产品和包括文艺在内的文化产品等的生产失去驱动力，最终吃亏的是所谓“消费者”（比尔·盖茨等就有类似论调）——但是，诚如安德森《免费》一书所指出的那样，盗版的盛行或许确实摧毁了一些传统音乐唱片业等，而音乐作品却依然不断大量产出。一方面，免费分享可以成为一种新的商业模式（软件方面典型代表是“开源”模式）；另一方面，免费、无偿获得包括软件等技术产品、音乐等文化产品的大众，不再是单纯的“消费者”，同时也作为“生产者”在不断无偿地生产出此类产品，从而成为超越商业逻辑的“产消者”。比如构成互联网大厦的“软体（软件）”，并非全是营利性大公司生产出来的，很大一部分也是由不以盈利为目的的软件设计爱好者生产出来并供他人免费使用的；在微信平台上流转的众多文艺信息，也有一部分是大众无偿自创出来并可免费享用的。

总之，物联网平台、智能手机微信平台等所遵从的非竞争性、非排他性、非营利性的“分享主义”价值原则，有望从整体上重塑文艺生态，使文艺生产、传播、消费等诸环节及处于不同环节之间的人之间的关系的建构，可以不再以“金钱”或者“交换价值”为基础，从而为文艺发展开辟出新的平台、新的可能性。

第三节　三大问题域的整合：中国马克思主义文论自主创新

以上对世界和中国文论的几次转型作了梳理，并分析了中国马克思主义文论先后依次出现的三个问题域，对70年文论发展历史进程作了粗略梳理，下面对其中的经验教训再略作总结。

其一，三个问题域分别强调文艺与政治、经济、技术的关联性——但是，这并不意味着强调依附性、从属性；文艺与政治、经济、技术之间的联系既可以是“直接的”也可以是“间接的”。厘清这两点，对于反思70年文论史非常重要，比如，以文艺与政治关系为问题域，并不意味着强调文艺从属政治、政治直接影响文艺；另一方面，1980年代“向内转”对审美性、自律性、内部性等“非意识形态性”乃至“去政治化”“去意识形态化”的强调，恰恰表明其并未越出“文艺与政治关系问题域”。以为文艺与政治具有关联性因而就认为文艺就要完全依附于政治，以为文艺与政治的联系是“间接的”就试图彻底切断文艺与政治的关联，这两种看上去尖锐对立的认识，其实恰恰受同一种非此即彼的独断论思维支配。

其二，在70年进程中，三个问题域是先后依次出现的，但同时在出现的时间上又是相互交叉的，并且其演进过程最终受社会实践发展的影响。因此，一方面不能夸大新问题域与旧问题域的断裂性，另一方面也不能忽视新问题域的出现对于文论转型的重要意义。新的“文艺与经济关系问题域”的出现，是与实践上市场经济对文艺产生“直接”影响密切相关的。文艺与市场经济的关系，原则上说已无法纳入旧的“文艺与政治关系问题域”而用单一的意识形态论就能充分解释，因此，文论在基本问题域上必须作相应转型。同样，新的“文艺与技术关系问题域”的出现，也是与实践上机器尤其是人工智能对文艺产生“直接”影响密切相关的，因此文论问题域也应随之作相应转型。

其三，与特定问题域相关的研究，未必就能触及该问题域中的主要问题。比如，在1990年代的“向外转”中，关注大众文化的文化研究本来应该触及文艺与经济关系这一基本问题，但单纯对西方理论的移植，却使当时的文化研究呈现出“去经济化”的倾向，对阶层、种族、性别之间的文化认同的过度关注和片面强调，掩盖了文艺与经济关系这一基本问题。而马克思“生产性—非生产性”理论则可将这一问题纳入特定问题域而使之内部化，也就是说，大众文化研究中的文艺与经济关系，并非所谓文化研究可以不加重视的“外部问题”。因此，从文论进一步发展来说，“文艺与经济关系问题域”研究还有待进一步深化。

其四，对于新问题域的深入研究，往往有助于对旧问题域的研究，并且有助于发现旧问题域中所被相对忽视或暗含的问题。比如，在“文艺与技术关系问题域”中，文艺“生产工具”问题凸显出来，而在此前的问题域中其实已暗含这一问题，但并未被特别重视：比如在“语言转向”中，虽不考虑生产工具，但其预设前提是文学的生产工具是语言文字；而“文化转向”所预设的文化生产工具其实是电子机器（电影、电视等）、数字机器（计算机、互联网等）。而立足于新的“文艺与技术关系问题域”，我们可以对这一暗含其中的现代文化生产工具及其对文化的影响的历史发展脉络，进行更自觉而清晰的梳理和审视。

马克思讨论政治经济学研究方法论时提出，“资产阶级社会是历史上最发达的和最复杂的生产组织”，“人体解剖对于猴体解剖是一把钥匙。反过来说，低等动物身上表露的高等动物的征兆，只有在高等动物本身已被认识之后才能理解”。[①] 由此可以推论，当今数字机器尤其是物联网、人工智能机器，乃是迄今历史上最发达的和最复杂的文艺生产工具体系，对此的“解剖”，乃是我们今天解剖历史曾经出现的语言文字、电子机器等文化生产工具及其对文化影响的“一把钥匙”。这可以说是一种由现在乃至未来“解剖”过去的一种研究思路，而传统历史研究往往只重视由过去推导出现在、未来。

文论三大问题域皆已暗含于马克思相关理论探讨中，以上有关三个问题域的讨论，有助于我们更全面认识马克思文艺思想的丰富性、深刻性。今天看来，“文艺与政治关系问题域”其实只涉及“经济基础—上层建筑（意识形态）”框架，这并非唯一乃至更基础性的分析框架，更基础性的框架应是“物质生产—精神生产”。而意识形态论只涉及其中一个范畴链：“生产关系：人—人关系→经济基础→制度上层建筑→反映→观念上层建筑（意识形态）。”另一范畴链是：“生

① 《马克思恩格斯全集》第 46 卷上册，北京：人民出版社 1979 年版，第 43 页。

产力：必要劳动时间—剩余劳动时间→剩余产品→游离→自由时间→自由的精神生产。”[①] 这恰恰可以成为“文艺与经济关系问题域”直接有效的分析框架，因此，单一的文化意识形态论，不是“不对”，而是“不足”，即不足以充分展示马克思文化理论的丰富性。

当今天物联网、人工智能凸显出“文艺与机器关系问题域”时，我们会重新发现马克思历史唯物主义框架中又一被传统研究所严重忽视的社会因素，即科学技术，其完整框架应是“科学技术—物质生产—精神生产”。这一思路鲜明体现在马克思考察现代机器体系的“生产工艺学批判”中。“各种经济时代的区别，不在于生产什么，而在于怎样生产，用什么劳动资料生产”[②]，尤其是用什么生产工具生产。而决定资本主义经济时代的重要生产工具是自动化“机器体系”，正是极速发展的现代科学技术锻造出的这种机器体系，首先引发资本主义物质生产的“工艺革命”，而“随着一旦已经发生的、表现为工艺革命的生产力革命，还实现着生产关系的革命”[③]。更为重要的是，马克思实际上还初步将这一思路引入到对现代文化生产的工艺学批判分析中。同样，各种文化时代的区别，不在于生产什么，而在于怎样生产，而决定资本主义文化时代的重要生产工具是现代印刷机。“印刷术则变成新教的工具，总的来说变成科学复兴的手段，变成对精神发展创造必要前提的最强大的杠杆”[④]，而“封建制度也随着城市工业、商业、现代农业（甚至随着个别的发明，如火药和印刷机）而没落了”[⑤]。马克思、恩格斯还有不少相关论述，今天看来，这些论述恐怕不能说与“文艺”无关，而恰恰关乎“文艺与机器关系问题域”，但在中外相关研究中却被严重忽视了，只有本雅明的机械复制理论稍有触及。

当今极速发展并开始向文艺领域渗透的物联网、人工智能，使文艺工艺生产中的“人”与“机器”之间的“主体性—非主体性”关系问题凸显出来。马克思指出，“结合总体工人或社会劳动体是积极行动的主体，而机械自动机则是客

---

① 这方面的详细分析，参见刘方喜：《文艺意识形态近四十年研究之反思——以意识形态性与非生产性为视点》，《中国文学批评》2018 年第 4 期。

② 《马克思恩格斯全集》第 23 卷，北京：人民出版社 1972 年版，第 204 页。

③ 《马克思恩格斯全集》第 47 卷，北京：人民出版社 1979 年版，第 473 页。

④ 《马克思恩格斯全集》第 47 卷，北京：人民出版社 1979 年版，第 427 页。

⑤ 《马克思恩格斯全集》第 46 卷下册，北京：人民出版社 1980 年版，第 34 页。

体”——这“适用于机器的一切可能的大规模应用”；“自动机本身是主体，而工人只是作为有意识的器官与自动机的无意识的器官并列，而且和后者一同受中心动力的支配”——这“表明了机器的资本主义应用以及现代工厂制度的特征。”①自动化机器成为“主体”而把人贬低为“客体”，并非是由机器本身造成的，而是由“机器的资本主义应用”造成的。这种把现代机器生产中“主体性—非主体性”纳入“工艺性—社会性”框架中的分析，同样适用于对当今人工智能机器与人的关系的分析。

总之，文艺整体上也首先涉及“怎样生产”与“生产什么”两方面。传统文论如“文艺与政治关系问题域”主要只关注“生产什么”，而马克思生产工艺学批判则首先关注“怎样生产”，并强调生产方式的社会特性与工艺特性之间的相互作用。文艺生产的社会特性主要关乎“文艺与经济关系问题域”，而其工艺特性则首先关乎“文艺与技术关系问题域”。因此，这两大问题域可以整合在马克思生产工艺学批判框架下。一般认为，强调文艺的倾向性，乃是马克思主义文论的重要特点，只是传统研究主要着眼于“生产什么”，意识形态论只是强调文艺“观念生产”中的倾向性，而生产工艺学批判还强调文艺“工艺生产”中的倾向性。对此，只有本雅明略有触及：“文学的倾向性可以存在于文学技术的进步或者倒退中”，“他（作家）的工作从来不只是对产品的工作，而同时总是对生产工具加工”。② 因此，文艺生产工艺学批判并非否弃意识形态论所强调的倾向性或社会性，而恰恰是将其拓展到文艺“工艺生产”或“怎样生产”之中——这正是在综合创新中进一步拓展马克思主义文论的重大契机。

新中国成立以来的70年，乃是在现代化进程中中华民族走向伟大复兴的重要阶段。历史地看，我们的毕昇早就发明了印刷术，但却并未能使之变成科学复兴的手段，变成对精神发展创造必要前提的最强大的杠杆。毛泽东把“科学实验”视作三大社会实践之一，并提出了“科学技术现代化”的重要理念；改革开放以来，“科学技术是第一生产力”更是成为我们鲜明的旗帜。70年来科学技术的累积性发展，为中华民族全面伟大复兴奠定了坚实基础。从文艺现代机器技术

---

① 《马克思恩格斯全集》第23卷，北京：人民出版社1972年版，第460页。
② ［德］瓦尔特·本雅明：《作为生产者的作家》，何珊译，《新美术》2013年第5期。

的发展看，在与电影、电视文化等相关机器的发展上，我们总体上落后于西方；而在当今物联网、人工智能等当代技术的发展上，中国基本与西方同步，我们的互联网文化（网络文学等）等也不逊色于西方——凡此种种表明：中国马克思主义文论自主综合创新，正在迎来重大历史机遇。

第三章　分享性—生产性：审美分享主义的社会价值论建构

前面第一章已揭示物联网如何引发当代人类物质生产方式的新革命，引发“分享主义”社会价值革命，本章首先再进一步展开分析。物联网革命不仅通过物质生产“间接”影响当今文艺、文化生产，而且还对其产生“直接”影响，并且分享性价值原则首先突出地体现在文艺、文化和信息产品的免费分享上。传统研究往往把马克思论述“美”“美学”的只言片语剥离于马克思思想的整体语境，而只有将其置于马克思思想的整体脉络，尤其置于“私有财产的运动”“剩余价值的流转”以及资本主义的衰微、社会主义和共产主义的兴起这些脉络之中，才能准确而全面地把握马克思文艺美学思想的精神实质。历史地看，包括西方马克思主义在内的文化批判理论，也从批判“资本（经济）现代性”的角度提出“审美现代性”等问题。与之相比，马克思美学的特点在于：始终将文化和审美问题置于私有财产的运动、剩余价值的流转中来审视，并实际上是以共产主义（科学社会主义）理论建构为旨归的。在作为“真正自由的劳动”的艺术活动中，“分享性”与“生产性（创造性）”可以相互提升，这构成了马克思考察私有财产运动、剩余价值流转中社会财富“分享性”与人的“生产性”相对立、共产主义扬弃这种对立等问题的经验性的立足点。当下全球物联网生产方式革命正在引发一场生产方式高度的“生产性”、直接的“社会性”与价值原则的“分享性”相统一的“分享主义”大潮，昭示着资本主义的加速灭亡与社会主义的伟大复兴——这为马克思文艺思想的复兴、中国文论的自主创新提供了现实基础。

第一节　分享主义：物联网社会价值革命与马克思美学的复兴

本节首先在前面第一章对物联网革命所作初步分析的基础上，进一步清理出马克思“直接的社会性—分享性—生产性”这一理论分析框架，并把物联网在文化信息符号等领域所引发的新的现象，纳入这一框架作初步分析，以初步清理出物联网时代重构马克思“审美分享主义”的理论和实践基础。

一、物联网时代马克思“直接的社会性—分享性—生产性”框架的重构

前已分析指出，在社会价值原则上，物联网生产方式引发了“分享主义”革命。物联网专家里夫金《零边际成本社会》一书用“分享经济”来概括物联网经济的基本特点之一；再一物联网研究大家凯文·凯利《必然》一书用12个关键词概括物联网发展的必然趋势，其中之一就是免费“分享”；安德森《免费：激进价格的未来》一书以“免费”为书名，概括了物联网的发展趋势之一。

以“分享（共享）”为支撑物联网的价值原则之一，是国际物联网研究界的基本共识之一，但对这一价值原则作什么样的社会定位，却存在分歧。本书从社会价值论的角度，用“分享主义”来概括这种价值原则，并揭示其与社会形态的密切联系。马克思在分析“资产阶级社会中生产的社会性和共产主义制度下生产的社会性的区别”时指出：

> 但在这种前提下，不是交换最先赋予劳动以一般性质，而是劳动预先具有的共同性决定着对产品的分享。生产的共同性一开始就使产品成为共同的、一般的产品。最初在生产中发生的交换，——这不是交换价值的交换，而是由共同需要，共同目的所决定的活动的交换，——一开始就包含着单个人分享共同的产品界。在交换价值的基础上，劳动只有通过交换才能成为一般劳动。而在共同生产的基础上，劳动在交换以前就应成为一般劳动；也就是说，产品的交换决不应是促使单个人参与一般生产的媒介。当然，媒介作用必定是有的。

> 在以单个人的独立生产为出发点的第一种情况下，——不管这些独立生产通过自己的互相联系而在事后怎样确立和发生形态变化，——媒介作用来自商品交换，交换价值，货币，它们是同一关系的表现。在第二种情况下，前提本身起媒介作用；也就是说，共同生产，作为生产的基础的共同性是前提。单个人的劳动一开始就成为社会劳动。因此，不管他所创造的或协助创造的产品的特殊物质形式如何，他用自己的劳动所购买的不是一定的特殊产品，而是共同生产中的一定份额。因此，他不需要去交换特殊产品。他的产品不是交换价值。这种产品无须先变成一种特殊形式，才对单个人具有一般性质。在这里，交换价值的交换中必然产生的分工不再存在了，代之而建立起来的是某种以单个人参与共同消费为结果的劳动组织。
>
> 在第一种情况下，生产的社会性，只是由于产品变成交换价值和这些交换价值的交换，才事后确立下来。在第二种情况下，生产的社会性是前提，并且个人分享产品界，参与消费，并不是以互相独立的劳动或劳动产品之间的交换为媒介。它是以个人在其中活动的社会生产条件为媒介的……因为以交换价值为基础的劳动的前提恰好是：不论是单个人的劳动还是他的产品，都不具有直接的一般性；他的产品只有通过物的媒介作用，通过与它不同的货币，才能获得这种形式。[①]

以上论述可以成为研究当今物联网生产方式所滋生出的“分享”价值原则最重要的经典理论依据。马克思以上所讲“第一种情况”是指资本主义，“第二种情况”指共产主义，论述涉及两个基本方面：（1）生产的“一般性”“社会性”“共同性”（这关乎生产方式和社会形态特性）；（2）产品的“分享性”（这关乎社会价值原则）。马克思实际上正是从这两种特性之间的关系，对资本主义与共产主义作了对比性分析。共产主义生产“直接的一般性（社会性）”决定着产品的“分享性”。资本主义的生产也具有一般性、社会性，并且与此前的生产方式相比具有更高程度的社会性，但所具有的是“间接的”社会性，这种“间接性”主要体现在生产中个人与个人之间社会关系是以交换价值、货币这种“物”为媒介或中

---

① 《马克思恩格斯全集》第46卷上册，北京：人民出版社1979年版，第119—120页。

介建立起来的。因此，资本主义生产所具有的就是一种“间接”的“物”的社会性，或者说，在资本主义生产中，“人”的直接的社会性转化为“物”的间接的社会性，这种间接的物的社会性决定着产品的“反分享性”。而共产主义生产中“直接的一般性”体现的就是“人”的直接的社会性（共同性），正是这种特性决定着产品的“分享性”。

西方学者研究物联网的主导思路，其实也主要是从生产的“社会性”与产品的“分享性”两方面展开的。其视物联网基本特性为“分享性”，前已有述，再看“社会性”。里夫金《零边际成本社会》一书副标题是 *The Internet of Things, the Collaborative Commons, and the Eclipse of Capitalism*。里夫金的主导思路是“the Collaborative Commons（协同共有）”或 collaborative（协同性），体现了物联网经济的基本特性，而这将导致“the Eclipse of Capitalism（资本主义黯然失色）”。再如另一美国学者罗宾·蔡斯《共享经济》一书的副标题是 *How people and platforms are inventing the collaborative economy and reinventing Capitalism*，同样视 collaborative 为物联网的基本特性。所谓 collaborative，显然与马克思所说的“社会性”尤其“共同性”含义相近。物联网经济，既是“分享经济（sharable/sharive economy）”，也是“协同经济（collaborative economy）”——这当是西方物联网研究的一个基本共识，可以概括为：生产方式高度的“协同性”“共同性”“社会性”与价值原则初步的“分享性”的统一，是物联网经济的基本特性。对于具有这种特性的物联网生产方式对资本主义未来命运的影响，西方学者的判断出现了分歧：蔡斯认为是 reinventing（再造）Capitalism（这也是西方学界的主流观点），而里夫金认为是导致 eclipse of Capitalism 进而资本主义必然灭亡——但是不管怎么说，西方学者都已意识到物联网引发的社会价值革命也必然引发社会形态的变革。马克思以上论述，实际上是把必将取代资本主义的共产主义的基本特性概括为：生产方式“直接的一般性（社会性）”与价值原则“普遍的分享性”的统一。这是被传统的马克思主义科学社会主义研究所严重忽略了的一个重要思想，而马克思的这一重要思想，在当今新工业革命物联网时代，将会展现出巨大的理论阐释力和生命力。

以上所论“分享”理念，为传统马克思主义研究所忽视，传统研究所忽视的马克思的再一重要概念是“生产性”。马克思《1844 年经济学哲学手稿》指出：

“斯卡尔贝克把人的生产的本质力量或者说生产性的本质力量分为两部分：（1）个人的、他所固有的力量，即他的智力和从事一定劳动的特殊素质或能力；（2）来源于社会而不是来源于现实个人的力量。”[①] 马克思《剩余价值理论史》专章讨论了“生产劳动和非生产劳动”问题，这其中作为“劳动”修饰语的“生产”“非生产”，德文原文为形容词“produktive”“unproduktive”，似应翻译为“生产性的”“非生产性的”。马克思该章讨论的实际上是劳动的“生产性（produktive）”问题：“假定不存在任何资本，而工人自己占有自己的剩余劳动，即他创造的价值超过他消费的价值的余额。只有在这种情况下才可以说，这种工人的劳动是真正生产的，也就是说，它创造新价值。”[②] 也就是说能够生产出“余额”的劳动才具有“生产性”。个人或社会的劳动生产出的“余额”越多，其“生产性”越高，而越高的“生产性”代表着越发达的“生产力”，生产力水平不断提高的历史进程，也就是劳动的生产性不断提升的进程。在此意义上，“生产性”就是衡量生产力水平的一个重要指标。马克思以上对“生产性”定义的前提是“假定不存在任何资本”，而在存在资本的前提下，工人自己不再能占有自己的剩余劳动及其成果即剩余产品或余额。这种“余额”就转化成“剩余价值”或“利润”而被资本所独占，由此，工人劳动的“生产性”就转化为“资本”这种“物”的生产，这与“人（工人）”的直接的“社会性”转化为“物（资本）”的间接的“社会性”是同步的。如此，“对于工人来说，他的劳动的生产性成了他人的权力，总之，他的劳动如果不是能力，而是运动，是实际的劳动，就会是这样的；相反，资本是通过占有他人劳动而使自己的价值增殖”[③]。马克思还指出：“虽然斯密认为劳动创造价值，但是他把劳动本身理解为使用价值，理解为自为存在的生产性，理解为一般的人类自然力，——这正是斯密不同于重农学派的地方，——而不是把劳动理解为雇佣劳动，理解为同资本相对立的独特形式规定上的劳动。”[④] 在资本框架下，雇佣劳动或劳动的雇佣性就表现为劳动本来作为“人（工人）”的“生产性”就转化为资本这种“物”的“生产性”，资本对

---

① 《马克思恩格斯全集》第 42 卷，北京：人民出版社 1979 年版，第 149 页。

② 《马克思恩格斯全集》第 26 卷第 1 册，北京：人民出版社 1972 年版，第 143 页。

③ 《马克思恩格斯全集》第 46 卷上册，北京：人民出版社 1979 年版，第 267 页。

④ 《马克思恩格斯全集》第 46 卷上册，北京：人民出版社 1979 年版，第 293 页注释 1。

剩余价值的追逐带来“物”的“生产性”的不断提高，而“资产阶级经济学家受一定的社会历史发展阶段的观念的严重束缚，在他们看来，劳动的社会权力物化的必然性是跟这些权力同活劳动相异化的必然性分不开的”。资产阶级经济学家不否认这是一种“异化”，但认为这是无法改变而永远存在的，而马克思则认为这种“异化”只是“一定的社会历史发展阶段”出现的暂时现象，随着社会历史的进一步发展，这种“异化”也必然被扬弃：

> 但是随着作为单纯单个劳动或者单纯内部的或单纯外部的一般劳动的活劳动的直接性质被扬弃，随着个人的活动被确立为直接的一般活动或社会活动，生产的物的要素也就摆脱这种异化形式；这样一来，这些物的要素就变成作为单个人的个人，不过是作为社会的单个人的个人借以再生产自身的财产，即有机的社会躯体。使个人在他们的生命的再生产过程中，在他们的生产性的生命过程中处于上述状况的那些条件，只有通过历史的经济过程本身才能创造出来；这些条件既有客观的条件，也有主观的条件，它们只不过是同一些条件的两种不同的形式。①

劳动的社会权力的物化同活劳动相异化被扬弃后，共产主义就会到来，劳动就会成为每个人的“生产性的生命过程”，在其中每个人的“生产性的本质力量”得以发挥，每个人的生产性本质得以实现，进而每个人的生命价值和意义也就会得以实现，而要得以实现，既需要“生产的物的要素”方面的“客观的条件”即能体现“物”的高度的“生产性”的先进生产工具等，也需要“主观的条件”即具有高度“生产性”的主体人。马克思用“全面发展的个人”来描述这种主体，而只有到了共产主义，客观、主观的条件同时具备，“物”的生产性转化为“人”的生产性，劳动才会真正成为每个人“生产性的生命过程”。资本主义则是为共产主义创造客观、主观条件的一个重要历史阶段。

以上所说“个人的活动被确立为直接的一般活动或社会活动”，与前面讨论“分享”的引文“生产的共同性一开始就使产品成为共同的、一般的产品”“单个

---

① 《马克思恩格斯全集》第46卷下册，北京：人民出版社1980年版，第361页。

人的劳动一开始就成为社会劳动”而具有“直接的一般性”的描述是一致的。联系起来看，劳动过程的“直接的一般性（社会性）”，决定着劳动产品的直接的“分享性”，也决定着劳动过程能够成为每个人“生产性的生命过程”，反之亦然：在具有直接的社会性的劳动中，“一开始就包含着单个人分享共同的产品界”，劳动直接的社会性决定产品的分享性，同时，劳动的“物的要素就变成作为单个人的个人，不过是作为社会的单个人的个人借以再生产自身的财产，即有机的社会躯体”，而“物的要素”成为单个人的“有机的社会躯体”的前提条件是使这些“物的要素”为劳动者每个人所共享而采用生产资料的“劳动者的个人所有制”，如此才能构建起“每个人的自由发展是一切人的自由发展的条件”的“自由人联合体”。由此构成的“直接的社会性—分享性—生产性”的分析框架具有重大理论价值，尤其有助于全面而深入理解共产主义社会形态的特性及其历史生成进程。

一般来说，在个体层面，劳动的“生产性”乃是产品的“（可）分享性”的必要前提，如果一个人的劳动不具有“生产性”，也即不能生产出“余额”或剩余产品，他的劳动产品就无法与另一个人“分享”，因而也可以说不具有“生产性”的劳动也不具有“分享性”；在社会层面，社会劳动的“生产性”即较发达的社会生产力，乃是社会财富“分享性”的必要前提——里夫金就已初步揭示：“物联网已经大幅提高了生产率，使很多商品或服务的边际成本趋近于零，商品或服务也几乎免费。其结果是企业利润开始枯竭，所有权概念淡化，经济稀缺逐渐让步于经济过剩。”[①] 如果说在“稀缺”的状况下难以推行分享原则的话，那么，极高的生产率或“生产性”所造成的“充裕”则使分享原则的推行变得容易。马克思对共产主义的经典描述之一是：“在共产主义社会高级阶段上……在随着个人的全面发展生产力也增长起来，而集体财富的一切源泉都充分涌流之后，——只有在那个时候，才能完全超出资产阶级法权的狭隘眼界，社会才能在自己的旗帜上写上：各尽所能，按需分配!”[②] 一些人往往抽离于这段论述的整体语境而孤立地看“按需分配”。“按需分配”体现了社会财富最高程度的“普遍

① ［美］杰里米·里夫金：《零边际成本社会：一个物联网、合作共赢的新经济时代》，赛迪研究院专家组译，北京：中信出版社 2014 年版，第 11 页。

② 《马克思恩格斯全集》第 19 卷，北京：人民出版社 1963 年版，第 22—23 页。

的分享性”，而马克思强调这种高度普遍“分享性”的必要前提是“个人的全面发展生产力”，即个人及其劳动高度的“生产性”：一方面，这种“生产性”使按需分配成为可能；另一方面，按需分配所体现出的社会财富高度而普遍的“分享性”又会进一步提升每个人的全面发展的生产力——“生产性”与“分享性”的高度统一和相互提升，可以说是共产主义的基本特征之一，而两者的割裂乃至对立，则是共产主义之前人类社会所面对的基本矛盾之一——在此意义上，共产主义生成的历史进程，也就是人类社会逐渐解决“生产性”与“分享性”之间矛盾的历史过程。

在资本框架下，能创造“余额”的劳动的“生产性”转化为资本这种“物”的“生产性”，在劳动的结果即产品的分配上，就具体表现为劳动者（工人）所创造的“余额”被资本家所独占而排斥与工人分享。资本家对产品的独占，又是建立在对生产资料独占的私有制基础上的。从社会价值论看，可以说“排斥分享”或“反分享”乃是资本主义价值原则的本质特性：在发展生产力、提升劳动的“生产性”和“社会性”上，资本主义是前此任何一种社会形态所无法比拟的，但资本主义生产却将“人”的“生产性”“社会性”转化为“物”的“生产性”“社会性”，并形成产品上“反分享”的主导价值原则。

传统马克思主义研究者只看到了这种不断提升的“生产性”“社会性”与资本主义生产资料占有的“私人性”之间的冲突，而相对忽视了其中“生产性”与“分享性”之间的冲突。这种冲突表现为：具有越来越高“生产性”的资本主义生产创造出越来越多的社会产品或社会财富，但资本家却“根本排斥他去分享产品本身”，由此在第一次工业革命中造成大机器生产方式创造出越来越多的产品，而工人大众却无钱购买和消费，因而资本家也就卖不出去，就形成了一轮又一轮的产品生产过剩的周期性危机，几乎葬送了资本主义。20 世纪尤其是第二次世界大战之后，第二次工业革命使西方资本主义劳动的生产性得到更大程度的提升，迫于内在和外在的压力，西方政府部分地引入了“分享性”价值原则，即通过社会福利保障制度在“二次分配”中让工人大众部分地分享到了剩余价值——这种价值原则改良所产生的“制度性分享”，标志着资本主义对分享性价值原则的妥协或退让，也正是这种妥协和改良是使资本主义灭亡的“暂停键”被暂时按下的原因之一，但资本反分享的本性并未被彻底改变。当今物联网、人工智能等新技术所引发的又一场新工业革命，使资本主义劳动的生产性得到进一步的提升而出现了里夫金所谓的“极致生产力”，正是这种极致生产力或过多的剩余，逼迫资本主义经济不得不作出进一步调整，使市场经济内部尤其流通领域中也已开始初步裂变出“分享性”价值原则，形成所谓“分享（共享）经济”新模式——如此不断累积起来的分享性的社会价值力量，必将使资本主义反分享的社会价值原则最终彻底退出历史舞台。

在第一次工业革命中，资本家阶级排斥分享而独占社会产品和财富的做法，引发了工人阶级的自发反抗。恩格斯指出：“决不能把‘普遍的公平原则’和那种粗陋的平均主义混淆起来，后者激起资产者这样愤怒地反对一切共产主义、特别是反对自发的工人共产主义。”① 这对基于“平均主义”的“自发的工人共产主义”还是有所肯定的，而马克思、恩格斯《共产党宣言》在分析“批判的空想的社会主义和共产主义”时指出：

> 无产阶级试图在普遍激动的时代和推翻封建社会的时期直接实现自己阶级利益的一些最初尝试，都不可避免地遭到了失败，这是由于当时无产阶级本身还欠发展，同时也是由于无产阶级解放所必需的物质条件还没有具备，因为这些条件只是资产阶级时代的产物。随着这些初期无产阶级运动而出现的革命文献，按其内容来说，不免是反动的。这种文献所鼓吹的是普遍的禁欲主义思想和粗鄙的平均主义。②

说“平均主义”是“反动的”，是因为这种倡导“分享性”以应对资本主义“反分享性”价值原则的方案，一定程度上是在割裂乃至抑制社会“生产性”的基础上提出的，这在实践上由于逆历史潮流而动而不具可行性，在理论上则呈现出过分浓重的空想色彩——这是一切空想共产主义的问题所在，而马克思将其转化为科学的共产主义的关键点之一就是：在充分结合“生产性”原则、在强调充分发展生产力或不断提升“生产性”的基础上，审视共产主义的“分享性”价值原

① 《马克思恩格斯全集》第20卷，北京：人民出版社1971年版，第324—325页。

② 《马克思恩格斯全集》第4卷，北京：人民出版社1958年版，第499页。

则。马克思强调："我不仅把**大工业**看作是对抗的根源，而且也看作是解决这些对抗所必需的物质条件和精神条件的创造者，当然，这种解决不可能走**平静舒坦的道路**。"① 只有资本主义大工业才会创造高度发达的生产力、大幅度提升人类的"生产性"，为实现按需分配的普遍共享原则的共产主义创造"所必需的物质条件和精神条件"。由此亦可见"生产性—分享性"分析框架在马克思整体思想中的重要性。这一分析框架依然适用于我们今天对物联网所产生的社会影响的探讨。

二、物联网引发文化领域"分享性—生产性"关系变革

物联网尤其它的基础性的互联网社交平台技术，不仅影响物质生产，也影响精神生产。资本主义本质上的反分享性，在社会广泛的生活领域中皆有表现，但在不同领域的具体表现又有所不同。一般来说，物质产品尤其所谓必需品相对较难分享，比如一个人吃掉一个馒头，另一个人就无法再享用了；而精神产品则相对较容易分享，比如一个人欣赏一幅画，并不必然妨碍另一个人也可以同时欣赏而分享之。前面相关分析已经指出：马克思、恩格斯强调第一次工业革命所锻造出的自动印刷机这种文化生产工具，推进了现代文化的大众化，从社会价值论的角度说，就是提升了文化领域的"分享性"，相对于物质生产及其产品领域，这种文化领域的"分享性"相对更为凸显。同样，作为当今新工业革命的代表性技术之一，物联网不仅影响物质生产，其基础性的互联网社交平台技术也对"非物质生产"有所影响，并且首先是更突出地体现为对非物质生产领域的影响。与此相应，分享主义价值原则也首先初步突出地滋生于"非物质产品"领域，而"分享性"与"反分享性"的价值冲突、"分享性"与"生产性"之间关系的变革和重塑，也首先突出地体现在这个领域——对此加以分析，有助于我们过渡到从文论角度对当代文艺生产状况的分析。

"分享性"及其与"反分享性"的冲突，首先突出地体现在作为物联网基础之一的计算机软件上。比尔·盖茨曾经嘲笑过那些免费使用软件的倡导者，并给这些倡导者冠上一个资本家所能想出的最恶毒的绰号——"当下的共产主义者"；

---

① 《马克思恩格斯全集》第32卷，北京：人民出版社1975年版，第528页。

而作为协同分享主义代表的青年黑客理查德·M. 斯托曼挑战并触及了盖茨的底线，声称从软件获取租赁收益才是不道德的行为——斗争的阶段性结果是"开源软件"的大行其道。盖茨恶毒攻击的理由是：削弱软件私有产权的"排他性"，就会削弱进一步开发更好软件的动力。一个基本的事实是：软件恰恰是伴随着所谓"盗版"而不断升级的；一部分软件可能是巨型商业公司花钱开发出来的，但当今互联网大厦的整体部分，恰恰是由包括黑客在内的许多人无偿生产、创造或改造或者说"分享性创造"出的"软体"不断构筑起来的。

其次，在互联网框架下，"分享性"与"反分享性"的价值冲突，在艺术尤其音乐上也有突出体现——研究物联网分享经济的诸多西方学者对此都有所涉及。凯文·凯利《必然》一书用 12 个词描述物联网所导致的 12 个必然趋势，其中之一是"流动"：物联网正在极速地摧毁传统产业，而首当其冲的正是音乐产业，因为音乐具有极强的"流动性"。凯利指出："由 Napster 和 Bit Torrent 等先锋引发的转变，对音乐产业造成了前所未有的颠覆。模拟复制品正在被数字复制品取代。模拟唱片驱动了工业时代，它精确而廉价；数字复制品则推动了信息时代，它准确，而且免费。"这种分享性的免费还像病毒一样扩张（这是西方学者常用的一个比喻），"能被免费复制的不只是音乐，还有文本、图像、视频、游戏、所有的网站、企业用软件、3D 打印文件，等等。在这个全新的网络世界里，任何可以被复制的东西都会被复制，而且免费"。[①] 这导致另一种必然趋势，即分享性的"使用权"将取代排他性的"所有权"。凯利指出，传统组织工作的形式有两种，即"企业和市场"，而现在出现了第三种形式，即物联网"平台（platform）"。如果说企业和市场保护"所有权"的话，那么，"平台"则"打压所有权，而扶持使用权"[②]。凯利指出，物联网分享主义平台滋养出更多的剽窃，而罗宾·蔡斯指出，"在这个开放源代码的世界里，剽窃就是最真诚的恭维"[③]。你设计出的软件被越多的人剽窃——这首先表明你的软件具有极强的"分享性"，而别人剽窃后对你的软件进行不断的改写、再造，可以说又恰恰表明

---

① ［美］凯文·凯利：《必然》，周峰等译，北京：电子工业出版社 2016 年版，第 69 页。

② ［美］凯文·凯利：《必然》，周峰等译，北京：电子工业出版社 2016 年版，第 137 页。

③ ［美］罗宾·蔡斯：《共享经济：重构未来商业新模式》，王芮译，杭州：浙江人民出版社 2015 年版，第48 页。

你的软件具有极强的“生产性”或“再生产性”。这对于在互联网上传播的各种艺术作品来说同样如此，其突出地体现了人的创造物“分享性”与“生产性”的高度统一。你创造物的分享性越强，正表明其生产性、创造性越强——分享性与生产性统一而相互提升的关系，首先在非物质生产领域有突出体现。

再一探讨物联网分享经济的经典著作本科勒的《企鹅与怪兽：互联网时代的合作、共享与创新模式》，从行为动机或驱动力上，对于作为排他性私有制、市场竞争制基础的“利己主义”人性预设，作了较为全面的清算。本科勒指出，“像自由和开源软件或维基百科这样的大规模合作，并不是一个无关紧要的另类网络故事，而是代表着重要的发展方向”。“维基百科完全依靠志愿者维护内容，任何人都可以奉献自己的时间和知识，没有报酬，在内容编辑方面不受控制。开源软件 Linux 则依靠志愿者和有偿贡献者的广泛合作，成果由大家共享而不是仅仅归属于某个人。这些组织的运作方式，完全违背了长期以来西方社会关于人类动机的最基本假设：从本质上看，人是自私的动物。几十年来，经济学家、政治家、立法者、企业高管和工程技术人员的一切行为都表明，所有的体系和组织都必须围绕激励、奖励、惩罚来构建，似乎只有这样人们才能达成公众的、公司的或者社区的目标”，而“2008 年的经济危机发生后，甚至连一些市场自由主义的忠实支持者也不得不承认，‘市场激励至上模型’（Market-incentives-above-all）是有缺陷的”。“我要努力让大家摆脱现有人性观的束缚——所有人的行为动机都离不开利己主义”，而“互联网已经将社会的、非市场化的行为由工业经济的边缘带入全球化、网络化信息经济的核心地带”。[①] 本科勒也以音乐产业为例作了分析：“Napster 是 1999—2000 年投入运营的第一家规模较大的点对点文件共享网络。进入 Napster，你会发现孩子们都在上传、共享音乐。盗版成为一种很酷的行为，破解加密软件就更酷了。黑客被人们视为文化英雄——向专横的、既损害音乐人利益又损害歌迷利益的唱片业开战的斗士。”[②] 于是出现法律诉讼等强制手段，但根本无法阻止盗版，最终失败者是唱片业。

---

① ［美］尤查·本科勒：《企鹅与怪兽：互联网时代的合作、共享与创新模式》，简学译，杭州：浙江人民出版社 2013 年版，第ⅩⅤ页、第 4 页、第 12 页、第 20 页、第 22 页。

② ［美］尤查·本科勒：《企鹅与怪兽：互联网时代的合作、共享与创新模式》，简学译，杭州：浙江人民出版社 2013 年版，第 218 页。

克里斯·安德森把互联网经济的基本特征之一概括为“免费”，并以此为名，写了本专著。互联网为音乐盗版提供了便利，面对冲击，唱片厂商警告：盗版盛行必将使音乐生产萎缩，最终是音乐消费者倒霉——但无论是西方还是中国已有的发展史表明：这种状况并未出现，音乐生产并未因盗版而停滞发展，反而是更快地发展起来了。安德森区分了两种音乐“市场”，“当我们说‘音乐业务’时，我们通常指传统的唱片厂商，它们……这种指控也许并不为过，但将厂商的利益与普遍音乐市场的利益相提并论就有失公允了。从传统意义上讲，各大厂商包装并出售录音音乐，众所周知这一业务领域正出现终结性衰退。但事实上，除厂商之外的其他音乐市场正逐步发展壮大，而它们运用的通常都是免费策略”，免费分享并未使音乐生产本身衰落，相反，“无论是乐队数量还是创作的音乐数量都较以往大幅增加”，“最为重要的是，音乐业务正在繁荣发展，这在一定程度上得益于免费音乐扩大乐迷基础的能力”。① 传统唱片业在互联网时代快速衰落这一案例表明：如凯利所指出的，互联网尤其是物联网已使“分享”成为一种必然之大势，顺之者昌，逆之者亡，而淘汰那些固守排他性产权、拒绝分享的传统产业，对人类社会整体福利来说绝对是件好事。该书最后一部分还就各种对免费分享的疑问作了辩驳。一种论调是“没有成本就没有价值”，如雪莉·克罗抱怨道，“人们感觉音乐应当是免费的，这让我感到难过，因为看起来我们所做的工作并未受到重视”。安德森指出：“必须要指出这一谬论，即衡量价值的唯一标准是金钱。”② 再一流行说法是“免费鼓励盗版”，安德森指出，其实恰恰相反，是“盗版催生了免费”，而“盗版就像地球引力。如果你把某件东西高高举起，迟早地球引力将发挥作用而它也会掉回到地面。对于数码产品而言，道理相同——编写进法律或软件中的版权保护方案也仅仅是保护价格免受万有引力规律的影响。但迟早价格会降下来，无论是由于卖家作出妥协或由于盗版猖獗迫使其降价”。③ 安德森指出了产品不断降价而趋于免费，乃是一种必然——当然，他没有指出的是：这恰恰是由人类物质和精神生产力不断提高的必然结果，或者说，产品（无论是物质的还是精神的）“分享性”的提升，乃是人类“生产性”不断提升的必

---

① ［美］克里斯·安德森：《免费》，蒋旭峰等译，北京：中信出版社 2012 年版，第 172—173 页。
② ［美］克里斯·安德森：《免费》，蒋旭峰等译，北京：中信出版社 2012 年版，第 258 页。
③ ［美］克里斯·安德森：《免费》，蒋旭峰等译，北京：中信出版社 2012 年版，第 263 页。

然结果。更为盛行的一种质疑是“免费削弱创新”，如比尔·盖茨认为，“世界各经济体中，如今相信知识产权的较以往越来越多”。安德森分析指出：“认为免费损害了专利权和版权等知识产权的言论所讨论的主题介于‘自由’（libre）和‘免费’（gratis）之间。其思维方式如下：如果人们不能因此得到回报，他们就不会进行发明创造。”① 他还指出，最早把专利保护期定位 17 年的设计，实际上已为免费分享留下空间：

> 因此，专利的免费空间始于 17 年专利权有效期结束后。（版权也有有效期，但国会可以延长有效期。）当然，一个日渐壮大的创造团体不希望等这么长时间。他们正打算放弃这些权利并根据“知识共享”或各种开放源软件许可协议公开他们的创意（无论是文字、图片、音乐还是代码）。他们相信，通过使其他人更易于在已公开成果基础上进行整合这一方式，真正免费——既免费又自由——是可以激发创新精神的。②

概括地说：“分享性”恰恰可以激发“创新性”或“生产性”——这又尤其突出地体现在非物质生产领域，而这是在物联网分享时代重构马克思审美分享主义新的实践基础。

三、物联网时代马克思审美分享主义的重构

本科勒等指出，人们在不受利益驱动的情况，也愿意去无偿地创造，往往出于社会协作性、群体认同、荣誉感等——但是他们如果愿意“回到马克思”的话，其实马克思对此的分析更为直接：“人直接地是**自然存在物**。人作为自然存在物，而且作为有生命的自然存在物，一方面具有**自然力**、**生命力**，是**能动的**自然存在物；这些力量作为天赋和才能、作为欲望存在于人身上”——把作为“天赋和才能”的“自然力、生命力”发挥出来，也是“存在于人身上”的一种“欲望”，而人是通过改造现实对象来满足这种“欲望”——尽管，马克思也充分认

① ［美］克里斯·安德森：《免费》，蒋旭峰等译，北京：中信出版社 2012 年版，第 259 页。
② ［美］克里斯·安德森：《免费》，蒋旭峰等译，北京：中信出版社 2012 年版，第 260 页。

识到，“异化劳动”“加在我身上仅仅是由于**外在的**、偶然的需要，而**不是**由于**内在的必然**的需要”① ——但劳动、在劳动中发挥出生产性力量，是可以成为人的“内在的必然的需要”——这就是本科勒所谓的“内在动机”——而这一点只有到了“劳动已经不仅仅是谋生的手段，而且本身成了生活的第一需要”的“共产主义”才能得到充分、全面、普遍的体现，但这又绝不意味着在“共产主义”之前这一点在人的任何活动都没有丝毫体现。马克思指出，在作为“自由的精神生产”“真正自由的劳动”的艺术创造中，就有部分体现——这构成了马克思美学思想的基本点，并且也构成了马克思共产主义理论的经验基础之一。从“私有财产的运动”来看，排他性或“反分享性”的财富占有方式的最大问题恰恰在于阻碍、压制人的生产性力量充分自由的发挥；而作为私有财产的一种积极扬弃，“共产主义”这方面的最大特点恰恰在于社会财富的“分享性”促进人的生产性力量的发展，反过来，人的“生产性”的提升又进一步提升社会财富的“分享性”——这些在当今冲击私有制专利、版权等排他性的物联网分享主义平台上，已有更多、更大程度的体现——而这可以成为建构立足于共产主义理论的审美分享主义的新实践基础和现实而有效的切入点。

从审美经验的角度来看，一个人为什么会创造一部艺术作品或者说其艺术创造的驱动力是什么，创造出作品后又如何处置自己的作品、希望别人如何对待自己的作品——这是“审美分享主义”涉及的基本的经验性问题。在市场框架下，一个职业艺术家以营利为驱动力、为赚钱而创作，希望以排他性的版权制度保护自己的营利权并希望别人通过购买来获得自己的作品——然而即使如此，艺术家作为一种较为特殊的职业人，内心依然希望自己的作品具有更强的“分享性”、更多人“分享”自己的作品——这也是一个基本的经验现实。基于私有制的版权制度强调：如果作品排他性的营利权得不到有效保护，艺术家就会失去创造、创新的动力——但这一点并不能得到经验现实的完全证实。即使在市场框架下，希望自己的作品具有更强的“分享性”、更多人“分享”自己的作品，也是艺术家发挥出自身“创造性（生产性）”的驱动力，或者说至少是驱动力之一——简言之：“分享性”与“生产性（创造性）”可以相互提升，这在现实的艺术活动中

① 《马克思恩格斯全集》第42卷，北京：人民出版社1979年版，第167页、第38页。

有部分的经验性的体现——而这构成了马克思考察“私有财产运动”中社会财富的“分享性”与人的“生产性”相互牵掣关系的正面的经验性的立足点，也正因此，马克思美学思想的意义也就不仅仅局限在艺术文化这个领域，而是关乎社会的整体发展或社会形态的历史演变。

从现代性整体格局来看，当代左翼理论总体来说忽视技术、经济（资本）现代性，或者说往往只看到其消极面，于是就只重视包括“审美现代性”在内的“文化现代性”。所谓“审美现代性”确实是作为“资本现代性”及“技术现代性”的对立面发展起来的。在康德美学中，所谓“非功利性”是针对资本（经济）现代性而言的，而所谓“非概念性（非知性）”则主要是针对“技术（科学）现代性”而言的。那么，马克思怎么看？他的基本判断是：现代工业的技术基础是革命的，而所有以往的生产方式的技术基础本质上是保守的。而技术的革命性把资本主义拉上历史舞台，也必将把它拉下历史舞台。当代左翼理论只看到技术强化资本主义统治的一面，是片面而不辩证的。马克思结合技术谈审美问题的文献不多，但他谈审美问题是充分结合资本（经济）现代性展开的。只在“上层建筑（意识形态）—经济基础”这一框架中，是看不到他的这种思路的，这一思路主要体现在他对“剩余价值”尤其“剩余价值的流转”的分析中。

马克思首先是从“私有财产运动”“剩余价值流转”尤其作为私有财产最高、最后形态的资本主义经济的运动中，推导出作为资本主义替代方案、“私有财产的积极扬弃”的共产主义的基本特性的——这可以说是其共产主义理论的历史的逻辑基础或依据。但是，一种理想社会理念的构建，仅仅有逻辑基础还是不够的，还需要有一定的经验基础或依据。如果说私有财产是人类社会“生而有之”并可“万古长存”（这是为资本主义辩护的常见理念）的话，那么，设想一种扬弃了私有财产的社会，就缺乏历史的经验依据。事实是，作为人类社会的最初阶段的原始社会就不存在私有财产，以此来看，马克思晚年重视对摩尔根原始社会人类学文献的研读，某种程度上可以说就是为共产主义理论探寻历史的经验基础的一种努力。马克思强调，新的更高的生产关系，在它的物质存在条件在旧社会的胎胞里成熟以前，是决不会出现的，可以说新的生产关系作为一种“基因”是已经存在于、孕育于旧社会的胎胞里的，当然是作为非主流的、敌对的基因存在其中的。因此，探寻资本主义胎胞里已经存在的“敌对基因”的特性，可以成为共产主义理论建构的经验基础或依据。这种“敌对基因”应该不止一种，并且可以从不同的方面加以审视。马克思指出：“只有在这种基础上，才能够既理解统治阶级的意识形态组成部分，也理解一定社会形态下自由的精神生产”，“资本主义生产就同某些精神生产部门如艺术和诗歌相敌对”。[①] 英国学者柏拉威尔引述以上话后分析指出：“有人说，马克思这样区分阶级的意识形态和自由的精神生产，似乎是再一次表示，即使受到一种意气不合的社会秩序的限制，艺术可能仍是一个比较自由的领域。”[②] 在我们看来，重要的是：艺术“比较自由”的审美经验，为马克思构想未来共产主义的充分自由提供了现实的经验基础。在资本主义“社会形态”下，是存在作为“自由的精神生产”的“艺术和诗歌”这种基因的，但是是作为一种非主流的“敌对基因”而存在的。马克思在讨论作为“自由的精神生产”的基础的“自由时间”时还指出，资本主义私有财产及其对抗性被积极扬弃后，个人会在艺术、科学等方面得到发展，“敌对基因”会从旧胎胞中裂变出来而获得充分生长——而这将出现在共产主义社会里。可以说，包括“艺术和诗歌”在内的“自由的精神生产”方面的经验，在资本主义及其之前的社会形态中已经存在，而这可以构成共产主义理论建构的历史的现实的经验基础——这是马克思在讨论政治经济学问题经常提到艺术等审美问题的重要缘由。包括西方马克思主义在内的文化批判理论，也从批判“资本（经济）现代性”的角度提出“审美现代性”等问题，而跟这些西方当代文化批判理论的最大不同是：马克思始终将这些文化和审美问题置于私有财产的运动与扬弃、剩余价值的流转中来审视，并实际上是以共产主义（科学社会主义）理论建构为旨归的。

第二节　私有财产运动中的排他性与分享性

上一节对物联网尤其是互联网社交平台技术所滋生出的分享主义价值原则作了初步分析，也对这种价值原则与资本主义本质上的反分享性之间的冲突作了初步分析，而深刻理解这种当代新的社会文化现象，回到马克思非常必要，而这也

---

① 《马克思恩格斯全集》第 26 卷第 1 册，北京：人民出版社 1972 年版，第 296 页。

② ［英］希·萨·柏拉威尔：《马克思和世界文学》，梅绍武等译，北京：生活·读书·新知三联书店 1980 年版，第 423—424 页。

是物联网分享时代中国文论自主创新的重要切入点。

生产方式变革中私有财产的运动与扬弃，是马克思美学的轴心，其实也是包括历史唯物主义哲学、政治经济学、科学社会主义在内的马克思主义理论整体的轴心——过度偏离这一轴心，把马克思讨论审美活动的只言片语从其整体理论语境中抽离出来加以探讨，就会偏离马克思美学的基本精神——这种偏离倾向，在西方马克思主义美学及1980年代以来的中国马克思主义美学尤其所谓“实践美学”对马克思《1844年经济学哲学手稿》（以下简称《手稿》）的研究中，有集中而突出的体现。

在讨论“异化劳动和私有财产”中，《手稿》提出“按照美的规律来构造”的美学命题。相关研究对此大谈特谈，这本身没有问题，但是完全剥离于“私有财产的运动”这一理论语境，却是极有问题的。同样，把“异化劳动”作为自由的审美活动的对立面来讨论，也是没有问题的，但也不能完全偏离于“私有财产的运动”这一轴心。《手稿》在讨论“私有财产和共产主义”中，确实涉及较多的艺术、美学、感性内容：

> 另一方面，即从主体方面来看：只有音乐才激起人的音乐感；对于没有音乐感的耳朵来说，最美的音乐也毫无意义，不是对象……只是由于人的本质的客观地展开的丰富性，主体的、人的感性的丰富性，如有音乐感的耳朵、能感受形式美的眼睛，总之，那些能成为人的享受的感觉，即确证自己是人的本质力量的感觉，才一部分发展起来，一部分产生出来。因为，不仅五官感觉，而且所谓精神感觉、实践感觉（意志、爱等等），一句话，人的感觉、感觉的人性，都只是由于它的对象的存在，由于人化的自然界，才产生出来的。五官感觉的形成是以往全部世界历史的产物。囿于粗陋的实际需要的感觉只具有有限的意义。对于一个忍饥挨饿的人来说并不存在人的食物形式，而只有作为食物的抽象存在；食物同样也可能具有最粗糙的形式，而且不能说，这种饮食与动物的饮食有什么不同。忧心忡忡的穷人甚至对最美丽的景色都没有什么感觉；贩卖矿物的商人只看到矿物的商业价值，而看不到矿物的美和特性；他没有矿物学的感觉。因此，一方面为了使人的感觉成为人的，另一方面为了创造同人的本质和自然界的本质的全部丰富性相适应

的人的感觉，无论从理论方面还是从实践方面来说，人的本质的对象化都是必要的。[①]

中国当代实践美学把“人化的自然界”“人的本质（力量）的对象化”等抽离出来作为自身美学建构的立足点，这本身是没有问题的，但是，马克思是在“私有财产的运动”这一基本语境中提出这些概念的，越来越偏离于而不是重新置于“私有财产的运动”中资本主义衰退、共产主义生成历史脉络中来讨论这些问题，也就越来越偏离马克思美学的基本精神。

马克思以上所谓“美丽的景色”涉及自然美问题，我们不妨结合中国宋代文艺家苏轼《赤壁赋》的话来略作分析：

客亦知夫水与月乎？逝者如斯，而未尝往也；盈虚者如彼，而卒莫消长也。盖将自其变者而观之，则天地曾不能以一瞬；自其不变者而观之，则物与我皆无尽也。而又何羡乎！且夫天地之间，物各有主，苟非吾之所有，虽一毫而莫取。惟江上之清风，与山间之明月，耳得之而为声，目遇之而成色，取之无禁，用之不竭，是造物者之无尽藏也，而吾与子之所共适。

苏轼讲的“耳得”“目遇”岂非就是马克思讲的“五官感觉”？“江上之清风，与山间之明月”不就是“最美丽的景色”？两者都讲到了感官、对自然美的欣赏等问题。西方传统主流美学只把视觉、听觉器官视作审美感官，“对于一个忍饥挨饿的人来说并不存在人的食物形式”，“人的食物形式”就是我们古人所谓的不为果腹的“美食”，看来马克思并不排斥把味觉器官也视作审美感官——这与我们古人是相通的，比如“味”就是中国古典美学的一个重要范畴：感官是否能成为审美感官，不在于其是哪种感官，而在于其能不“囿于粗陋的实际需要”而具有全面丰富性，兹不多论。再看，“天地之间，物各有主，苟非吾之所有，虽一毫而莫取”不就是马克思讲的“私有财产”的“排他性”特征吗？分野在于：马克思把对自然美的欣赏与“物各有主”的私有制结合在一起谈。“共适”可解作

① 《马克思恩格斯全集》第42卷，北京：人民出版社1979年版，第125—126页。

“共享”或“分享”，在东坡先生看来，自然界“最美丽的景色”人人可得而分享之——马克思却说“忧心忡忡的穷人甚至对最美丽的景色都没有什么感觉”，饿得咕咕叫的肚子，使穷人无法“分享”自然之美。那么，自然美为什么可以使人人“共适”、分享呢？因为“取之无禁，用之不竭，是造物者之无尽藏也”，就是马克思讲的“自然界的本质的全部丰富性”或无限性。马克思还告诉我们：人类社会财富也可以“取之无禁，用之不竭”，所以也就可以“按需分配”，人人得而“分享”之——当然那也就到共产主义了，而在此之前，物质财富并非可以人人分享的，而是“物各有主”，原因是物质财富尚未无限丰富——这就是作为西方主流经济学重要基础的所谓“稀缺”。那么，如何才能使穷人对最美丽的景色有感觉呢？很简单，首先要填饱他们的肚子：“美”的分享，作为一种精神上的分享，是建立在物质财富的分享的基础上的——而马克思是在“私有财产的运动”中来考察这些问题的。苏轼等古今中外文艺家、思想家，往往脱离“私有财产（物各有主）的运动”来描述审美自由境界——可以说马克思对这些审美自由境界及其社会价值，绝不轻视，但却置于“私有财产的运动”中去考察，而古今中外林林总总的非历史唯物主义的美学思想，乃是建构具有现实乃至未来意义的历史唯物主义美学乃至哲学的有益文化资源。

“贩卖矿物的商人只看到矿物的商业价值，而看不到矿物的美和特性”也涉及自然（物）美的欣赏问题：穷人囿于填饱肚子这种“粗陋的实际需要的感觉”而不能欣赏自然美，那么，商人囿于什么样的“粗陋的实际需要的感觉”而不能欣赏金银等矿物的自然美呢？是利己主义的占有感觉——而这更与“私有财产的运动”密切相关：

> 私有财产的积极的扬弃，也就是说，为了人并且通过人对人的本质和人的生命、对象性的人和人的产品的感性的占有，不应当仅仅被理解为直接的、片面的享受，不应当仅仅被理解为占有、拥有……私有制使我们变得如此愚蠢而片面，以致一个对象，只有当它为我们拥有的时候，也就是说，当它对我们说来作为资本而存在，或者它被我们直接占有，被我们吃、喝、穿、住等等的时候，总之，在它被我们使用的时候，才是我们的，尽管私有制本身也把占有的这一切直接实现仅仅看作生活手段，而它们作为手段为之

> 服务的那种生活是私有制的生活——劳动和资本化。
>
> 因此，一切肉体的和精神的感觉都被这一切感觉的单纯异化即拥有的感觉所代替。人的本质必须被归结为这种绝对的贫困，这样它才能够从自身产生出它的内部的丰富性。
>
> 因此，私有财产的扬弃，是人的一切感觉和特性的彻底解放……（注释2：只有当物按人的方式同人发生关系时，我才能在实践上按人的方式同物发生关系）……因此，需要和享受失去了自己的利己主义性质，而自然界失去了自己的纯粹的有用性，因为效用成了人的效用。①

一只色彩鲜亮的苹果，可以成为静物画家的审美对象，但对于饿着肚子的穷人来说，只有吃掉它填饱肚子，才会感觉真正“占有、拥有”了它；一块光泽美丽的黄金，可以成为金匠的审美对象，但对于只知其“商业价值”的商人来说，只有将其收入囊中、纳入账上，才会感觉真正“占有、拥有”了它。在私有财产的运动中，人与艺术品、艺术美的关系，同样如此：“国民经济学家把从你那里夺去的那一部分生命和人性，全用**货币**和**财富**补偿给你，你自己不能办到的一切，你的货币都能办到：它能吃，能喝，能赴舞会，能去剧场，能获得艺术、学识、历史珍品和政治权力，能旅行，它**能**为你占有这一切；它能购买这一切；它是真正的**能力**。”② 凡·高名作《向日葵》，对于一个普通欣赏者来说，只要在欣赏中获得审美享受，就可以说已经“感性地占有”了它；但对于一个收藏商来说，只有将其收入囊中、纳入账上，才会感觉真正“占有、拥有”了它。马克思提到了“有用性”，这马上使我们想到康德的“非功利性”，马克思当然也反对以有用性、功利性的态度来对待自然美景与艺术作品，但他与包括康德在内的西方美学家最大区别在于：他没有抽离于“私有财产的运动”来抽象地、孤立地、非历史地讨论这些问题。

当“失去了自己的利己主义性质”时，“享受”就成为一种共同享受，即“共享”或“分享”，或者说，共享（分享）是一种社会性的享受——而这只有在

---

① 《马克思恩格斯全集》第42卷，北京：人民出版社1979年版，第123—125页。

② 《马克思恩格斯全集》第42卷，北京：人民出版社1979年版，第135页。

私有财产被积极扬弃之后，才可能出现："我们已经看到，在被积极扬弃的私有财产的前提下，人如何生产人——他自己和别人；直接体现他的个性的对象如何是他自己为别人的存在，同时是这个别人的存在，而且也是这个别人为他的存在……活动和享受，无论就其内容或就其**存在方式**来说，都是**社会的**，**是社会的**活动和**社会的**享受"，而在社会的享受即共享之中，"只要人是人的，因而他的感觉等等也是人的，那么对象为他人所肯定，这同样是他自己的享受"，"别人的感觉和享受也成了我**自己的**占有。因此，除了这些直接的器官以外，还以社会的**形式**形成**社会的**器官。例如，直接同别人交往的活动等等，成了我的**生命表现**的器官和对**人的**生命的一种占有方式"。① 这是一种"分享性（sharive）"的占有方式。

如果说私有财产被积极扬弃后，对产品、对象的占有、享受具有"分享性"的话，那么，私有财产重要特性恰恰表现为对产品和财富占有、享受的"排他性"。马克思指出，"如果撇开私有财产的异化，那么私有财产的意义就在于**本质的对象**——既作为享受的对象，又作为活动的对象——对人的**存在**"，但在私有财产异化的前提下，"人越是通过自己的劳动使自然界受自己支配，神的奇迹越是由于工业的奇迹而变成多余，人就越是不得不为了讨好这些力量而放弃生产的欢乐和对产品的享受"，"国民经济学家把工人变成没有感觉和没有需要的存在物，正象他把工人的活动变成抽去一切活动的纯粹抽象一样。因此，工人的任何**奢侈**在他看来都是不可饶恕的，而一切超出最抽象的需要的东西——无论是消极的享受或积极的活动表现——在他看来都是奢侈"。② 剥夺工人对产品享受的私有财产的占有方式，就体现跟"分享性"相对立的"排他性"。马克思指出，资产阶级对财富的占有的特点是独占，即排他性占有，"如果没有独占性就不成其为私有财产"③。作为私有财产发展的最高形式的"资本"的特性也就是其"排他性"："这个资本自身同时也是资本的自为的存在，或者说资本作为资本家的存

---

① 《马克思恩格斯全集》第 42 卷，北京：人民出版社 1979 年版，第 121—122 页、第 150 页、第 125 页。

② 《马克思恩格斯全集》第 42 卷，北京：人民出版社 1979 年版，第 150 页、第 98—99 页、第 134—135 页。

③ 《马克思恩格斯全集》第 3 卷，北京：人民出版社 1960 年版，第 425 页。

在，作为从自身中排他的所有权的存在。”[①] 私有财产的基本特性就是“排他性”，并且这种排他性还构成了商品交换、流通的必要条件，并在商品流通中“等价形式”尤其“一般等价形式”即货币上有更为突出的体现。“如果金要有价格，就是说要在一种特殊商品上使自己表现为一般等价物，那末，这另一种商品就要和金一样，在流通过程中起一种排他的作用。”[②] 因此，“你们要废除金银作为货币这种排他物而具有的排他的特权，但是你们又要把一切商品变成货币，也就是说，你们要使一切商品都具有这种离开排他性就不再存在的性质”[③]。商品、货币最基本的特性就是排他性，离开这种排他性也就无所谓商品、货币了，说不具有排他性的商品、货币，就是一种自相矛盾的表述。也正是在此意义上，排他的“反分享性”乃是建立在商品、货币等基础上的资本主义及其生产的本质特征。

值得特别注意的是，马克思《资本论》第 3 卷在讨论“独占”即“排他性占有”时恰恰提到了“艺术品”：

> 最后，在考察地租的表现形式，即为取得土地的使用权（无论是为生产的目的还是为消费的目的）而以地租名义支付给土地所有者的租金时，必须牢牢记住，那些本身没有任何价值，即不是劳动产品的东西（如土地），或者至少不能由劳动再生产的东西（如古董，某些名家的艺术品等等）的价格，可以由一系列非常偶然的情况来决定。要出售一件东西，唯一需要的是，它可以被独占，并且可以让渡。[④]

比如一个收藏商可以花上亿美金“独占”凡·高的《向日葵》，将其封藏于自己或银行的保险柜里而拒绝别人分享——这种占有具有极端的排他性，而一个具有“能感受形式美的眼睛”的普通欣赏者只要能欣赏到《向日葵》并获得审美享受，也表明他感性地、审美地“占有”它了——这种“占有”则具有较强的“分享

① 《马克思恩格斯全集》第 26 卷第 3 册，北京：人民出版社 1974 年版，第 524—525 页。
② 《马克思恩格斯全集》第 13 卷，北京：人民出版社 1962 年版，第 65 页。
③ 《马克思恩格斯全集》第 46 卷上册，北京：人民出版社 1979 年版，第 69 页。
④ 《马克思恩格斯全集》第 25 卷下册，北京：人民出版社 1974 年版，第 714 页。

性”。在马克思看来，“有音乐感的耳朵、能感受形式美的眼睛”所获得的享受——这当然就是审美享受——是一种“社会的享受”，因而也是一种“分享性的享受”——康德美学的“共通感”实际上对此也有所揭示，而与康德等西方美学家的重要分野在于：马克思始终在“私有财产的运动”中来讨论这些问题，并实际上揭示了审美享受的这种“共通感”“分享性”与私有财产的排他性形成的对立。你可以认为人的一切感觉和特性的彻底解放是一种审美或感性解放，但马克思强调这种解放必须建立在对私有财产的扬弃的基础上才是真正全面的解放。我们对马克思所构想的私有财产被积极扬弃后的共产主义社会特性的理解，很难说是全面的。某种程度上可以说，马克思讨论在现实生活中已经存在的艺术感性享受问题，是为其积极扬弃私有财产的共产主义理论探寻现实的经验基础。

第三节　剩余价值流转中的生产性与分享性

“私有财产的运动”是马克思思想的轴心，其思想成熟后依然关注这一轴心，但找到了更具体而坚实的支点，即“剩余价值的流转”；而从“剩余价值的流转”的角度继续深入、系统考察“私有财产的运动”，乃是马克思整体思想走向成熟的重要标志——对于马克思美学思想来说，同样如此。

私有财产（生产资料私有制）的排他性占有，在劳动产品上又集中表现为对剩余产品、剩余价值的排他性占有（独占）。极一般地说，显然，并非所有劳动产品在任何情况下都可以分享：一个人的劳动只能够生产出维持自身生存的产品，是不能与他人分享的，如果被分享，其生存就会受到威胁。可以说维持基本生存的必需品具有最强的不可分享的排他性（所谓“生存竞争”也就具有最强的排他性）。而当一个人的劳动生产出的产品维持自身生存外还有所剩余，这种剩余产品的排他性就不再那么强而可以与他人分享了。社会达尔文主义把资本主义竞争描述成“生存竞争”——恩格斯对此作了批驳：

> 达尔文的全部生存斗争学说，不过是把霍布斯一切人反对一切人的战争的学说和资产阶级经济学的竞争学说以及马尔萨斯的人口论从社会搬到生物界而已……一有了生产，所谓生存斗争便不再围绕着单纯的生存资料进行，

而要围绕着享受资料和发展资料进行。在这里——在社会地生产发展资料的情况下——从动物界来的范畴完全不能应用了……把历史看作一系列的阶级斗争，比起把历史单单归结为生存斗争的差异极少的阶段，就更有内容和更深刻得多了。①

“生存资料”对应于“必需品”，“享受资料和发展资料”对应于“非必需品”“剩余产品”。从“类”的角度来看，如果人类全部劳动只能生产出维持其全体成员的基本生存资料而没有“余额”，人就没有区别于动物的“类特性”。可以说正是劳动的“生产性”（能创造出生存资料以外的剩余产品或余额），使人的生命活动与动物的生命活动区分开来了。因此，私有财产运动中产品占有的排他性，不是表现在“生存资料”或“必需品”上，而是表现在“剩余产品”或“余额”上——这种“余额”就是“剩余价值（利润）”：

本质的关系是，工人不占有产品中的任何份额，他同资本家的交换，**不是使他能分享产品，却是根本排斥他去分享产品本身，**——全部关系的这一决定性要素消失了，代之形成的却是欺骗人的假象：似乎资本家与雇佣工人建立了某种同事关系，并且按照他们在参加产品的生产中各自具有的不同因素来分配产品。因此，正是这个公式是资本主义关系的资产阶级辩护士所惯用的公式。②（黑体为引者加）

工人“分享”产品及其剩余价值是被“排斥”的，资产阶级辩护士不遗余力地为这种排斥分享的铁律辩护：

当一切经济学家谈论资本和雇佣劳动、利润和工资的现存关系，并向工人证明，**工人无权分享取得利润**的机会的时候，当他们想劝慰工人安于对资本家的从属地位的时候，他们总是向工人指出，工人与资本家正好相反，工

① 《马克思恩格斯全集》第20卷，北京：人民出版社1971年版，第652—653页。
② 《马克思恩格斯全集》第47卷，北京：人民出版社1979年版，第625页。

人取得收入的某种固定性，这在或大或小的程度上并不为资本的巨大冒险行为所左右。[①]（黑体为引者加）

当然，最常见的辩护是：工人出卖的只是劳动力，因此获得的自然就只能是作为再生产劳动力的费用的“工资”，如能“分享”利润（剩余价值），其收入就超过“工资”，这就有违市场交易的“公平”原则，而为了维持这种“公平”交易原则，就必须始终让工人只能获得维持基本生存的工资——而马克思《工人议会》一文强调：“工人除了具有分享企业主的利润的不可争辩的权利之外，还具有另一种更加不可争辩的权利，即成为自己劳动的支配者的权利。”[②]

资本主义的“反分享性”主要体现在“余额”上，而劳动的“生产性”也主要体现在能创造出这种“余额”，由此就可以把“反分享性”与“生产性”勾连在一起。当然，从美学的角度来看，我们关注的问题是：利润（剩余价值）被不劳动阶级独占而劳动阶级分享的权利被剥夺，这对包括艺术在内的文化精神生产或产生什么影响。从理论上看，剩余价值的流转既发生在人（工人）与人（资本家）之间，也发生在物质生产与精神生产之间，而发生在物质生产与精神生产之间的“剩余价值的流转”，可以说是马克思文艺美学的一个重要思想脉络——传统研究对此多有忽视。

如果说“剩余价值（利润）”是一种价值形态的话，那么，其在物质生产之中的时间形态是“剩余劳动时间”、物质形态是“剩余产品”、物质生产之外的时间形态是“自由时间”——马克思对这种形态转换的全流程，有直接分析，并涉及艺术发展问题：

其次是他们支配的自由时间，不管这一时间是用于闲暇，是用于从事非直接的生产活动（如战争、国家的管理），还是用于发展不追求任何直接实践目的的人的能力和社会的潜力（艺术等等，科学）……剩余劳动时间是劳动群众超出再生产他们自己的劳动能力、他们本身的存在所需要的量即超出

① 《马克思恩格斯全集》第46卷上册，北京：人民出版社1979年版，第15页。

② 《马克思恩格斯全集》第10卷，北京：人民出版社1962年版，第138页。

> **必要劳动**而劳动的时间，这一表现为剩余价值的剩余劳动时间，同时物化为剩余产品，并且这种剩余产品是除劳动阶级外的一切阶级存在的物质基础，是社会整个上层建筑存在的物质基础。**同时，剩余产品把时间游离出来**，给不劳动阶级提供了发展其他能力的自由支配的时间。因此，在一方产生剩余劳动时间，同时在另一方产生自由时间。整个人类的发展，就其超出对人的自然存在直接需要的发展来说，无非是对这种自由时间的运用，并且整个人类发展的前提就是把这种自由时间的运用作为必要的基础。可见，社会的自由时间的产生是靠非自由时间的产生，是靠工人超出维持他们本身的生存所需要的劳动时间而延长的劳动时间的产生。同一方的自由时间相应的是另一方的被奴役的时间。①

"剩余劳动（时间）"创造出"剩余产品"，"剩余产品"游离出的"自由时间"，可以用于"发展其他能力""发展不追求任何直接实践目的的人的能力和社会的潜力（艺术等等，科学）"，可以说就是以发展或提升人的"生产性"为直接目的的，也正是这种"生产性"使包括艺术和科学等在内的文化精神产品具有较强的"分享性"——但在私有财产的运动中，这些主要发生在"不劳动阶级"范围内，劳动阶级创造了"剩余产品"，却被不劳动阶级完全剥夺、独占，劳动阶级本身不能参与剩余产品的分享，进而也就丧失了由"剩余产品"游离出的"自由时间"，"社会的自由时间是以通过强制劳动吸收工人的时间为基础的，这样，工人就丧失了精神发展所必需的空间，因为时间就是这种空间"② ——工人被剥夺对利润分享的权利所导致的最终结果，是"丧失了精神发展所必需的空间"，或者说，是丧失了"发展不追求任何直接实践目的的人的能力和社会的潜力（艺术等等，科学）"，即直接提升自身"生产性"的空间。

劳动阶级被剥夺提升自身"生产性"的空间，在艺术活动中有重要体现：

> 由于分工，艺术天才完全集中在个别人身上，因而广大群众的艺术天才

---

① 《马克思恩格斯全集》第47卷，北京：人民出版社1979年版，第215—217页。

② 《马克思恩格斯全集》第47卷，北京：人民出版社1979年版，第344页。

> 受到压抑。即使在一定的社会关系里每一个人都能成为出色的画家，但是这决不排斥每一个人也成为独创的画家的可能性，因此，“人的”和“**唯一者的**”劳动的区别在这里也毫无意义了。在共产主义的社会组织中，完全由分工造成的艺术家屈从于地方局限性和民族局限性的现象无论如何会消失掉，个人局限于某一艺术领域，仅仅当一个画家、雕刻家等等，因而只用他的活动的一种称呼就足以表明他的职业发展的局限性和他对分工的依赖这一现象，也会消失掉。在共产主义社会里，没有单纯的画家，只有把绘画作为自己多种活动中的一项活动的人们。①

“分工和交换以私有财产为基础”，在“私有财产的运动”尤其“剩余价值的流转”中，造成“艺术天才完全集中在个别人身上，因而广大群众的艺术天才受到压抑”状况的经济结构是：个别人（非劳动阶级）拥有“自由时间”，使自身艺术天才获得发挥；广大群众（劳动阶级）分享剩余产品（剩余价值、利润）的权利被剥夺，从而也就丧失了“自由时间”，也即“丧失了精神发展所必需的空间”，他们的艺术天才因此才受到压抑——马克思还预测：这种经济结构被改变后，即私有财产被积极扬弃、非劳动阶级对剩余价值（自由时间）占有的排他性被扬弃后，包括艺术在内的精神生产会获得大发展：

> 现今财富的基础是盗窃他人的劳动时间，这同新发展起来的由大工业本身创造的基础相比，显得太可怜了。一旦直接形式的劳动不再是财富的巨大源泉，劳动时间就不再是，而且必然不再是财富的尺度，因而交换价值也不再是使用价值的尺度。群众的剩余劳动不再是发展一般财富的条件，同样，少数人的非劳动不再是发展人类头脑的一般能力的条件。于是，以交换价值为基础的生产便会崩溃，直接的物质生产过程本身也就摆脱了贫困和对抗性的形式。个性得到自由发展，因此，并不是为了获得剩余劳动而缩减必要劳动时间，而是直接把社会必要劳动缩减到最低限度，那时，与此相适应，由

① 《马克思恩格斯全集》第3卷，北京：人民出版社1960年版，第460页。

> 于给所有的人腾出了时间和创造了手段，个人会在艺术、科学等等方面得到发展。[①]

“个人会在艺术、科学等等方面得到发展”，广大群众曾被压抑的艺术天才当然也随之得到解放——这也是共产主义的一个重要特性。

马克思“伦敦手稿”中，专门、详细地讨论了“资本主义社会和共产主义制度下的自由时间”问题——可以说“自由时间（剩余价值）”处置方式的不同，乃是“共产主义制度”与“资本主义社会”的重大区别之一——但在中外相关研究中，这一论题远远没有得到充分的重视。

> 在必要劳动时间之外，为整个社会和社会的每个成员创造大量可以自由支配的时间（即为个人发展充分的生产力，因而也为社会发展充分的生产力创造广阔余地），这样创造的非劳动时间，从资本的立场来看，和过去的一切阶段一样，表现为少数人的非劳动时间，自由时间。

“个人发展充分的生产力”即个人劳动“生产性”的充分提升，“社会发展充分的生产力”即社会劳动“生产性”的充分提升——而这两种提升的物质基础是“可以自由支配的时间”。在私有制支配下的所有社会形态中，“自由时间”都被非劳动阶级所独占，而资本主义与此前私有制社会的重大不同在于：它在创造“自由时间（剩余价值）”的速度之快、数量之大上是空前的——这也正是资本主义“生产性”的突出体现，“于是，资本就违背自己的意志，成了为社会可以自由支配的时间创造条件的工具，使整个社会的劳动时间缩减到不断下降的最低限度，从而为全体［社会成员］本身的发展腾出时间”，但资本在创造自由时间的过程中充满了矛盾：

> 这个矛盾越发展，下述情况就越明显：生产力的增长再也不能被占有他人的剩余劳动所束缚了，工人群众自己应当占有自己的剩余劳动。当他们已

---

① 《马克思恩格斯全集》第46卷下册，北京：人民出版社1980年版，第218—219页。

经这样做的时候，——这样一来，可以自由支配的时间就不再是对立的存在物了，——那时，一方面，社会的个人的需要将成为必要劳动时间的尺度，另一方面，社会生产力的发展将如此迅速，以致尽管生产将以所有的人富裕为目的，所有的人的可以自由支配的时间还是会增加。因为真正的财富就是所有个人的发达的生产力。那时，财富的尺度决不再是劳动时间，而是可以自由支配的时间。[①]

“以所有的人富裕为目的”标示的是社会财富普遍的“分享性”，工人群众自己“占有自己的剩余劳动”表明他们可以分享到自己创造出的“自由时间”。

节约劳动时间等于增加自由时间，即增加使个人得到充分发展的时间，而个人的充分发展又作为最大的生产力反作用于劳动生产力。从直接生产过程的角度来看，节约劳动时间可以看作生产固定资本，这种固定资本就是人本身。此外，直接的劳动时间本身不可能象从资产阶级经济学的观点出发所看到的那样永远同自由时间处于抽象对立中，这是不言而喻的。劳动不可能象傅立叶所希望的那样成为游戏，——不过，他能宣布最终目的不是把分配，而是把生产方式本身提到更高的形式，这依然是他的一大功绩。自由时间——不论是闲暇时间还是从事较高级活动的时间——自然要把占有它的人变为另一主体，于是他作为这另一主体又加入直接生产过程。[②]

在“自由时间”中生产出的“人本身”即“个人的发达的生产力”主体或具有高度“生产性”的个人主体。“伦敦手稿”在讨论“剥削的社会中劳动的对抗性质和共产主义制度下真正自由的劳动”时也提到了“傅立叶”：

在这些条件下劳动会成为吸引人的劳动，成为个人的自我实现，但这决不是说，劳动不过是一种娱乐，一种消遣，就象傅立叶完全以一个浪漫女郎

① 《马克思恩格斯全集》第46卷下册，北京：人民出版社1980年版，第221—222页。
② 《马克思恩格斯全集》第46卷下册，北京：人民出版社1980年版，第225—226页。

的方式极其天真地理解的那样。真正自由的劳动，例如作曲，同时也是非常严肃，极其紧张的事情。[1]

像“作曲”等艺术创造这样的“真正自由的劳动”，体现了人的极高的“生产性”，所以不同于一般的“游戏”“娱乐”“消遣”。马克思在别处还分析指出：

不言而喻，随着雇主和工人之间的社会对立的消灭等等，劳动时间本身——由于限制在正常长度之内，其次，由于不再用于别人而是用于我自己——将作为真正的社会劳动，最后，作为自由时间的基础，而取得完全不同的、更自由的性质，这种同时作为拥有自由时间的人的劳动时间，必将比役畜的劳动时间具有高得多的质量。[2]

可以自由支配时间，也就是有真正的财富。劳动群众占有、拥有“自由时间”也就分享到了这种“真正的财富”，“自然要把占有它的人变为另一主体”，其个人生产力会获得充分发展而成为“个人的发达的生产力”主体，“于是他作为这另一主体又加入直接生产过程”，并“作为最大的生产力反作用于劳动生产力”，反作用于直接的物质生产劳动而使其获得“高得多的质量”，人在其中的“生产性”得到大大提升。社会财富的普遍的“分享性”可以大大提升人的“生产性”；另一方面，只有不断提升人的“生产性”，才能使社会财富的“分享性”不断得到提升。财富的“分享性”与人的“生产性”互为基础，并且在高度融合中相互促进、共同提升。关于“共产主义”，马克思《哥达纲领批判》也有一段经典论述：

在共产主义社会高级阶段上，在迫使人们奴隶般地服从分工的情形已经消失，从而脑力劳动和体力劳动的对立也随之消失之后；在劳动已经不仅仅是谋生的手段，而且本身成了生活的第一需要之后；在随着个人的全面发展生产力也增长起来，而集体财富的一切源泉都充分涌流之后，——只有在那

---

① 《马克思恩格斯全集》第 46 卷下册，北京：人民出版社 1980 年版，第 113 页。
② 《马克思恩格斯全集》第 26 卷第 3 册，北京：人民出版社 1974 年版，第 282 页。

> 个时候，才能完全超出资产阶级法权的狭隘眼界，社会才能在自己的旗帜上写上：各尽所能，按需分配！①

不再是谋生的手段的劳动本身成了生活的第一需要，所指就是个人发展充分的生产力的需要；个人的全面发展生产力的不断增长，即每个人的“生产性”的不断提升（各尽所能）；集体财富的一切源泉都充分涌流标志着社会财富和产品超越了稀缺而趋于无限丰富；按需分配昭示着社会财富之被“分享”的高度普遍性。在普遍而充分的“分享”中，人的“生产性”会得到普遍而充分的提升，而“生产性”普遍而充分的提升，又为进一步提升“分享”的普遍性和充分性创造物质基础：集体财富的一切源泉都充分涌流——财富的“分享性”与人的“生产性”就是如此地在高度交融中不断相互提升。

社会财富的“分享性”与人的“生产性”，在互为基础、高度融合中相互促进、共同提升——这是马克思所描述的共产主义社会的基本状况，而马克思对“分享性”与“生产性”高度交融状况还有集中的理论分析：

> 假定我们作为人进行生产。在这种情况下，我们每个人在自己的生产过程中就双重地肯定了自己和另一个人：(1) 我在我的生产中物化了我的个性和我的个性的特点，因此我既在活动时享受了个人的生命表现，又在对产品的直观中由于认识到我的个性是物质的、可以直观地感知的因而是毫无疑问的权力而感受到个人的乐趣。(2) 在你享受或使用我的产品时，我直接享受到的是：既意识到我的劳动满足了人的需要，从而物化了人的本质，又创造了与另一个人的本质的需要相符合的物品。(3) 对你来说，我是你与类之间的中介人，你自己意识到和感觉到我是你自己本质的补充，是你自己不可分割的一部分，从而我认识到我自己被你的思想和你的爱所证实。(4) 在我个人的生命表现中，我直接创造了你的生命表现，因而在我个人的活动中，我直接证实和实现了我的真正的本质，即我的人的本质，我的社会的本质……

① 《马克思恩格斯全集》第19卷，北京：人民出版社1963年版，第22—23页。

我的劳动是自由的生命表现，因此是生活的乐趣。①

以上可以说是对以“产品”为中介所建构起的“生产者”与“消费者”之间关系的分享性或共享性极精彩的描述——而这种状况在作为自由的精神生产的艺术审美活动中得到部分体现。马克思把作曲等艺术视作真正自由的劳动，也就是以上所说的“我们作为人进行生产”“自由的生命表现”。《1844 年经济学哲学手稿》还有一段与此相近的精彩描述：

我们现在假定人就是人，而人同世界的关系是一种人的关系，那么你就只能用爱来交换爱，只能用信任来交换信任，等等。如果你想得到艺术的享受，那你就必须是一个有艺术修养的人。如果你想感化别人，那你就必须是一个实际上能鼓舞和推动别人前进的人。你同人和自然界的一切关系，都必须是你的现实的个人生活的、与你的意志的对象相符合的特定表现。如果你在恋爱，但没有引起对方的反应，也就是说，如果你的爱作为爱没有引起对方的爱，如果你作为恋爱者通过你的生命表现没有使你成为被爱的人，那么你的爱就是无力的，就是不幸。②

“如果你想得到艺术的享受，那你就必须是一个有艺术修养的人”，而你能从一件具有审美价值的作品中获得艺术的享受，这种享受本身就可以证明你是一个“有艺术修养的人”，并且这种享受还双重地肯定了自己和另一个人，即也肯定和证明了这件作品的创造者也是一个“有艺术修养的人”。在西方当代美学家中，恩斯特·卡西尔对此有所讨论，他强调指出，“从某种程度上可以说，如果不重复和重构一件艺术品借以产生的那种创造过程，我们就不可能理解这件艺术品”，“美感就是对各种形式的动态生命力的敏感性，而这种生命力只有靠我们自身中的一种相应的动态过程才可能把握”。③ 这就是通常所强调的，真正的艺术欣赏（接受）必须是一种“再创造”，只有在这种再创造中，欣赏者发挥出自身生命创

① 《马克思恩格斯全集》第 42 卷，北京：人民出版社 1979 年版，第 37—38 页。
② 《马克思恩格斯全集》第 42 卷，北京：人民出版社 1979 年版，第 155 页。
③ ［德］恩斯特·卡西尔：《人论》，甘阳译，上海：上海译文出版社 1985 年版，第 189 页、第 192 页。

造力，才能真正获得美感享受。这种美感享受既是对欣赏者自身生命创造性（生产性）的一种证明和肯定，同时也是对创作者所物化在作品中的生命创造性（生产性）的一种证明和肯定。当艺术创作是“真正自由的劳动”“自由的生命表现”时，创作者于其中就获得“个人的生命表现”的享受，并在对作品的“直观”中由于认识到我的个性是物质的、可以直观地感知的因而是毫无疑问的权力而感受到个人的乐趣——这也就是在他所创造的世界中直观自身。“在你享受或使用我的产品时，我直接享受到的是：既意识到我的劳动满足了人的需要，从而物化了人的本质，又创造了与另一个人的本质的需要相符合的物品”表明：对作品的欣赏或再创造是一种“共同享受”，即“共享”或“分享”。而“被你的思想和你的爱所证实”的就是创作者的创造性（生产性）及由此产生的“个人的乐趣”“生活的乐趣”或“生产的乐趣”。简言之，通过对作品的再创造，欣赏者所分享的就是创作者的“创造性（生产性）”，而这种分享又表明对于创作者来说“在我个人的生命表现中，我直接创造了你的生命表现”——在这里，“分享性”与“生产性”达到了高度的交融，创作者与欣赏者的“生产性（创造性）”本质同时得到了“双重的肯定”，双方的人的社会的本质得到同时实现。并且，作品的“分享性”与“生产性”还是相互确证、相互提升的：作品的生产性（创造性）越强，其分享性越强；作品的分享性越强，其生产性（创造性）也越强，即表现为作品对欣赏再创造的激发力量越强——而在马克思看来，私有财产及一般意义上的财富不过是人的劳动或人的生产性力量的物化形态而已。在此意义上，艺术作品当然也是一种财富，作品分享性与生产性的相互提升，可以说正是一般社会财富的分享性与人的生产性相互提升的部分体现——而这构成了马克思共产主义理论的经验基础。

总之，在马克思看来，作为“自由的生命表现”“真正自由的劳动”，艺术活动既是一种分享性的生产（创作），也是一种生产性的分享（欣赏），分享性与生产性在高度融合中相互促进、共同提升——这就是“审美分享主义”的基本点——而这种审美分享主义是建立在马克思共产主义（科学社会主义）理论基础上的，关乎共产主义理论的感性经验基础，并且是置于私有财产的运动与扬弃、剩余价值的流转中考察的，因而不同于西方当代的一些审美乌托邦思想。当今物联网生产方式革命在非物质生产领域所取得一个重要历史性成果是：初步呈现出了分享性与生产性相互促进、共同提升的新趋势——这是重构马克思审美分享主义的实践基础，而审美分享主义框架也有助于更清晰而全面地揭示物联网革命重大的时代影响——这是物联网分享时代中国文论自主创新的重要切入点之一。

第四章　创客—全面发展的个人：审美分享主义的生产主体论建构

“创客（Makers）运动”是一场与物联网革命相伴随的社会经济文化运动。上一章从生产方式特性的角度分析了物联网滋生出的分享主义价值原则，而生产方式的特性又在生产主体及其与客体的关系上有突出体现。艺术审美活动中主体及其与客体的关系，是西方现代美学关注的重要方面，但往往是在割裂于跟物质生产联系的基础上，只片面地探讨文艺审美活动中的主客体关系。而马克思文艺美学思想的一大特点是充分结合跟物质生产的联系来谈包括文艺审美活动中的主客体关系等问题，并强调：生产活动中主体与客体的关系，在历史的具体的社会形态中，就表现为劳动者（主体）与生产资料尤其生产工具（客体）的关系，劳动者掌握生产工具等乃是其获得主体生产性自由和个性的客体条件——这对于文艺等精神文化生产来说同样如此。在物质生产（制造业）领域，基于物联网社交平台技术的“创客”，作为一种新型生产主体，部分地掌握生产工具（客体）即3D打印机，也就部分地获得了生产性的自由和个性；在文艺等文化精神生产领域，基于移动互联网社交平台技术的智能手机等，成为文化大众能够掌握的生产工具，这为大众在文艺、文化活动中获得生产主体性自由和个性提供了客体条件。

当然，3D打印机作为一种生产资料、生产工具，由于价格昂贵等原因，还远远没能做到为每个人所共享，因而也很难说就是一种具有普遍意义的“劳动者的个人所有制”；“创客”与掌握智能手机的“产消者”还并不就是“全面发展的个人”，但毕竟为考察马克思建立在生产工具“劳动者的个人所有制”基础上的

“全面发展的个人”理论，提供了新的参照。从马克思科学社会主义理论体系看，共产主义与“生产性”统一的“分享性”价值原则的生成过程，同时也是“全面发展的个人”这种具有自由个性的生产主体的生成过程，也是作为这种主体生成的客体条件的生产资料“劳动者的个人所有制”的生成过程——凡此种种为物联网时代马克思美学的复兴、中国文论的自主创新提供了契机。

第一节　创客：物联网生产主体革命及其文艺美学启示

前面第二章已分析指出：物联网革命引发大众消费和生产技术工具由“电视遥控器”而“智能手机”“3D打印机”的转向，进而引发大众主体形象由“消费者”而“产消者”“创客”的转向。作为当今工业革命的代表，物联网生产方式对重构审美分享主义的重要启示在于：它重新整合了原来分离的精神生产与物质生产，让作为劳动者的“创客”开始重新拥有或共享生产资料或生产工具即3D打印机等——这将对大众主体形象和社会生活产生深刻影响。

前面也已指出，“生产性”“真正自由的劳动”“自由时间”“自由个性”等，乃是马克思“伦敦手稿”用以描述共产主义相对于资本主义的区别性特征的重要关键词。“伦敦手稿”中与这些相关的再一关键词是“分享”。马克思在分析资产阶级社会中生产的社会性和共产主义制度下生产的社会性的区别中强调生产直接的“共同性”与产品的“分享性”相互决定（详述见前），而这两者显然又是建立在生产资料“劳动者的个人所有制”基础上的，正是劳动者个人对生产资料的“分享”，使其生产具有直接的“共同性”，并进而决定着其产品的“分享”。如果说个人分享产品涉及的是消费资料的分享的话，那么这种消费资料的分享又决定于劳动者个人对生产资料的分享——这才是共产主义的普遍分享。

再回到所有制的演进进程上来，小生产者私有制“被消灭的过程，即个人的分散的生产资料转化为社会的积聚的生产资料，多数人的小财产转化为少数人的大财产”——剥夺了小生产者的生产资料之后，在资本控制下生产资料日趋积聚化，而生产方式日趋规模化、集约化。第一次工业革命产生的大机器生产方式已使这种积聚化达到了相当的高度，而第二次工业革命中所出现的各类跨国巨型公司等则表明这种积聚化达到高峰。而当下以物联网创客生产方式为代表的第三次工业革命则初步呈现出与此相反的“碎片化”趋势：“桌面制造（即3D打印）的颠覆性潜能和互联网对于以信息为基础的企业的影响力相当”，“制造业的将来必定是呈现碎片化形态的”。[①] 如果说“积聚化”意味着生产资料被从大多数的劳动者手中剥夺而集中到少数非劳动者手中的话，那么，“碎片化”则意味着生产资料有可能重又回到大多数劳动者手中。对此，许多物联网专家都有揭示。“网络的美妙之处在于将发明工具和生产工具大众化”；“人人可以制造产品”，“没有什么可以阻挡制造产品的步伐，人们才是生产资料的控制者”；“正如马克思所说，权力掌握在控制着生产资料的人手中……生产资料拥有者才有权决定生产何种产品”。[②] 里夫金《零边际成本社会》第六章《3D打印：从大规模生产到大众的生产》则可以说直接描述了物联网所造成的物质生产方式上的重大变革：3D打印标志着制造业的民主化，而“制造业的民主化意味着任何人（甚至最终每个人）都可以获得生产资料，这使生产资料拥有者和控制者以及与之相应的资本主义体制变得不再重要”，而“3D打印技术真正革命的一面是即将到来的‘创客运动’，这将把3D打印从爱好者亚文化群体带向一种全新的经济模式”，并“促使我们走出资本主义时期”。[③]

3D打印机是物联网创客所使用的基本的生产工具，并最能体现物联网生产方式的基本特点，这与“数控机床”比较会凸显出来。两者都有数码化的特点，而区别在于：数控机床的使用主体主要是公司（工厂），是在封闭的公司内运转的；而3D打印机的使用主体可以是个人（创客），是在开放的物联网平台上运转的；前者与生产资料的集聚化、排他化相关，后者则呈现出生产资料碎片化、可分享化、互联互通化的态势。使用主体主要是个人的3D打印机，标志着包括生产工具在内的生产资料重又落实到“劳动者个人”手中——这与马克思所分析的包括手工业在内的小生产者的生产方式颇为接近。由多国学者通过国际合作撰写

① ［澳］史蒂夫·萨马蒂诺：《碎片化时代：重新定义互联网＋商业新常态》，念昕译，北京：中国人民大学出版社2015年版，第143页。

② ［美］克里斯·安德森：《创客：新工业革命》，萧潇译，北京：中信出版社2012年版，第10页、第76—77页、第7页。

③ ［美］杰里米·里夫金：《零边际成本社会：一个物联网、合作共赢的新经济时代》，赛迪研究院专家组译，北京：中信出版社2014年版，第92页、第100页。

的专著《物联网架构——物联网技术与社会影响》[①] 的第 3 章《智能空间中的民众创造力》讨论了“网络环境中的 DIY”问题，其第 11 章是《欧洲 DIY 智能体验项目——物联网个人应用的破冰之旅》。所谓 DIY（Do It Yourself）关乎物品的手工艺制作运动，互联网＋DIY 就形成所谓“创客运动”，或者说，创客运动就是 DIY 的物联网升级版，标志着传统手工艺在互联网平台上的复兴。由大公司尤其流水线这种高度集约化的生产方式生产出的产品，往往具有同质化的特点，而创客 3D 打印生产出的产品则往往具有个性化的特点（因此可以满足消费者私人订制的需要等）——更为重要的是：由于 3D 打印机这种生产工具归劳动者个人所有，其生产活动就像小生产者的劳动一样而具有生产性的“自由个性”；但在小生产者的生产方式中生产资料及生产活动是分散、孤立的，而 3D 打印机虽也归劳动者个人所有，但是通过物联网平台，又高度联通在一起，因而超越了分散性和孤立性。“这些新的在线协作工具为公有生产形式提供了支持，使得人们可以摆脱对资本主义投资者的依赖，将成果的所有权保留在生产者（同时也是消费者）手中”，3D 打印机就是“在线协作工具”，而“当众多拥有生产工具的人都朝着一个共同的目标努力，共享他们的产品，不计较劳务报酬，乐于让他人免费享用其成果时，新社会主义的叫法也就不足为奇了”。[②] 这就非常接近马克思所论述的建立“在协作和共同占有包括土地在内的一切生产资料的基础上”的共产主义的“劳动者的个人所有制”了。从主体建构的角度来看，拥有生产工具的物联网创客较之工作在流水线上的工人，无论如何都离马克思所描述的具有生产性自由个性的“全面发展的个人”更近了，由物联网创客出发，无疑更有助于推进“全面发展的个人”的主体建构。[③]

如果说 3D 打印机标志着物质生产资料落实到大众个人手中的话，那么“微型计算机（微机、个人电脑）”尤其基于移动互联网社交平台技术的“智能手机”某种程度上标志着精神生产资料落实到大众个人手中。最可跟由“数控机

---

① 参见［德］乌珂曼等：《物联网架构——物联网技术与社会影响》，别荣芳等译，北京：科学出版社 2013 年版。

② ［美］凯文·凯利：《必然》，周峰等译，北京：电子工业出版社 2016 年版，第 160 页、第 156 页。

③ 关于大众物联网“创客”的详细分析，参见刘方喜：《由“创客”而“全面发展的个人”：物联网时代社会主义“共建共享”主体建构进程》，《毛泽东邓小平理论研究》2016 年第 8 期。

床”而“3D打印机”相比的，是由“巨型计算机”而“微型计算机（微机、个人电脑）”，如果说前者标志着“物品”生产工具的微型化、个人化进而大众民主化的话，那么后者则标志着“信息”生产工具进而也可以说是精神生产工具的微型化、个人化进而大众民主化——这最终集中体现在智能手机上。以此来看，马克思所描述的个人的分散的生产资料转化为社会的积聚的生产资料，多数人的小财产转化为少数人的大财产的积聚化，同样发生在精神生产领域。广播、电视等巨型现代媒介公司和以好莱坞为代表的巨型电影公司等，昭示着精神生产资料的高度积聚化和垄断化——而互联网尤其基于移动互联网社交平台技术的智能手机则对这种精神生产资料高度积聚化、垄断化形成冲击。个人电脑连接到互联网上是一次重大飞跃，而以社交平台技术为代表的互联网Web 2.0的出现则更具革命性意义：大众也开始掌握精神生产资料的“所有权”——或更准确地说是“使用权”，大众借助智能手机等也开始生产自己的信息产品——如果说在Web 1.0框架下，大众还只是信息等精神产品的“消费者”或“消费主体”的话，那么在Web 2.0框架下他们也开始成为精神产品的“生产者”或“生产主体”。

第二节 全面发展的个人与生产性自由的生成

作为美学研究的主要对象，艺术创作生产属于精神生产，西方美学范式的整体特征是就艺术论艺术、就审美论审美、就精神论精神——从历史唯物主义的角度来看，这种观念特征恰恰与西方近现代以来精神生产与物质生产日趋分离这种历史现实特征正相因应；而作为互联网技术发展新成果的物联网生产方式的重要特征之一，是把原来分离的精神生产与物质生产重新整合在一起——这一新的时代现实特征宣告西方美学传统范式的式微。另一方面，马克思美学则充分结合物质生产来探讨艺术、审美等精神生产问题，因此，物联网生产方式同时也宣告马克思美学范式的伟大复兴，或者说，物联网已成为马克思美学伟大复兴的现实平台。本节主要从审美主体建构的角度展开这方面的初步探讨：保持着非功利性、非概念性主观心态的个人，实际上是康德美学对审美主体的基本定位，由此后来发展起来的包括西方马克思主义在内的所谓审美现代性，抽离于资本运动，对所谓经济（资本）现代性、技术现代性等实施批判，最终往往陷入所谓审美乌托邦，对资本主义的批判缺乏现实力量。共享精神生产资料并进行自由的精神生产而具有生产性自由个性的个人，从而也就是“全面发展的个人”，乃是马克思对审美主体的基本定位，而这种定位是在资本运动的内部，尤其是生产资料所有制演进的内部展开的，触及资本运作的内核，有助于从资本内部探寻并培育颠覆资本的现实力量，推动资本自我否定、自我扬弃的进程，进而也有助于从正面推动扬弃资本主义内在对抗性的共产主义的生成——这同时也是立于共产主义基础上的具有生产性自由个性的审美主体“全面发展的个人”的生成、建构的进程。

“自由性”可以说是包括西方马克思主义在内的西方美学对审美主体所作的一种定性，而马克思也是作如此定性的，不同之处在于：马克思始终是结合物质生产及剩余价值（自由时间）的流转、生产资料所有制历史发展进程来讨论审美主体的这种“自由性”的，并且是与“生产性”充分结合在一起来揭示这种“自由性”的；反过来说，对艺术审美主体“自由性”与“生产性”的讨论，又构成了马克思揭示资本主义内在对抗性、在扬弃这种对抗性基础上共产主义生成的经验基础之一。“生产性”与“自由性”相统一的主体就是“全面发展的个人”，而在“自由性生产”即“自由的精神生产”中实现的“生产性自由”，乃是审美分享主义对审美主体的基本定性之一。

马克思《剩余价值理论史》（《资本论》第四卷）第四章较为集中地讨论了精神生产与物质生产的关系，并把“生产性”、剩余价值等视为两者的连接点，涉及了大量艺术问题。这些本应成为研究艺术美学思想最重要的经典文献，然而事实上传统马克思主义美学研究对此多有忽视。马克思在剖析昂利·施托尔希“对物质生产和精神生产相互关系问题的反历史态度”时指出：

要研究精神生产和物质生产之间的联系，首先必须把这种物质生产本身不是当作一般范畴来考察，而是从一定的历史的形式来考察……而只有在这种基础上，才能够既理解统治阶级的意识形态组成部分，也理解一定社会形态下自由的精神生产。他没有能够超出泛泛的毫无内容的空谈。而且，这种关系本身也完全不象他原先设想的那样简单。例如资本主义生产就同某些精神生产部门如艺术和诗歌相敌对。[①]

从美学的角度来看，以上论述实际上揭示了艺术两种不同的社会形象，即“意识形态”和“自由的精神生产”。从上下文逻辑关系来看，“艺术和诗歌”当属于“自由的精神生产”，而同资本主义生产相敌对的显然不是指作为“意识形态”的艺术，而是指作为“自由的精神生产”的艺术：因为总体来说资本主义艺术意识形态恰恰是为资本主义服务的。那么，是什么原因造成了“资本主义生产就同某些精神生产部门如艺术和诗歌相敌对”？考察这一问题，“首先必须把这种物质生产本身不是当作一般范畴来考察，而是从**一定的历史的**形式来考察”，“历史的态度”非常重要，而在马克思看来，决定生产方式历史特性的重要因素是生产资料所有制形式，正是不同的所有制形式决定着资本主义的物质生产方式不同于中世纪的生产方式，进而也决定着“与资本主义生产方式相适应的精神生产，就和与中世纪生产方式相适应的精神生产不同”。《德意志意识形态》有与此相关的分析：“统治阶级的思想在每一时代都是占统治地位的思想。这就是说，一个阶级是社会上占统治地位的**物质**力量，同时也是社会上占统治地位的**精神**力量。支配着物质生产资料的阶级，同时也支配着精神生产的资料，因此，那些没有精神生产资料的人的思想，一般地是受统治阶级支配的。”[②] 马克思还指出：“工人阶级用他们超过必要生活资料的积蓄可以不去买肉和面包，而是去买书籍以及请人讲演和召开群众大会。工人阶级有了更大的手段来占有象精神力量这样的普遍社会力量……进行社会的物质生产和精神生产的物质变换的社会组织，从一开始就受到一定方式和特殊内容的限制。”[③] 可以说物质生产资料的所有制形式对于一时代的精神生产特性来说是最基础的决定力量，而精神生产资料的所有制形式则是最直接的决定力量：正是资本主义物质和精神生产资料的所有制形式，造成了“资本主义生产就同某些精神生产部门如艺术和诗歌相敌对”——而扬弃这种相敌对则是共产主义物质生产与精神生产之间关系的基本特点，而这同样与共产主义的生产资料所有制形式密切相关。

---

① 《马克思恩格斯全集》第 26 卷第 1 册，北京：人民出版社 1972 年版，第 296 页。
② 《马克思恩格斯全集》第 3 卷，北京：人民出版社 1960 年版，第 52 页。
③ 《马克思恩格斯全集》第 44 卷，北京：人民出版社 1982 年版，第 162—163 页。

“要研究精神生产和物质生产之间的联系”，除了要有“历史的态度”外，还需找到两者之间的连接点。“生产性”“剩余价值”“自由时间”等就是其中的重要连接点：“假定不存在任何资本，而工人自己占有自己的剩余劳动，即他创造的价值超过他消费的价值的余额。只有在这种情况下才可以说，这种工人的劳动是真正生产的，也就是说，它创造新价值”[①]。劳动要具有“生产性”需要具备两个前提条件：（1）能创造出“余额”“新价值”，一种只能维持劳动者基本生存的劳动是不具有“生产性”的；（2）“不存在任何资本”意味着劳动者自己拥有生产资料，所以才可以“自己占有自己的剩余劳动”；而资本支配下的劳动者丧失了生产资料，“剩余劳动”“余额”“新价值”被资本占有，劳动者自己的劳动活动本身也就丧失了“生产性”，“生产性”所体现的是资本这种“物”的“生产性”。马克思分析指出：

> 剩余劳动时间是劳动群众超出再生产他们自己的劳动能力、他们本身的存在所需要的量即超出**必要劳动**而劳动的时间，这一表现为剩余价值的剩余劳动时间，同时物化为剩余产品，并且这种剩余产品是除劳动阶级外的一切阶级存在的物质基础，是社会整个上层建筑存在的物质基础。**同时，剩余产品把时间游离出来**，给不劳动阶级提供了发展其他能力的自由支配的时间。因此，在一方产生剩余劳动时间，同时在另一方产生自由时间。整个人类的发展，就其超出对人的自然存在直接需要的发展来说，无非是对这种自由时间的运用，并且整个人类发展的前提就是把这种自由时间的运用作为必要的基础。[②]

“不劳动阶级发展其他能力”的活动包括精神生产活动，而这种活动所需要的精神生产资料是在“自由时间”中被不断生产和再生产出来的，或者说，精神生产资料就是“自由时间”的物化形态，而“自由时间”又是首先由物质生产创造出来的，因此，自由时间及剩余产品、剩余价值等，就成了精神生产与物质生产之

---

① 《马克思恩格斯全集》第 26 卷第 1 册，北京：人民出版社 1972 年版，第 143 页。

② 《马克思恩格斯全集》第 47 卷，北京：人民出版社 1979 年版，第 216—217 页。

间重要的连接点。一种只能维持“人的自然存在”的劳动不具有“生产性”——从时间结构来看，这种劳动就全部表现为“必要劳动时间”，而具有“生产性”的劳动的结构则是“必要劳动时间—剩余劳动时间”。笔者认为这是马克思历史唯物主义思想一个极其重要的出发点，是理解社会形态演进、生产资料所有制形式历史变迁尤其是私有制的产生和扬弃及艺术文化精神生产历史发展等问题重要的出发点和基本的立足点——但在传统的马克思主义多种学科的研究中，这方面被严重忽视了。原始社会生产资料具有公有特性，但还处于“蒙昧时代”，重要原因之一是原始劳动时间总体上只表现为“必要劳动时间”。人类的“文明”恰恰是与“私有制”同步产生的，第一种私有制社会即奴隶社会恰恰标志着人类开始进入文明时代，而其重要原因是“必要劳动时间—剩余劳动时间”已成为物质生产劳动的基本结构：剩余劳动时间创造出剩余产品，这些剩余产品可以使少数人不必再劳动而也能获得生存，于是就产生了第一种非劳动阶级即奴隶主阶级，而非劳动阶级之所以可以剥夺、占有劳动阶级所创造出的剩余产品，是因为他们占有生产资料，于是私有制产生。再一决定人类文明发展的因素是分工，其中具有决定意义的分工是脑力劳动与体力劳动或精神生产与物质生产的分工，而这种分工正是建立在具有“必要劳动时间—剩余劳动时间”这种结构的物质生产基础上的：剩余劳动（时间）创造出剩余产品，“剩余产品把时间游离出来，给不劳动阶级提供了发展其他能力的自由支配的时间”，在游离出物质生产的自由时间中，精神生产资料得以生成，而拥有精神生产资料的非劳动阶级开始进行精神生产，于是，走出“蒙昧时代”的人类开始发展自己的精神文明。

“生产性”是马克思描述共产主义如何扬弃资本主义内在对抗性的一个重要关键词：“这些物的要素就变成作为单个人的个人，不过是作为社会的单个人的个人借以再生产自身的财产，即有机的社会躯体。使个人在他们的生命的再生产过程中，在他们的生产性的生命过程中处于上述状况的那些条件，只有通过历史的经济过程本身才能创造出来；这些条件既有客观的条件，也有主观的条件，它们只不过是同一些条件的两种不同的形式。”① “生命的再生产”是动物也能进行的再生产，而“生产性的生命过程”则是人的生产区别于动物生产的本质性特征

① 《马克思恩格斯全集》第46卷下册，北京：人民出版社1980年版，第361页。

（通常所强调的活动的“有意识性”是片面的）；而这种“生产性的生命过程”要得以进行，或者说人的生产性本质要得以充分实现，需要“客观的条件”即“物的要素”，也需要“主观的条件”即“全面发展的个人”：

> 私有制只有在个人得到全面发展的条件下才能消灭，因为现存的交往形式和生产力是全面的，所以只有全面发展的个人才可能占有它们，即才可能使它们变成自己的自由的生活活动……在共产主义社会中，即在个人的独创的和自由的发展不再是一句空话的唯一的社会中，这种发展正是取决于个人间的联系，而这种个人间的联系则表现在下列三个方面，即经济前提，一切人的自由发展的必要的团结一致以及在现有生产力基础上的个人的共同活动方式。因此，这里谈的是一定历史发展阶段上的个人，而决不是任何偶然的个人，至于不可避免的共产主义革命就更不用说了，因为它本身就是个人自由发展的共同条件。[①]

如果我们把“全面发展的个人”视为共产主义所要实现的主体目标的话，那么，实现这一主体目标需要充分的“物的要素”，并且这种“物的要素”还要“变成作为单个人的个人，不过是作为社会的单个人的个人借以再生产自身的财产，即有机的社会躯体”——资本主义的历史使命就是要创造出这种“物的要素”，而其异化性在于：却使“人（劳动者）”的“生产性”成为“物（资本）”的“生产性”扩张的手段——而其根源是资本主义私有制，消灭这种私有制，乃是“个人的独创的和自由的发展”或“全面发展的个人”主体生成的必要前提条件。

由此来看，如果说“自由性”确是审美主体特性的一面的话，那么，其另一面是“生产性”——如果说只强调前一面是西方资产阶级美学的共性的话，那么“生产性”则是马克思美学相对于资产阶级美学的“区别性特征”。如果用精神生产资料、自由时间来为审美主体的“自由”定性的话，那么这种“自由”就是一种“生产性自由”，而非单纯的主观意识、观念性的自由，而“生产性自由”只能在“自由性生产”即“自由的精神生产”中才能实现。一方面，作为“自由的

---

① 《马克思恩格斯全集》第3卷，北京：人民出版社1960年版，第516页。

精神生产”的艺术活动中诸多现实经验，构成了未来共产主义建构的经验基础；另一方面，立足于“自由的精神生产”的审美分享主义，也以马克思、恩格斯的共产主义理论为理论基础。由此来看，马克思描述共产主义时涉及艺术的讨论，构成了审美分享主义建构直接的原始经典文献——这方面最具理论价值的文献出自马克思“伦敦手稿”。马克思分析指出：

不过，斯密在下面这点上是对的：在奴隶劳动、徭役劳动、雇佣劳动这样一些劳动的历史形式下，劳动始终是令人厌恶的事情，始终是外在的强制劳动，而与此相反，不劳动却是“自由和幸福”。这里可以从两个方面来谈：一方面是这种对立的劳动；另一方面与此有关，是这样的劳动，这种劳动还没有为自己创造出（或者同牧人等等的状况相比，是丧失了）这样一些主观的和客观的条件，在这些条件下劳动会成为吸引人的劳动，成为个人的自我实现，但这决不是说，劳动不过是一种娱乐，一种消遣，就象傅立叶完全以一个浪漫女郎的方式极其天真地理解的那样。真正自由的劳动，例如作曲，同时也是非常严肃，极其紧张的事情。……不过，斯密所想到的仅仅是资本的奴隶。例如，甚至中世纪的半艺术性质的劳动者也不能列入他的定义。[①]

“真正自由的劳动”乃是共产主义相对于剥削的社会尤其是资本主义制度重要的“区别性特征”，而马克思讨论这种特征时，显然从“作曲”等艺术活动中获得了现实的经验启示，并以此构成其构想共产主义的现实经验基础。

与“真正自由的劳动”密切相关，马克思还从“自由时间”的角度揭示了共产主义相对于资本主义的“区别性特征”，他在讨论“生产资料的生产由于劳动生产率的增长而增长。资本主义社会和共产主义制度下的自由时间”时再次提到了“傅立叶”：

此外，直接的劳动时间本身不可能象从资产阶级经济学的观点出发所看到的那样永远同自由时间处于抽象对立中，这是不言而喻的。劳动不可能象

① 《马克思恩格斯全集》第46卷下册，北京：人民出版社1980年版，第112—113页。

> 傅立叶所希望的那样成为游戏，——不过，他能宣布最终目的不是把分配，而是把生产方式本身提到更高的形式，这依然是他的一大功绩。自由时间——不论是闲暇时间还是从事较高级活动的时间——自然要把占有它的人变为另一主体，于是他作为这另一主体又加入直接生产过程。①

占有“自由时间”而从事的“较高级活动”就是指“真正自由的劳动”，而占有“自由时间”的劳动主体就是“全面发展的个人”。马克思在描述“资本作为生产的统治形式随着资产阶级社会的发展而解体”并向共产主义转变时指出：

> 在这个转变中……群众的剩余劳动不再是发展一般财富的条件，同样，少数人的非劳动不再是发展人类头脑的一般能力的条件。于是，以交换价值为基础的生产便会崩溃，直接的物质生产过程本身也就摆脱了贫困和对抗性的形式。个性得到自由发展，因此，并不是为了获得剩余劳动而缩减必要劳动时间，而是直接把社会必要劳动缩减到最低限度，那时，与此相适应，由于给所有的人腾出了时间和创造了手段，个人会在艺术、科学等等方面得到发展。②

以上实际上描述了在扬弃“资本主义生产就同某些精神生产部门如艺术和诗歌相敌对”关系后的共产主义“个人会在艺术、科学等等方面得到发展”——而自由大发展的客观条件是让劳动者个人占有“自由时间”或共享精神生产资料。

总之，如果用“生产性自由”来为审美主体定性的话，那么，作为一种精神生产的自由，这种“生产性自由”又是建立在物质生产的“生产性”及其创造出的精神生产资料基础上的：具有“生产性”的物质生产能创造出“自由时间”，而只有从物质生产中游离出来，“自由时间”才能成为精神生产资料得以生成的现实基础，进而才能为自由的精神生产的发展、人的“生产性自由”的实现奠定基础。在共产主义之前的私有制社会中，在狭小的范围内少数人拥有自由时间和

① 《马克思恩格斯全集》第46卷下册，北京：人民出版社1980年版，第225—226页。
② 《马克思恩格斯全集》第46卷下册，北京：人民出版社1980年版，第218—219页。

精神生产资料而从事“自由的精神生产”；而在全社会范围内让每一个人共享自由时间和精神生产资料而从事“自由的精神生产”，从而“个人会在艺术、科学等等方面得到发展”，则是共产主义社会的基本特征。

第三节 劳动者的个人所有制与生产性个性的生成

“个性”是西方美学对审美主体所作的又一定性，马克思同样也是作如此定性的，分野在于：西方现代美学往往只关注获得审美自由个性的个人的主观条件如康德所谓的非功利性的心态等，而马克思则直接结合物质生产及生产资料所有制历史发展进程来展开讨论，强调无论是物质生产还是精神生产，劳动获得自由个性的社会条件是劳动者拥有生产资料，共产主义的“劳动者的个人所有制”不仅将使每一个从事艺术等精神生产的劳动者获得自由个性，也将使每一个从事物质生产的劳动者获得自由个性。如果说艺术中的某些审美经验构成了马克思构想共产主义的经验基础的话，那么再一经验基础是资本主义之前的劳动活动中某些经验，其中就包括农耕、手工业等小生产者劳动中的某些经验：劳动者个人拥有生产资料，乃是劳动获得“生产性个性”的客观条件；而物质生产劳动丧失艺术性和自由个性，可以说也是马克思所揭示的资本主义既不同其前也不同于其后的社会形态的“区别性特征”。

“劳动还没有为自己创造出（或者同牧人等等的状况相比，是丧失了）这样一些主观的和客观的条件，在这些条件下劳动会成为吸引人的劳动，成为个人的自我实现”，“真正自由的劳动，例如作曲，同时也是非常严肃，极其紧张的事情”，“甚至中世纪的半艺术性质的劳动者也不能列入他（斯密）的定义”——在一定的“主观的和客观的条件”下，劳动可以成为“真正自由的劳动”而具有“艺术性质”，这既体现在像“作曲”这样的真正的艺术创作中，同时在像牧人等中世纪“半艺术性质”的劳动中也有所体现。马克思还多次提到资本主义生产方式成熟之前手工业劳动的“半艺术性质”。“工场手工业作为经济上的艺术品，耸立在城市手工业和农村家庭工业的广大基础之上”，“这类工人由于他们的职业带有半艺术性，只能逐渐地增加而不能飞跃地增加。但是，大工业发展到一定阶段，也在技术上同自己的手工业以及工场手工业基础发生冲突”；[①] “在半艺术性质的手工业中出现的则是相反的现象：特殊化和个别化，是单个人的而不是结合的劳动的技能”，“在手工业经营下，问题在于产品质量，在于单个工人的特殊技能。师傅作为师傅被认为是精通本行的。他作为师傅的地位，不仅靠占有生产条件，而且靠他个人的一技之长。在资本的生产条件下，问题一开始就不在于这种半艺术性质的关系——这种关系一般是同发展劳动的使用价值、发展直接手工劳动的特殊本领、训练人类从事劳动的双手等等相适应的”。[②] “中世纪的手工业者对于从事本行专业和做好这项专业还有一定的兴趣，这种兴趣可以达到原始艺术爱好的水平。”[③] ——那么，为什么说手工业劳动具有“半艺术性质”而“可以达到原始艺术爱好的水平”呢？是“劳动者对他的生产活动的资料的私有权”，即手工业劳动者自己拥有生产资料。马克思把社会形态的演变分成三阶段：

> 人的依赖关系（起初完全是自然发生的），是最初的社会形态，在这种形态下，人的生产能力只是在狭窄的范围内和孤立的地点上发展着。以物的依赖性为基础的人的独立性，是第二大形态，在这种形态下，才形成普遍的社会物质变换，全面的关系，多方面的需求以及全面的能力的体系。建立在个人全面发展和他们共同的社会生产能力成为他们的社会财富这一基础上的自由个性，是第三个阶段。第二个阶段为第三个阶段创造条件。[④]

关于“第二个阶段为第三个阶段创造条件”，马克思还具体分析道：“资本作为孜孜不倦地追求财富的一般形式的欲望，驱使劳动超过自己自然需要的界限，来为发展丰富的个性创造出物质要素，这种个性无论在生产上和消费上都是全面的，因而个性的劳动也不再表现为劳动，而表现为活动本身的充分发展，在那种情况下，直接形式的自然必然性消失了；这是因为一种历史形成的需要代替了自然的

---

① 《马克思恩格斯全集》第 23 卷，北京：人民出版社 1972 年版，第 407 页、第 420 页。
② 《马克思恩格斯全集》第 46 卷下册，北京：人民出版社 1980 年版，第 21 页、第 86 页。
③ 《马克思恩格斯全集》第 3 卷，北京：人民出版社 1960 年版，第 59 页。
④ 《马克思恩格斯全集》第 46 卷上册，北京：人民出版社 1979 年版，第 104 页。

需要。”[1]“个性的劳动”是“真正自由的劳动”，或者说“个性”乃是“真正自由的劳动”的基本特性，而“为发展丰富的个性创造出物质要素”正是资本主义的历史使命。“建立在个人全面发展和他们共同的社会生产能力成为他们的社会财富这一基础上的自由个性”可以说正是马克思所描述的作为社会形态“第三阶段”的共产主义所要实现的主体目标，而在社会形态的“第一阶段”前资本主义的包括手工业者在内的小生产者恰恰也具有“自由个性”——那么，造成“第三阶段”与“第一阶段”存在相通之处的原因何在？在生产资料所有制形式。马克思、恩格斯对于私有制与人的个性之间的关系有很多分析：“现实的私有财产恰好是最普遍的东西，是和个性没有任何关系、甚至是直接破坏个性的东西”，“私有财产不仅夺去人的个性，而且也夺去物的个性”。[2] 当然这些论述所谓的“私有财产”主要指资本主义的私有制，因为小生产者的私有制使其劳动及其产品具有一定“个性”。与以上社会形态三阶段相应，马克思实际上还把生产资料所有制的演进也分成三阶段：“私有制是集体所有制的对立物”，而“私有制的面貌，却依这些私人是劳动者还是非劳动者而有所不同”：

> 劳动者对他的生产活动的资料的私有权，是农业或工业的小生产的必然结果，而这种小生产是社会生产的技艺养成所，是培养劳动者的手艺、发明技巧和自由个性的学校……这种自理的独立小生产者的生产制度是以土地的分割和其他生产资料的分散为前提的。这种生产制度既排斥这些生产资料的积聚，也排斥大规模的协作……这种生产方式必然要被消灭，而且已经在消灭。它被消灭的过程，即个人的分散的生产资料转化为社会的积聚的生产资料，多数人的小财产转化为少数人的大财产，——这种对劳动人民的痛苦的、残酷的剥夺，就是资本的起源。

剥夺完小生产者之后，又开始“少数资本家对多数资本家的剥夺”，导致“资本巨头不断减少”，而“这种剥夺是通过资本主义生产的内在规律的作用进行的，

---

① 《马克思恩格斯全集》第46卷上册，北京：人民出版社1979年版，第287页。

② 《马克思恩格斯全集》第3卷，北京：人民出版社1960年版，第253页注释1、第254页。

这些规律会导致资本的积聚”，这种在不断积聚进程中不断剥夺的最终结果是：

> 资本主义所有制的丧钟敲响了。剥夺者自身就要被剥夺了。
>
> 同资本主义生产方式相适应的资本主义占有，是这种仅仅作为独立的个体劳动的必然结果的私有制的第一个否定。但是，资本主义生产本身由于自然变化的必然性，造成了对自身的否定。这是否定的否定。这种否定不是重新建立劳动者的私有制，而是在资本主义时代的成就的基础上，在协作和共同占有包括土地在内的一切生产资料的基础上，重新建立劳动者的个人所有制。①

小生产者的劳动之所以具有“自由个性”和“半艺术性质”，是因为小生产者作为劳动者拥有生产资料；而资本主义劳动之所以丧失“自由个性”和“半艺术性质”，是因为劳动者（雇佣工人）的生产资料被彻底剥夺了；“建立在个人全面发展和他们共同的社会生产能力成为他们的社会财富这一基础上的自由个性”是共产主义劳动的特性，而之所以具有这种“自由个性”，是因为共产主义的“劳动者的个人所有制”通过“剥夺者被剥夺”而使劳动者个人重新共享生产资料。当然，共产主义的“劳动者的个人所有制”是建立在“集体所有制”或公有制基础上的个人所有制，生产资料归属具有非排他的分享性，而小生产者所有制是建立在私有制基础上的个人所有制，生产资料归属具有非分享的排他性——与此相对应，共产主义劳动所具有的是“建立在个人全面发展和他们共同的社会生产能力成为他们的社会财富这一基础上的自由个性”，而小生产者劳动所具有的则是建立在分散、孤立生产方式基础上的自由个性。总之，“劳动者（小生产者）”私有制—资本主义“非劳动者”私有制—“劳动者”的个人所有制历史演进过程，昭示的是劳动者由丧失而重新拥有生产资料的过程，在此历史进程中，劳动者的劳动由丧失而重新获得“自由个性”“艺术性质”——这是审美分享主义建构的历史主线，同时也是考察资本主义前后艺术发展史的重要主线。

以上讨论的是手工艺，与资本主义近代以来所谓的“纯艺术”有所不同——

① 《马克思恩格斯全集》第 49 卷，北京：人民出版社 1982 年版，第 244—246 页。

但是，“纯艺术”与手工艺的分化，恰恰只是近代资本主义以来才逐步被强化的，并且这种分化或者所谓艺术的“纯化”及“纯艺术”越来越鼓吹自由、个性、非功利性、独特性、独立性等的过程，恰恰与物质生产由具有“半艺术性质”手工业劳动向丧失艺术性质的资本主义大机器生产转变的过程几乎同步。离开物质生产这种特性的历史演变过程，是无法科学揭示近代以来艺术和审美纯化的历史过程的。认为手工艺劳动也可以具有“半艺术性质”而“可以达到原始艺术爱好的水平”，表明在马克思看来，一种劳动是否具有“自由个性”和“艺术性质”，最根本的原因还不在这种劳动是物质性的还是精神性的，而在从事这种劳动的劳动者是否拥有生产资料尤其是生产工具：拥有物质生产资料的手工业者的自主劳动具有“半艺术性质”，而拥有精神生产资料的劳动者就可以使自己的劳动获得完全的“艺术性质”和真正的“自由个性”。这在共产主义之前的私有制社会中，只在少数艺术家等的精神生产中有部分、片面的体现，而在“每个人的自由发展是一切人的自由发展的条件”的共产主义则得到最广泛、普遍而全面的体现，那时，“个人会在艺术、科学等等方面得到发展”。

总之，共产主义的历史生成过程，同时也是以生产资料“劳动者的个人所有制”为客体条件的具有高度“生产性”和自由个性的“全面发展的个人”这种生产主体的生成过程。在当今物联网革命中，在物质生产领域的“创客”初步体现了这种生产主体的部分特性，而在精神生产领域，基于移动互联网社交平台技术的智能手机“产消者”等也正在使文化大众部分地具有了这种主体特性（下一章再作具体分析）——这是物联网分享时代中国文论自主创新又一重要切入点。

第五章　平台—自由人联合体：审美分享主义的社会形态论建构

与物联网革命相伴随的还有“平台革命”。前面讨论了物联网革命滋生出的分享主义价值原则和由此塑造出的初步具有自由个性的生产主体（创客等），而这两者又都是通过基于移动互联网社交平台技术的“平台”体现出来的。分享是这种平台所遵奉的基本价值原则，大众也正是通过或借助这种平台获得主体生产性自由和个性的，并且每一个人还会通过这种平台联合在一起——由此可见“平台”极强的整合性。从社会形态论看，平台是微观的小社会，社会是宏观的大平台，目前来看，物联网平台还受到资本的冲击、限制乃至控制，其“分享主义”价值原则还远未得到充分、普遍实现，物联网平台上也存在诸多经济、文化乱象，但由物联网革命所锻造出的“分享主义平台”，毕竟为构建马克思所描述的共产主义“自由人联合体”提供了新的时代起点。从文论角度看，这种平台可以把文艺活动的生产者、产品、消费者等诸多要素整合在一起——这在中国微信、抖音等平台上已有初步体现——为物联网分享时代中国文论的自主综合创新提供了现实基础，而只有置于资本主义衰退并终将被共产主义替代这一社会形态的历史演进、发展脉络中，中国文论自主综合创新才能获得理论和价值上的制高点。

第一节　分享主义平台：物联网社会形态革命及其文艺美学启示

物联网生产方式革命所取得的一个重要历史性成果，是正在锻造“分享主义平台”，对基于“反分享”的资本主义社会形态形成新的更大冲击，为我们今天在物联网分享时代、在资本主义逐步走向消亡并被共产主义替代的历史框架中，考察文艺、文化问题提供了新的时代起点；而这种“分享主义平台”整合物质生产与精神生产的特点，为中国文论超越与物质生产相割裂的西方文论而进行自主综合创新，提供了新的时代契机。

一、分享主义平台：物联网革命的重要成果

在存在方式上，物联网经济又被描述为“平台经济”，物联网革命也被描述为“平台革命”。里夫金指出：正是“物联网”这个“强大的新技术平台”正“突破第二次工业革命的范畴，加剧资本主义意识形态中的核心矛盾，进而将资本主义经济体制推至上文中提到的末路”；蔡斯研究物联网的《共享经济》一书第二章是 *Platforms for Participation*（参与的平台），实际上就是用“平台”为物联网经济定位，该书的副标题是 *How people and platforms are inventing the collaborative economy and reinventing Capitalism*，人民和“平台”如何正在创造协同经济并再造资本主义——物联网平台正在引发社会形态变革。

在社会价值原则上，蔡斯《共享经济》一书第六章标题中有“Power Sharing（权力的分享化）”，第九章的标题中有“Democratizing Power and Wealth（权力和财富的民主化）”，实际上是用财富和权力的“分享化”“民主化”为支撑物联网“平台”的价值原则作定性。在“发展动力”上，蔡斯强调，“构建平台就是为了让个人参与进来，让个人赋予其生命”，“平台存在的意义就是通过联合他人释放出隐藏在过剩产能中的价值：资产、时间、专业知识以及创造力等”，“人人共享重新书写了价值创造的法则：分享资源会带来最高效率；分享知识会带来最伟大的创新”。[①] 保护版权等排他性私人产权的最主要理据是：它可以刺激创新、提高效率——而物联网分享主义平台的重要意义之一，就在于正在从根本上动摇这一理据：不是“排他性”，而是超越“排他性”的“分享性”，才是更能充分激发人的创新性的原动力。凯利强调，“在一个平台的几乎各

---

① ［美］罗宾·蔡斯：《共享经济：重构未来商业新模式》，王芮译，杭州：浙江人民出版社2015版，第51页、第2页。

个水平上，共享都是默认设置”，“随着被分享的事物越来越多，越来越少的事物会被当作财产看待”。[①] 本科勒也分析指出：“在 2008 年的经济危机发生后，甚至连一些市场自由主义的忠实支持者也不得不承认，‘市场激励至上模型’（Market-incentives-above-all）是有缺陷的”，“一旦人们不仅将网络作为创造个人内容的平台，而且还不图回报地把他们的成果、知识和资源分享给大家，那么，他们的创造力就无可限量”。[②] “分享性”恰恰可以激发人的创造力、创新性的原动力，而基于私有产权的“独占性”“排他性”恰恰是压制人的创新力量充分发挥的阻力。本科勒实际上揭示了物联网生产方式已对支撑资本主义发展的传统价值原则形成了重大冲击。

总之，从社会形态论与社会价值论相互统一的角度看，物联网革命所取得的重要成果是，正在锻造出一种“分享主义平台”，加速资本主义作为一种历史性的社会形态的灭亡进程。

二、物联网平台对精神生产与物质生产的整合及其理论启示

物联网是文化精神生产与物质生产（实体制造业等）整合而成的平台，这种物联网平台更接近马克思所描述的社会生产的“总过程”，标志着全球社会生产方式的一次重大新变革。这为从基础和立足点上创新性发展马克思历史唯物主义，提供了有效的切入点。里夫金分析指出：

> 一个强大的新技术平台正突破第二次工业革命的范畴，加剧资本主义意识形态中的核心矛盾，进而将资本主义经济体制推至上文中提到的末路。在物联网这个 21 世纪智能基础设施中，通信互联网与逐渐成熟的能源互联网和物流互联网融合，造就第三次工业革命。物联网已经大幅提高了生产率，使很多商品或服务的边际成本趋近于零，商品或服务也几乎免费。其结果是

① ［美］凯文·凯利：《必然》，周峰等译，北京：电子工业出版社 2016 年版，第 139 页。

② ［美］尤查·本科勒：《企鹅与怪兽：互联网时代的合作、共享与创新模式》，简学译，杭州：浙江人民出版社 2013 年版，第 12 页、第 216 页。

企业利润开始枯竭，所有权概念淡化，经济稀缺逐渐让步于经济过剩。[①]

使利润趋于枯竭、将资本主义推上“末路”的“物联网”首先由“三网”整合而成：“通信互联网”也即“信息互联网（internet of information，缩写为IOI）”，“能源”“物流”关乎“物（things）”，整合进两者的互联网就成为“物联网（internet of things，缩写为IOT）”。这种IOT是建立在IOI即狭义的“互联网”基础上的，而IOI的发展也经历了两大阶段：在Web 1.0阶段，大众通过IOI“浏览网页”或所谓“信息冲浪”的方式获取信息，表明大众还只是信息的“消费者”；而在其升级版以“社交网络”为代表的Web 2.0阶段，大众同时也成为信息的“生产者”“传播者”，移动智能互联网（智能手机）则使大众生产、传播信息的方式更为便捷——于是，大众不再是单纯的“消费者”，而成为“产消者”。物联网是建立在Web 2.0技术基础上并随着Web 2.0的发展而发展起来的，这方面的意义是把“消费”与“生产”连通、整合起来了。如果说“物流网”还只关乎物品的“流通”的话，那么，与物联网相关的“创客”运动则还关乎物品的“生产”，于是，“流通”与“生产”也被连通、整合起来了。这为考察人的“生产性”与财富“分享性”之间关系，提供了有效的切入点。马克思《资本论》第3卷还讨论了金融问题，现在金融业也开始互联网化，并构成了物联网经济的一个不可或缺的重要环节。因此，如果说IOI还只是一种信息或虚拟性事物的生产、传播、消费方式的话，那么，IOT则关乎物质生产的实体性事物的生产、传播、消费方式及金融运作方式等，更接近《资本论》第3卷所谓的社会生产的“总过程”。因此，从历史唯物主义的角度来看，用“物联网时代”而非宽泛的“互联网时代”，来描述当下新工业革命所带来的时代新变，无疑更为贴切。与第一次工业革命在生产方式所形成的“大机器体系”相对，当今新工业革命所产生的似可称之为“物联网体系”，而这意味着全球社会生产方式的一次新的重大变革。

马克思历史唯物主义认为，推动社会变革的根本动力来自社会生产方式的变

① ［美］杰里米·里夫金：《零边际成本社会：一个物联网、合作共赢的新经济时代》，赛迪研究院专家组译，北京：中信出版社2014年版，第10—11页。

革，里夫金把物联网的影响称为“静悄悄的革命”。马克思说过一句话：“蒸汽、电力和自动纺机甚至是比巴尔贝斯、拉斯拜尔和布朗基诸位公民更危险万分的革命家。”[①] 技术、生产方式的革命必然带来社会革命，马克思讲的是“曾经”发生的第一次工业革命，以“蒸汽机”为代表的大机器生产方式这样的革命家彻底革掉了封建主义的命；而里夫金指出，现在正在发生的第三次工业革命，以“物联网”为代表的大数据生产方式这样的革命家将彻底革掉资本主义的命。让我们重温一下马克思《〈政治经济学批判〉序言》中有关历史唯物主义的经典论述：

> 社会的物质生产力发展到一定阶段，便同它们一直在其中活动的现存生产关系或财产关系（这只是生产关系的法律用语）发生矛盾。于是这些关系便由生产力的发展形式变成生产力的桎梏。那时社会革命的时代就到来了。随着经济基础的变更，全部庞大的上层建筑也或慢或快地发生变革……无论哪一个社会形态，在它们所能容纳的全部生产力发挥出来以前，是决不会灭亡的；而新的更高的生产关系，在它存在的物质条件在旧社会的胎胞里成熟以前，是决不会出现的……资产阶级的生产关系是社会生产过程的最后一个对抗形式，这里所说的对抗，不是指个人的对抗，而是指从个人的社会生活条件中生长出来的对抗；但是，在资产阶级社会的胎胞里发展的生产力，同时又创造着解决这种对抗的物质条件。因此，人类社会的史前时期就以这种社会形态而告终。[②]

里夫金分析指出：“具有讽刺意味的是，资本主义的没落并非由‘敌对势力’所致……恰恰相反，瓦解资本主义的正是昔日将其推向顶峰的运行理念。在资本主义内部架构中一直以来隐藏着一个矛盾，这一矛盾曾将资本主义推向了主导经济的地位，现在却加速了它的灭亡。”[③] 在资本主义是自我扬弃、自我毁灭的认识上，里夫金与马克思是相通的：如果说第一次工业革命所锻造出的“机器体系”

---

① 《马克思恩格斯全集》第 12 卷，北京：人民出版社 1962 年版，第 3 页。

② 《马克思恩格斯全集》第 13 卷，北京：人民出版社 1962 年版，第 8—9 页。

③ ［美］杰里米·里夫金：《零边际成本社会：一个物联网、合作共赢的新经济时代》，赛迪研究院专家组译，北京：中信出版社 2014 年版，第 2 页。

开启了资本主义走向灭亡的进程的话，那么，当今新工业革命所正在锻造的“物联网体系”则成为资本主义灭亡的“加速器”。

从文论角度看，马克思美学、艺术文化理论最大的特点，是将艺术文化等置于以物质生产为出发点的社会生产的“总过程”中来考察。20世纪以来，尤其二战以后，包括西方马克思主义在内的左翼美学和文化批判理论（所谓“文化研究”），则逐渐偏离了马克思理论的这一特点，呈现出忽视乃至回避“经济”和“生产”而就文化论文化的“文化主义”、就消费论消费的“消费主义”的总体倾向。公允地说，后现代主义、解构主义美学和文化批判理论，对当代资本主义的文化结构、意识形态结构等确实起到了巨大的冲击、解构、颠覆作用，并且可以说对其经济结构也确实会产生一定影响。但是，问题在于：放弃对经济结构直接的分析、批判，对当代资本主义社会的总体影响必然受到大大的限制。如果作历史的同情的理解，当代西方左翼文化批判的这种总体倾向的形成，也确实具有一定的社会根源。二战以后的第二次工业革命对物质生产的影响尽管也是巨大的，但是，所谓“信息社会转型”“信息革命”等表明其对非物质生产的影响或许更大，至少更为突出。从文化的角度来看，体现为与信息革命相伴的广播尤其电视等的快速发展，对大众的“文化”的、“消费”的活动的影响尤其突出。在电视这种文化生产的“总过程”中，大众能发挥作用的领域仅仅被限定在作为单纯“消费者”的“消费”活动中——法兰克福学派与伯明翰学派的区别只在于大众在文化消费活动所发挥的作用是消极、被动的还是积极、主动的，而相通之处在于都只是从“消费”或单纯“消费者”的角度来看大众文化批判或革命问题。极一般地说，真正的文化革命仅仅限定在消费领域也是不全面的，但是，对于面对电视这种文化生产方式的法兰克福学派和伯明翰学派等来说，也是无可奈何的事——而现在的以社交网络为代表的Web 2.0尤其移动智能互联网，则是大众也可以成为文化信息直接的“生产者”“传播者”，从而成为文化的“产消者”，为我们超越西方“文化研究”单纯的“消费主义”范式的不足，提供了现实的立足点和切入点。同样，真正的社会革命仅仅限定在单纯的文化革命也是不全面的，而现在的物联网把经济、物质生产也整合其中，为我们超越西方左翼美学的批判理论的“文化主义”范式的不足，提供了切实的立足点。

总之，物联网这种新的社会生产方式，为我们恢复和发展马克思将美学、艺术文化问题置于以物质生产为出发点的社会生产“总过程”来考察的历史唯物主义研究思路，在此基础上推动中国文论自主创新，提供了非常有效的切入点和立足点。

三、物联网平台加速资本主义灭亡及其理论启示

充分结合物质生产讨论文艺、文化问题，是马克思文艺思想的一大特点，与此相关，在社会形态向共产主义的历史演进的进程中考察文艺、文化问题，是其另一大理论特点。

西方不少学者都已初步认识到物联网革命对资本主义社会形态影响的研究，而值得注意的是，在把这些西方文献翻译为中文的过程中，却出现了一些不正常的“去主义化”现象。前面第一章第一节已经分析指出，里夫金《零边际成本社会》英文副标题原为 *The Internet of Things, the Collaborative Commons, and the Eclipse of Capitalism*，中文翻译却变成《一个物联网、合作共赢的新经济时代》——Capitalism 这个“大词”被过滤掉了。其他西方物联网著述的中文翻译也存在类似的“去主义化”现象，兹不赘述。当然，国外物联网研究在总体上也存在此倾向，西方学界这方面的主导判断是：物联网分享经济只是一种新的商业模式，是对资本主义的修复、再造等。

凯文·凯利研究物联网分享经济的《必然》一书则较多地提到了“社会主义”乃至“共产主义”：“老牌嬉皮士”巴洛就有“网络共产主义（dot-communism）”之说，凯利本人更愿意称之为“数字社会主义”，而“分享是数字社会主义中最温和的表现形式”[①]——而这受到保守的资本主义者的攻击，比尔·盖茨是这方面的代表。凯利指出：“比尔·盖茨曾经嘲笑过那些免费软件的倡导者，并给这些倡导者冠上一个资本家所能想出的最恶毒的绰号”——“当下的共产主义者”。[②] 凯利反复强调新兴的数字社会主义不同于老式的社会主义，但也指出：“两类社会主义的相同之处就是共享这个动词。事实上，一些未来学家已经将这种新型社会主义在经济层面的体现命名为共享经济（Sharing Economy），因为在

① ［美］凯文·凯利：《必然》，周峰等译，北京：电子工业出版社 2016 年版，第 157 页。
② ［美］凯文·凯利：《必然》，周峰等译，北京：电子工业出版社 2016 年版，第 153 页。

这一层面最基本的通行规则就是共享。”① 可见，不管如何，凯利都没有也无法否认“共享”也是“老式社会主义”的基本特征。总体来看，凯利更愿意把物联网促成的社会新形态表述为“数字社会主义”，但强调这非常不同于所谓“老式社会主义”，他毋宁将其称为传统资本主义、社会主义之外的“第三条道路”。如此等等。

在对物联网所引发的社会形态变革的认识上，里夫金《零边际成本社会》一书要激进一些，认为物联网分享经济将导致资本主义必然灭亡，该书标题 *The Zero Marginal Cost Society: The Internet of Things, the Collaborative Commons, and the Eclipse of Capitalism* 实际上就已大致勾勒出其主要思路：Internet of Things（物联网）是一种“生产方式”，Collaborative（协作性）是这种生产方式或者说这种生产方式中的“生产关系”的特性，Commons 关乎生产关系中的生产资料“所有制”，而物联网生产方式所产生的后果是 Zero Marginal Cost（零边际成本）从而使企业利润趋于枯竭，最终后果是资本主义衰退。该书第二部分《近乎零边际成本的社会》，描述了代表“极致生产力”的物联网所带来的免费的信息、免费的软件、免费的能源、免费的教育（慕课）、免费的 Wi-Fi 等现实现象。这些免费现象扩张的结果是：“资本主义的血液（利润）就会枯竭”②，资本主义将因失血而亡。第三部分《协同共享时代的到来》主要侧重于物联网“生产方式”的讨论。与其第二部分联系起来看，就暗含这样的思路：生产方式高度的协同性或社会性，决定着产品分配、消费方式的“分享性”。生产资料所有制是决定生产方式特性的重要因素。里夫金指出，“私有产权具有封闭、独有和排他的特点”③，因而与分享性是对立的。第四部分的标题《社会资本和分享经济》，实际上就在强调资本（生产、生产资料）的“社会性”与经济的“分享性”之间的联系。生产方式涉及所有制问题，物联网还引发了《从所有权到使用权的转变》——这是《零边际成本社会》第十三章的题目。与此相关联，

① ［美］凯文·凯利：《必然》，周峰等译，北京：电子工业出版社 2016 年版，第 156 页。

② ［美］杰里米·里夫金：《零边际成本社会：一个物联网、合作共赢的新经济时代》，赛迪研究院专家组译，北京：中信出版社 2014 年版，第 3 页。

③ ［美］杰里米·里夫金：《零边际成本社会：一个物联网、合作共赢的新经济时代》，赛迪研究院专家组译，北京：中信出版社 2014 年版，第 160 页。

第五部分还用了“交换价值—使用价值”这对概念。access 关乎“使用价值”，ownership 首先处在生产领域，但其实现还要经过市场交换，或者说以“交换价值”为“中介”才能实现，而物联网将使“分享价值”“使用价值”取代“交换价值”。当然，即使激进如里夫金者，也讳谈作为资本主义“替代方案”的“社会主义”——这大致反映了西方物联网分享经济研究的基本认知状况。但是，这些西方学者无法否认也没有否认的是：物联网平台的“分享主义”价值原则与社会主义（共产主义）是有关联的，因此，回到马克思的共产主义理论，将有助于更准确、全面而深刻地理解当今物联网所引发的社会形态革命。

前已分析指出，马克思的美学、艺术文化理论是建立在其共产主义理论基础上的，而包括西方马克思主义在内的当代左翼文化批判理论，则呈现出回避“共产主义”的总体倾向——这当然也有着特定的社会历史根源。后来文化批判理论越来越呈现出“解构主义”的倾向，某种程度上可以说与回避“共产主义”这一正面的建构的价值立场有关。现在，物联网平台已初步呈现出了践行“分享”价值原则的趋向，“回到马克思”、回到“共产主义”这种正面价值立场，非常必要。

第二节　自由人联合体：审美分享主义建构的旨归

通过对物联网分享经济系统研究，里夫金得出的结论是：“尽管市场上的企业家精神正在推动经济向着近乎零边际成本以及近乎免费的产品和服务发展，但关键的是企业家精神的发挥需要一个基础平台，该平台由上述三大创新要素构成——政府、共享经济和市场。尽管在 21 世纪中叶，协同共享可能会定义社会经济生活的诸多方面，但是上述三个领域中所有参与者所做出的贡献表明，新的经济模式将是政府、市场和共享的混合体。”① 从联系角度看，政府和市场可以从不同方面为构建分享主义平台作出不同贡献；但从区别角度看，三者又可能出现价值原则的冲突：物联网平台的“分享主义”与作为传统市场基础的私有制的“排他主义”是存在冲突的，而“在试图服务于两个主人时，政府似乎左右为难，

① ［美］杰里米·里夫金：《零边际成本社会：一个物联网、合作共赢的新经济时代》，赛迪研究院专家组译，北京：中信出版社 2014 年版，第 322 页。

一个主人致力于资本主义模式，另一个主人致力于共享模式”[①]。总之，如何处理好这三者之间的关系，对于人类社会未来发展至关重要——马克思“社会有机体”“自由人联合体”理论，对于把握这一问题有重要指导意义：

> 最后，让我们换一个方面，设想有一个自由人联合体，他们用公共的生产资料进行劳动，并且自觉地把他们许多个人劳动力当作一个社会劳动力来使用……而另一部分则作为生活资料由联合体成员消费。因此，这一部分要在他们之间进行分配。这种分配的方式会随着社会生产机体本身的特殊方式和随着生产者的相应的历史发展程度而改变……这些古老的社会生产机体比资产阶级的社会生产机体简单明了得多……只有当社会生活过程即物质生产过程的形态，作为自由结合的人的产物，处于人的有意识有计划的控制之下的时候，它才会把自己的神秘的纱幕揭掉。但是，这需要有一定的社会物质基础或一系列物质生存条件，而这些条件本身又是长期的、痛苦的历史发展的自然产物。[②]

当然，关于共产主义“自由人联合体”最经典的描述出自《共产党宣言》：“代替那存在着各种阶级以及阶级对立的资产阶级旧社会的，将是一个以各个人自由发展为一切人自由发展的条件的联合体。”[③] 马克思还将“自觉地把他们许多个人劳动力当做一个社会劳动力来使用”称为“共同的生产”，将“自由人联合体”分配生活资料的方式称为“分享共同的产品界”：“生产的共同性一开始就使产品成为共同的、一般的产品。最初在生产中发生的交换，——这不是交换价值的交换，而是由共同需要，共同目的所决定的活动的交换，——一开始就包含着单个人分享共同的产品界”，资本主义“以交换价值为基础的劳动的前提恰好是：不论是单个人的劳动还是他的产品，都不具有直接的一般性”，[④] 而扬弃其异化性

---

① ［美］杰里米·里夫金：《零边际成本社会：一个物联网、合作共赢的新经济时代》，赛迪研究院专家组译，北京：中信出版社 2014 年版，第 204 页。

② 《马克思恩格斯全集》第 23 卷，北京：人民出版社 1972 年版，第 95—97 页。

③ 《马克思恩格斯全集》第 4 卷，北京：人民出版社 1958 年版，第 491 页。

④ 《马克思恩格斯全集》第 46 卷上册，北京：人民出版社 1979 年版，第 119—120 页。

后，生产劳动就获得这种“直接的一般性”：

> 资产阶级经济学家受一定的社会历史发展阶段的观念的严重束缚，在他们看来，劳动的社会权力物化的必然性是跟这些权力同活劳动相异化的必然性分不开的。但是随着作为单纯单个劳动或者单纯内部的或单纯外部的一般劳动的活劳动的直接性质被扬弃，随着个人的活动被确立为直接的一般活动或社会活动，生产的物的要素也就摆脱这种异化形式；这样一来，这些物的要素就变成作为单个人的个人，不过是作为社会的单个人的个人借以再生产自身的财产，即有机的社会躯体。使个人在他们的生命的再生产过程中，在他们的生产性的生命过程中处于上述状况的那些条件，只有通过历史的经济过程本身才能创造出来；这些条件既有客观的条件，也有主观的条件，它们只不过是同一些条件的两种不同的形式。①

当生产劳动获得直接的一般性、共同性，其“物的要素”（物质财富）就变成“作为社会的单个人的个人借以再生产自身的财产，即有机的社会躯体”，个人“生产性的生命过程”，于其中发挥出自身生产性力量，就不再是生产“交换价值（‘物的要素’的异化形式）”的手段，而是成为“目的本身”。如此，个人的“生产性”也就会得到最大激发，就会成为“个人发达的生产力主体”，社会整体也就获得高度生产性。个人与社会高度的生产性与劳动直接的共同性、产品普遍的可分享性，也就会在相互促进中形成螺旋式上升的良性循环，共产主义“自由人联合体”的“有机性”也就会不断增强。

黑格尔把政治国家称为“有机体”，马克思“社会有机体”理论受此启发（参见其《黑格尔法哲学批判》）。后来，马克思《法兰西内战》还分析指出：“公社制度将把靠社会供养而又阻碍社会自由发展的寄生赘瘤——‘国家’迄今所吞食的一切力量归还给社会机体。”② 资本主义国家的消亡，乃是共产主义社会有机体生成的前提。再一影响来自空想社会主义理论，恩格斯曾作《傅立叶论

① 《马克思恩格斯全集》第46卷下册，北京：人民出版社1980年版，第361页。
② 《马克思恩格斯全集》第17卷，北京：人民出版社1963年版，第360页。

商业的片断》，其中收录了傅立叶这样的论述："在社会机体和商业机体之间缔结的契约中，既没有互惠也没有保证。商业机体只为它自己的利益服务，而不为社会的利益服务，所以，它所使用的大量资本是**从整个生产中偷盗来的**。"① ——这些极有助于我们分析物联网框架下的当代社会有机构成："分享主义平台"已成为与政府、市场（企业、商业有机体）鼎足而立的当代社会有机体构成的第三元素，其初步呈现出的特征与"自由人联合体"存在某些相近之处。由此我们可以勾画出当代社会主义渐进共享进程的宏观脉络。

马克思指出："现在的社会不是坚实的结晶体，而是一个能够变化并且经常处于变化过程中的机体。"② 这讲的是第一次工业革命，而对于由包括物联网在内的高技术推动的第三次工业革命下的当代社会来说，更是如此，并且这种剧烈变化又突出地体现在政府、"商业有机体（企业、市场）"与物联网"分享主义平台"这三种社会有机元素之间的联系、冲突与重组上。其中，政府、企业尤其巨型跨国公司，是严整的"有机体"，因为两者的整合性、垄断性极强；相比之下，"分享主义平台"还远远不是严整的"有机体"。对此，物联网研究专家已多有揭示和分析：比如有人用"碎片化"③ 来描述这种平台的特点，还有人用"无组织的组织力量"④ 来描述。在此我们又不得不指出马克思"联合体"理论具有更强阐释力："因此，公社便表现为一种联合而不是联合体，表现为以土地所有者为独立主体的一种统一，而不是表现为统一体。因此公社事实上便不是象在古代民族那里那样，作为国家、作为国家组织而存在，因为它不是作为城市而存在的。为了使公社具有现实的存在，自由的土地所有者必须举行集会，而例如在罗马，除了这些集会之外，公社还存在于城市本身和掌管城市的官吏等等的形式中。"⑤ 当今物联网平台更接近马克思所描述的"公社"：出现了"联合""统一"，但还不是严整的"联合体""统一体"，而推动分享主义平台碎片化、无组

① 《马克思恩格斯全集》第42卷，北京：人民出版社1979年版，第331页。

② 《马克思恩格斯全集》第23卷，北京：人民出版社1972年版，第12页。

③ 参见［澳］史蒂夫·萨马蒂诺：《碎片化时代：重新定义互联网＋商业新常态》，念昕译，北京：中国人民大学出版社2015年版。

④ 参见［美］克莱·舍基：《人人时代：无组织的组织力量》，胡泳、沈满琳译，北京：中国人民大学出版社2012年版。

⑤ 《马克思恩格斯全集》第46卷上册，北京：人民出版社1979年版，第480页。

织的“联合”向“联合体”转化，当是物联网经济未来发展的重要方向之一。在此发展进程中，传统的“商业有机体（企业）”尤其“政治有机体（政府）”发挥什么样的作用至关重要。支撑传统营利性企业的价值原则是“排他性”的，这与物联网平台的“可分享性”存在冲突，在试图服务于两个主人时，政府似乎左右为难，一个主人致力于资本主义模式，另一个主人致力于共享模式。而在笔者看来，向“共享模式”倾斜并且引导企业向“共享模式”倾斜，乃是社会主义的制度优势所在。

从现实来看，中国互联网经济的发展在某些方面不输西方，但也存在突出短板，比如以百度、阿里巴巴、腾讯为代表的三巨头目前还主要在流通、销售、消费、金融等领域做文章，对实体经济积极提升、整合作用远没有发挥出来。物联网带来经济社会发展的新契机，但诸如借助互联网“众筹”手段的商业欺诈等乱象，不仅对经济发展带来恶劣影响，而且严重影响社会稳定。从理论上来看，相关专家对“产消者”“创客”等在物联网发展中作用的强调，尤其值得高度重视，而马克思相关经典理论更具指导意义：

> 自然界没有制造出任何机器，没有制造出机车、铁路、电报、走锭精纺机等等。它们是人类劳动的产物，是变成了人类意志驾驭自然的器官或人类在自然界活动的器官的自然物质。它们是人类的手创造出来的人类头脑的器官；是物化的知识力量。固定资本的发展表明，一般社会知识，已经在多么大的程度上变成了直接的生产力，从而社会生活过程的条件本身在多么大的程度上受到一般智力的控制并按照这种智力得到改造。它表明，社会生产力已经在多么大的程度上，不仅以知识的形式，而且作为社会实践的直接器官，作为实际生活过程的直接器官被生产出来。①

当今劳动社会性、生产性大幅度提升，也是得益于物联网等科技发明：与第一次工业革命大机器体系比较起来，当今新工业革命所形成的物联网尤其人工智能，无疑更接近马克思所描述的作为“物化的知识力量”“受到一般智力的控制并按

---

① 《马克思恩格斯全集》第46卷下册，北京：人民出版社1980年版，第219—220页。

照这种智力得到改造”的“社会实践的直接器官”——里夫金等将这些特性概括为“智能化”。我们必须始终清醒地认识到：物联网首先是一种充分解放和发展社会生产力的先进方式，实体经济才是财富之源。

历史地看，如果说缓解“社会性”与“分享性”之间的矛盾，是当代世界资本主义的“元问题”的话，那么，化解“生产性”与“分享性”之间的矛盾，则是当代世界社会主义的“元问题”。20 世纪前半期包括中国在内的世界社会主义发展一大历史教训就是：忽视不断提升“生产性”而片面强调“分享性”，绝对平均主义限制生产性的快速提升——这是中国改革开放的历史动因。经过改革开放和发展，中国整体生产性得到大大提升而成为世界第二大经济体，与此同时，也出现了贫富分化、尚未全面脱贫等短板——这是提出“全面建成小康社会”和“共享”理念的近期的现实动因。而在推进渐进共享的进程中，“全面深化改革”依然至关重要：“正像马克思尖锐地、着重地指出资本主义生产的坏的方面一样，同时他也明白地证明这一社会形态是使社会生产力发展到这样高度的水平所必需的：在这个水平上，社会全体成员的同样的、合乎人所应有的发展，才有可能。要达到这一点，以前一切社会形态都太薄弱了。资本主义的生产才第一次创造出为达到这一点所必需的财富和生产力，但是它同时又创造出一个社会阶级，那就是被压迫的工人群众。他们越来越被迫起来要求利用这种财富和生产力来为全社会服务，以代替现在为一个垄断者阶级服务的状况。”① 在推进渐进共享的进程中，无论是为了实现全面建成小康社会的近期目标，还是为了在此基础上进一步实现共产主义大同社会的远景目标，我们都应时刻铭记马克思、恩格斯的这些教诲。马克思强调：“无论哪一个社会形态，在它们所能容纳的全部生产力发挥出来以前，是决不会灭亡的；而新的更高的生产关系，在它存在的物质条件在旧社会的胎胞里成熟以前，是决不会出现的。”② 这应成为我们正确对待“市场”的基本遵循：在全面深化改革中进一步释放出市场的潜能，依然是推进渐进共享进程中的战略目标和手段。

物联网革命给我们的最大启示是：推进市场、政府与“分享主义平台”的有

① 《马克思恩格斯全集》第 16 卷，北京：人民出版社 1964 年版，第 271 页。
② 《马克思恩格斯全集》第 13 卷，北京：人民出版社 1962 年版，第 9 页。

机融合，可以成为我们的战略着力点之一。推动“分享主义平台”碎片化的“联合”向“自由人联合体”逐渐转化，可以在“广泛汇聚民智，最大激发民力”与“全民共享，全面共享”的统一中，不断推进渐进共享的进程，使“生产性”与“分享性”在相互促进中共同提升，进而使中华民族走向伟大复兴，并在全球价值和道义制高点上，引领人类发展进步方向——而这也正是物联网分享时代中国文论自主创新的价值制高点。

第六章　物联网分享主义拓展空间生产理论

前面已对物联网分享时代条件下马克思审美分享主义的重构、中国文论自主综合创新的基本思路等作了初步分析。自主创新意味着不能只跟着西方理论说，但绝不意味着割裂于西方理论而自说自话。本章再回到西方现代文化研究的理论语境中，以当今物联网革命所锻造出的“分享主义平台”为立足点，结合对文化研究中日常生活审美化尤其列斐伏尔与大卫·哈维等人的“空间生产”等理论的分析，在与西方的批判性对话中，对中国文论自主创新的路径再作具体探讨。

第一节　物联网革命拓展大众日常生活审美空间

马克思曾经指出：“现在的社会不是坚实的结晶体，而是一个能够变化并且经常处于变化过程中的机体。”[①] 他说的是第一次工业革命时代，21 世纪第三次工业革命时代更是如此，描述由物联网等极致技术推动的当代社会有机体发展速率的常用词已是“指数级”或“几何级”，而与这种指数级速率相比，当今包括文化理论和美学在内的哲学社会科学研究，普遍显得滞后。

“春江水暖鸭先知”，互联网等极致技术所引发的剧烈变化，首先在大众日常审美生活中有突出体现。稍微浏览一下美国 Facebook 和中国微信平台等，你就会发现：全球大众正在用移动互联网、社交网络等技术提供的各类“神器”，“创作”“生产”并传播着自己的艺术品，拓展着自己日常生活审美空间，有滋有味

① 《马克思恩格斯全集》第 23 卷，北京：人民出版社 1972 年版，第 12 页。

地过着自得其乐的文艺生活……当然，精英们还在继续创作，但大都还纠结于“历史”“人性”等宏大主题，极致技术给大众社会文化生活带来的新变，在他们作品中很少有反映。在消费时代，精英先锋文化曾走在前面带动大众文化潮流；而在新的物联网分享时代，大众似已走在精英前面。从文艺美学角度看，似乎可以说：“理论”可以走在“创作”之前。“创作”指传统精英文艺家的创作，“理论”则指从当下大众日常文艺生活中概括出来的理论。大众消费文化理论已呈现出这种趋向，但从当下物联网分享新时代来看，其理论范式也已显滞后。从中西关系看，中国已成为仅次于美国的第二大互联网大国，老迈欧洲已落在后面，这为我们超越建立在“电视范式”上的西方文化理论提供了现实支撑。事实上，中国学界不说走在前列，至少也与西方学界同步，比如中国学者王德胜等所提出的“微时代”“微美学”“微文化”等，就是一系列建立在不同于“电视范式”的“移动互联网范式”上的新概念。另一方面，从当下中国理论界总体状况看，译介、解读西方文化理论一流乃至二、三流学者著述，似乎依然是主流，跟着西方说的状况没有得到改观。当然，西方消费文化理论对新的物联网分享文化研究依然有重要启示，辨析其基本理论思路，对于推进范式新转型也是必要的。下面就结合对费瑟斯通“日常生活审美化”理论的辨析，对此略加辨析。

费瑟斯通指出，“消费文化，顾名思义，即指消费社会的文化。它基于这样一个假设，即认为大众消费运动伴随着符号生产、日常体验和实践活动的重新组织”，而“消费文化中的趋势就是将文化推至社会生活的中心，不过它是片断的、不断重复再生产的文化，难以凝聚成为占主导地位的意识形态”。消费文化具有“碎片化”特点，“商品自由地承担了广泛的文化联系与幻觉功能”，“消费社会也从本质上变成了文化的东西”，这种“文化”又与艺术影像等密切相关，“资本主义也生产出了（或者，根据后现代主义的修辞手法，‘过度生产’出了）各种消费的影像与场所，从而导致了纵欲的快感。这些影像与场所，还混淆着艺术与日常生活的界限”。[①] 于是，“后现代主义把审美问题抛到了社会学理论之核心：它为对文本（文本的快感，文本间性、书写文本）的阅读与批判，提供了审美模式

---

① ［英］迈克·费瑟斯通：《消费文化与后现代主义》，刘精明译，南京：译林出版社 2000 年版，第 165 页、第 166 页、第 21 页、第 31—32 页。

和判断标准，也为生活提供了审美模型（生活以审美的形式呈现出来，艺术成了一种美好的生活）"，"后现代主义所喜好的就是对以审美的形式呈现人们的感知方式和日常生活"。[①] 对消费文化审美特性的强调，最终被概括为"日常生活审美化"，其第三个方面"当然是消费文化发展的中心"，"是指充斥于当代社会日常生活之经纬的迅捷的符号与影像之流……决不能把消费社会仅仅看作是占主导地位的物欲主义的释放，因为它还使人们面对无数梦幻般的、向人们叙说着欲望的、使现实审美幻觉化和非现实化的影像。鲍德里亚、詹明信所继承的就是这个方面。他们强调影像在消费社会所起的新的核心作用，也因此赋予了文化以史无前例的重要地位"，"在这样的超现实中，实在与影像被混淆了，美学的神奇诱惑到处存在"，"即使是日常事务或者平庸的现实，都可归于艺术之记号下，从而都可以成为审美的"。[②] 在消费文化研究中，"第一种视角认为，消费文化以资本主义商品生产的扩张为前提预设"，"第二种视角是一种更为严格的社会学的观点"，认为"人们为了建立奢华联系或社会区别，会以不同方式消费商品"，而"第三种视角关心的是消费时的情感快乐及梦想与欲望等问题"。[③] 这是一种美学视角。

充斥于消费社会的符号、影像之流与欲望、幻觉、快感之流汇聚而成大众"日常生活审美化"大潮。这一大潮在当下新时代依然继续发展，但已有所不同而有新拓展。（1）在社会"中心"上，已开始由"经济""文化"向"技术"的演进：普遍贫困的"生产时代"以"经济"为中心，普遍丰裕的"消费时代"以"文化"为中心（西方学者也用"审美资本主义"来描述消费社会），而在与消费时代已有所不同的当下新时代，以互联网为代表的"技术"正在逐步成为当下社会新"中心"。（2）在媒介上，已开始由"纸质（文字）媒介""电视（音像）电子媒介"向"互联网"的演进：前消费时代是纸质文字媒介的时代，消费时代是电视音像媒介的时代，而不同于消费时代的当下新时代则以"互联网"为基本媒介。西方已有消费文化理论的后现代范式，其实主要建立在"电视范式"上，比

---

① ［英］迈克·费瑟斯通：《消费文化与后现代主义》，刘精明译，南京：译林出版社2000年版，第46页、第180页。

② ［英］迈克·费瑟斯通：《消费文化与后现代主义》，刘精明译，南京：译林出版社2000年版，第98—99页。

③ ［英］迈克·费瑟斯通：《消费文化与后现代主义》，刘精明译，南京：译林出版社2000年版，第18页。

如麦克卢汉《理解媒介》所讲的新“媒介”其实主要指“电视”，考虑其对文化理论的巨大影响，似可将“电视范式”称为后现代的“麦克卢汉范式”，伯明翰学派等经典消费文化理论就建立在这种范式上，而“互联网”则为我们超越这种范式提供了现实媒介技术基础。

互联网一经产生，就以指数级速率发展，迄今已出现好几代升级版。下面就以“信息”“物”“货币”“生产”“消费”等为参数，以“大众”为主体而以“民主化”为脉络，来勾勒互联网发展历程，揭示其对传统“电视文化”的新拓展。

第一，大众—信息—消费—互联网。这是最早的第一代互联网，是有关信息之“消费”的互联网。大众通过它只能“消费”即浏览、获取信息，人与人之间通过信息消费联通在一起——这是Web 1.0阶段，标志着信息“消费”的民主化。按拉什的说法，在全球高速流转的“信息”不外“认知信息”与“审美信息”两类，而审美信息消费的民主化，也就意味着审美生活的大众化，大众日常生活审美空间得到拓展。与消费社会密切相关的所谓“信息时代”成熟于也终结于这种第一代互联网，大众与第一代互联网的关系，跟大众与电视的关系，还没什么两样，后现代的麦克卢汉式电视范式对其研究依然适用。

第二，大众—信息—生产—互联网。以社交网络为代表的Web 2.0为大众“生产”信息提供了基础平台，出现了大众信息之“生产”的互联网。人与人之间通过信息生产联通在一起，标志着信息“生产”的民主化，同时也标志着互联网已成为“交往形式”新型的生产方式，但还只是信息性或观念性的生产方式。其后发展起来的以智能手机为代表的移动互联网技术，则使大众对包括审美信息在内的信息产品的生产、传播更加自由、便捷，大众日常生活审美空间得到更进一步拓展。其革命性影响首要的还不在于现在学界一般所说的“互动性”，而在“生产性”，即大众已成为文化之“生产”主体，而非像消费时代那样仅仅只是文化的“消费”主体。在当今Web 2.0时代，我们在Facebook、微信等平台上，依然发现费瑟斯通所描述的“充斥于当代社会日常生活之经纬的迅捷的符号与影像之流”，但大众在其中的“主体”形象与媒介手段特性已发生了革命性改观。大众不再仅仅只是这些“符号与影像”的“消费”主体，同时也成为其“生产”主体。在媒介手段上，消费时代大众与文化商品中资本主义主流文化意识形态的斗争利器是“电视遥控器”，我们不能说这其中没有“互动性”，但在这种互动中，大众的“符号游击战”是沉默的，或如伯明翰学派及菲斯克等所描述的那样：资本主义文化企业生产文化商品的“物质”部分，而其“意义”部分则由大众生产，大众通过颠覆性、对抗性或解构性“解码”进行文化斗争。因此，我们不能一般性地说大众在这种文化活动中没有“生产性”，但只是一种“观念性”的生产性（这也是伯明翰学派所反复强调的）。而在Web 2.0时代，大众斗争利器已升级为“智能手机”这种“神器”，大众不再仅仅只是文化信息产品“意义”部分的“生产者”，同时也成为其“物质”或“文本”部分的“生产者”，由此，大众的文化斗争也不再是“沉默”的，而成为真正意义上的“众声喧哗”——在智能手机“弹幕”“刷屏”等活动中就充斥着这样的喧哗众声。总体来说，麦克卢汉式、后现代式电视范式已不再完全适用Web 2.0时代的新文化现象的分析了，亟待转型。

第三，大众—物品—消费（交换）—互联网。Web 2.0把“物”加进互联网就出现了“物”联网（Internet of Things），其关乎“物”的“消费”和“流通”，即大众通过互联网交换、消费物品等，这种意义上的物联网可以说是物的消费互联网，人与人之间通过物品的消费联通在一起，标志着物品“消费”的民主化，产生了以处置闲置资源为主的新的“分享经济”模式。这一阶段对文化研究的重要启示是：消费时代大众消费的“竞争性”价值原则开始受到冲击。费瑟斯通认为，消费文化研究的“第二种视角是一种更为严格的社会学的观点”，“人们为了建立奢华联系或社会区别，会以不同方式消费商品”，他还以“犬兔追逐”来描述这种消费活动；更早些时候凡勃伦《有闲阶级论》用“金钱竞赛”来描述这种消费活动——这揭示了包括文化在内的消费活动的“竞争性”价值原则，而物联网平台的“分享性”价值原则对此有所冲击，并且这种免费分享原则还首先出现在审美文化活动，比如音乐音频和影视音像产品的免费分享中——当今智能手机用户对这种免费分享已习焉不察了。

第四，大众—物品—生产—互联网。大众“创客”的加入，使物联网又成为“物”的“生产”的互联网，人与人之间通过物品的生产联通在一起，标志着物品“生产”的民主化。至此，互联网革命性得到更充分体现，因为物联网已成为一种新型“物质生产方式”。作为互联网升级版的物联网，已成为交往形式“物质性”的生产方式。从文化研究角度来看，“创客”作为“产消者”的革命性意义在于改变了消费时代大众仅仅只是单纯“消费者”的社会文化形象。大众物联网创客的重要“神器”是3D打印机等。如果说“智能手机”还只使大众可以在虚拟的“比特”世界中生产文化符号产品的话，那么“3D打印机”则使大众可以在现实的“原子”世界中生产物质产品。这种产品当然不仅仅包括“实用性”的物品，而且也包括“非实用性”的审美产品，比如3D打印机也可打印出工艺品乃至纯艺术品，比如雕塑作品等。西方消费文化理论中的“人人皆是艺术家”的理念，至此才真正得到落实。许多物联网专家强调3D打印机的革命性意义在于包括生产工具在内的生产资料的大众化、民主化。过去，许多西方消费文化研究著述，经常引用马克思、恩格斯“统治阶级的意识形态处于统治地位”的话，却往往忽视了这段论述中所强调的“精神生产资料”。“一个阶级是社会上占统治地位的**物质**力量，同时也是社会上占统治地位的**精神**力量。支配着物质生产资料的阶级，同时也支配着精神生产的资料，因此，那些没有精神生产资料的人的思想，一般地是受统治阶级支配的。”① 3D打印机既是物质生产资料（工具），也是精神生产资料（工具），掌握了这种精神生产工具的大众创客，较之消费时代单纯的“消费者”，对于统治性意识形态的冲击无疑更具现实力量。

以上简单勾勒表明，西方消费文化理论的诸多现实“预设”前提，已被当今新兴物联网生产方式所改写。传统“电视消费时代”正在经历着向“物联网分享时代”的新转型：“文化”不再是单一“中心”，“技术”“经济”也正在逐步成为新“中心”；“消费”不再是单一“中心”，“生产”也在成为新“中心”；“消费者”不再是大众单一的社会文化形象，“产消者”“创客”也在成为大众新形象；大众文化斗争的领域已不再仅仅局限于虚拟的观念世界，而是正在逐步向现实物质世界拓展；“竞争”不再是社会文化活动中的唯一价值原则，与“竞争”相对的“分享（共享）”也正在逐步成为一种新型价值原则；如此等等。这些现实“预设”前提的改写，意味着西方消费文化理论的后现代范式已不再完全适用于新的物联网时代了，范式转型已势在必行。

最后再从大众日常审美生活来看，作为消费文化美学的代表性理论，“日常生活审美化”所揭示的“混淆着艺术与日常生活的界限”“实在与影像被混淆”

① 《马克思恩格斯全集》第3卷，北京：人民出版社1960年版，第52页。

的趋向，在物联网新时代得到进一步强化，并有重大拓展。大众不仅在“消费性”的日常生活中进行着审美化，而且也在“生产性”的日常生活中进行着审美化。我们从当下充斥于Facebook、微信、抖音平台等之上的草根大众生产、流播的各种不乏审美艺术性的金句、神段子、神视频等可略见一斑。我们不能说物联网分享时代是个更加审美化的时代，但显然是审美更加普遍化、民主化的时代——而这种普遍民主化又集中体现在物联网生产方式所构建的“分享主义平台”上。麦克卢汉提出的“媒介即信息”是消费时代的金句；而在物联网新时代，“平台即分享”或许可以成为取而代之的新金句。在物联网分享主义平台上，大众无偿消费、分享着各种审美产品，但是，另一方面，大众也在利用物联网等极致技术提供的精神生产“神器”，无偿生产、自由传播着各种审美产品——于是，“分享主义平台”似乎正在成为海德格尔所谓的“诗意栖居”的空间——只是海氏的描述未免有些精英色彩，而“分享主义平台”的“栖居者”主要是“大众”。当然，历史远未终结，斗争依然激烈并将形成持久的拉锯战：靠“分享主义平台”起家而大发其财的Facebook、Google以及中国以BAT为代表的互联网巨头，又反过来试图将这些平台私有化、垄断化而将其纳入到自身盈利模式中去，最终走向“分享（共享）”的反面。从理论上来看，消费时代文化研究许多理念和精神，在物联网新时代依然要进一步发扬，比如与大众化、民主化相关的文化“碎片化”精神，在新时代就依然具有革命性力量。靠“分享”发财的互联网巨型公司的重要策略是“聚合化”，对抗这种“聚合化”的有效策略就还是“碎片化”。而全球物联网的重要作用就在于：可以把碎片化的大众个体“联通”在一起，从而可以形成物联网专家所谓的“无组织的组织力量”。这显然是针对高度组织化和垄断化的巨型互联网公司的一种挑战或平衡力量。

再从文化和美学理论研究来看，一种顺应物联网时代大潮的文化或美学理论，其立足点首先不应再是依然具有强大社会力量的精英的脱离日常生活的审美艺术活动，而是栖居在物联网分享主义平台上的大众日常审美艺术活动，文化和美学上的有效“话语体系”应是一种“互联网话语体系”。在互联网体系中，大众是一个个审美“终端”，但又不是一个个孤立的点，通过互联网“点对点”的审美分享主义平台，大众又联通在一起，构建着作为终端的大众审美主体之间的审美联系。作为审美终端并在分享主义平台上联通在一起的大众主体，也必然是反民主、反分享的传统精英审美文化活动体系的“终结者”！

第二节　分享主义：让物联网促进空间正义

本节将从“分享主义”的角度讨论空间正义问题。西方相关的主流观点，只是将物联网分享经济作为资本主义自我修复、再造或再定义的新“商业模式”来讨论，而里夫金的独特性恰恰在于从其中发现了颠覆传统资本主义的力量。笔者持久关注“分享”价值原则，而物联网的重要影响在于：在历史悠久的个人道德性分享（慈善）、西方二战后逐步发展起来的政府制度性分享（社会福利保障制度）之外，在市场框架下又开辟出了经济性分享。“分享”由此获得更普遍的意义而可称之为“分享主义”，并将对不只是商业模式而是包括制度在内的社会方方面面产生巨大影响——这对讨论空间正义问题，也有重要启示。

一、当代市场的两次转型及其价值原则的两次嬗变

本节将在当代市场“物—空间（符号）—物”两次转型及其价值原则的两次嬗变中，讨论空间正义问题。如果我们不是只简单地跟着西方理论家说的话，就应该充分重视当下出现的新的社会现实。空间生产及其正义作为理论问题，主要是由法国理论家列斐伏尔等在1960年代提出的，而2010年代以来出现的与此相关的一种新社会现实，是物联网分享经济。列斐伏尔认为存在三层“地景现象”，作为农业支配时代残存的“自然地景”、工业时代的“历史转化层”及“当前的过程（1960年代）”。[①] 这大致对应于前现代、现代、后现代或前工业社会、工业社会、后工业消费社会三种社会形态。他还用“由空间中事物（things）的生产转向空间本身的生产”来描述后工业消费社会转型：

> 由空间中的生产（production in space），转变为空间的生产（production of space），乃是源于生产力自身的成长，以及知识在物质生产

① ［法］亨利·列斐伏尔：《空间政治学的反思》，包亚明：《现代性与空间的生产》，上海：上海教育出版社2003年版，第72页。

> 中的直接介入。这种知识最后会成为有关空间的知识，成为空间之整体性的资讯。空间中的生产并未消失，而是被引至不同的方向。我们可以言及一种流动经济（economy of flow）：能量之流、原料之流、劳动力之流与资讯之流等。工业与农业生产的各单位之间，不再是相互独存与孤立的。①

他还指出，自然空间已经无可挽回地消逝了，而有“空间的生产”，就有“空间的消费（consumption of space）”。稍晚的法国理论家鲍德里亚强调，根据当时新的社会现实，马克思传统的“商品（物品）”政治经济学批判应转向“符号”政治经济学批判。更晚的英国理论家斯科特·拉什用“空间经济与符号经济”来描述当代经济。他们都描述了1960年代市场由“物”而“空间（符号）”的转向，与此相关的还有所谓信息社会转向等。“空间”“符号”“信息”等具体含义不尽相同，但在与“物”相对而言的“非实体性”上是相通的。

从字面上来看，当下正在兴起的“‘物’联网”，与列斐伏尔等相关描述的关联是“物”，而“物联网”又是相对于狭义的互联网即信息互联网而言的，由IOI转向IOT，就意味着由“信息”转向“物”。而“物联网”不仅只是一种新的技术模式，更是一种新的市场模式，标志着“空间转向”后当代市场又一次新的转型，即再次转向“物”。如此，今天从物联网分享经济的角度来“反观”1960年代以来的“空间（符号、信息等）生产”及其正义问题，也就是将其置于当代市场“物—空间（符号等）—物”两大转型中来加以审视。

当然，从联系的角度来看，列斐伏尔所描述的由“能量之流、原料之流、劳动力之流与资讯之流等”构成的“流动经济”，其实更接近今天的物联网经济。在列斐伏尔所处时代，“资讯之流”的主要载体是电话、电报等，其对能量、原料之流等已有整合作用，但显然不如当今的互联网，而建立在IOI基础上的IOT，使“能量之流、原料之流、劳动力之流与资讯之流等”，当然还包括产品之流、服务之流、金融之流等，得到更高程度的整合。所谓“O2O（Online To Offline，线上到线下）”模式，颇能体现“物”联网不同于狭义的“信息”互联

---

① ［法］亨利·列斐伏尔：《空间：社会产物与使用价值》，包亚明：《现代性与空间的生产》，上海：上海教育出版社2003年版，第47页。

网的新特点：IOI 只关乎 Online 之“信息”或“资讯之流”，“物”联网则还关乎 Offline 之“物（things）”；如果说“信息”互联网只关乎 Online 之虚拟空间（赛博空间）的话，那么，“物”联网则还关乎 Offline 之现实空间。物联网的重要特点也就在于：勾连“空间（信息）”与“物”、整合虚拟空间与现实空间——这对于我们考察空间生产及其正义问题当有重要启示。

更为重要的是，物联网的出现，还意味着支配市场的价值原则的新变。列斐伏尔与大卫·哈维等都是结合资本、市场来讨论空间生产问题的，并且揭示了非正义的空间生产与当代市场、资本的深层的复杂关联。传统市场所遵循的基本价值原则，具有独占、排他的“非分享性”（私人所有权、产权、专利、“没有免费的午餐”等），空间生产的非正义性显然与这种非分享性有关；而在当今“物联网”框架下，市场却滋生出了“分享性”价值原则。由此“反观”市场由“物”向“空间”的转型，“空间”比“物”的独占性、排他性要弱，符号性、虚拟性“空间”更易于被分享，因此，“空间（符号）转向”有利于分享性原则的拓展。我们强调：这种转向又是由顺应当代发达生产力的“制度性分享（社会福利保障制度）”促成的。如果说由政府通过二次分配推动的“制度性分享”还存在于市场之“外”的话，那么，由当今物联网推动的“经济性分享”则存在于市场之“内”。经过这样两次重大嬗变，“分享”价值原则就获得了更强的普遍性而可以冠以“分享主义”了。作为一种具有普遍性的“分享性”价值原则，“分享主义”与权力（权利）的垄断、独占、排他、竞争性等价值原则相对，而这里所谓的“权力”不仅包括政治权力，也包括文化权力、经济权力（或权利）。资本就首先是一种独占、垄断剩余价值的排他性、竞争性的经济权力，并与政治、文化权力的垄断纠结在一起。但是，资本总是在背反中扩张自身，其背反性最突出的表现，就正是当今物联网市场经济本身所滋生出的更具普遍性的“分享主义”原则。权力垄断导致的非正义，就是老子所谓的“损不足以奉有余”，强者愈强、弱者愈弱，富者越富、穷者越穷，而克服权力垄断及其非正义的路径只能是“损有余以补不足”的“分享”。正义需要这种“分享”来保障和促进，“分享主义”为缓解资本等权力垄断所造成的各种非正义问题提供了可能。

因此，在当代市场“物—空间（符号）—物”两次转型背后，是与市场相关的价值原则的两次嬗变，即分享性价值原则由市场外的制度性分享向市场内的经济性分享的拓展。“分享主义”作为一种普遍价值原则在此进程中崭露头角，它必将促进包括空间正义在内的普遍正义。下面就在这较长时段的历史进程中，来讨论空间生产及其正义问题。

二、物一空间（符号）：市场当代转型中空间正义问题的凸显

不同于“物”的“空间”成为生产与消费的对象，意味着当代经济乃至社会的符号化、虚拟化。西方理论家对“地理学想象”不同于空间的科学研究、把“空间的科学”升级为“空间生产的知识”等的强调，都与空间的虚拟性、符号性密切相关，这种虚拟空间正义及其实现路径，就成为“空间转向”中关注的焦点。

当代市场由“物”而“空间”的转向，也可描述为由“原子化”而“关系化”的转向。大致说来，20 世纪以前的传统市场可以说是“原子化（实体化）”的，商品的价格主要决定于其“质”或“量”；而 20 世纪尤其二战以后，市场则可以说发生了向“关系化”的转型，这其中又主要包括时间与空间两大关系。商品的价格很大程度上不再决定于其“质”“量”，而决定于时间与空间的“差异”，所谓“符号”的“意义”或“价值”就是建立在这些“差异”基础上的。比如，从服饰来看，传统服饰的价格高低，往往主要决定于其“质地”，而当代“时装”的价格高低，往往决定于其“时间差”：时装才上市时，价格最高，随后折扣越来越大，价格越来越低。富人消费的与其说是时装这种物品，不如说消费的是“时间差”，通过这种“时间差”所形成的“价格差”拉开与穷人的距离，确定自身身份地位。这就是文化研究中所讲的身份认同。而作为商品的房屋的价格，则决定于城市中心—边缘的“空间差”。正是在这种“关系化”的市场框架下，“空间正义”问题凸显出来了。

分享性与排他性等相对，如果说分享性（损有余以补不足）可以促进正义的话，那么，过度的排他性则有违正义原则（损不足以奉有余）。在“关系化”市场框架下，物理空间（土地、建筑物）的有限性，决定了“空间”的排他性较之“时间”更强，或者说更具刚性，因而“空间正义”问题较之“时间正义”更为突出。比如，富人通过第一时间购置时装以拉开与穷人的距离，可以说是通过占有“时间差”来确立自己的社会地位，或者说，其“位差”是通过“时差”表现

出来的——这种对“时间差”的占有具有一定排他性，但相对而言是柔性的，如果说对穷人有所伤害的话，也主要是心理性的而非生理性的；并且，穷人越过这种“时间差”的攀比性消费，某种程度上来说也未尝不是一种“分享”。

与之相比，物理空间的有限性，使“空间差”及其占有更具排他性，也更具刚性。哈维指出：“多数已实现的空间形式的乌托邦是通过国家或资本积累的力量来完成的”，而“主要公共资源在空间上的集中在所有规模上都产生了螺旋式上升的地理不平等”。[①] 由于城市中心集聚乃至垄断了政府和市场提供的各种服务（政治权力与经济权力垄断的纠合），“空间差”就不仅具有确立社会地位的文化性的象征功能，而且还具有影响身体、生理等的实体功能，比如城市非中心区的公共设施及日常生活、医疗服务等条件往往较差。因此，城市“空间差”的生产，就绝不仅仅是“地位差（符号差）”的生产，也是“服务差（功能差）”等的生产；城市“空间差”不仅影响穷人的心理，也实实在在地影响其身体、生理等。城市“空间差”生产的非正义性，不仅表现为穷人的私人空间边缘化，而且还表现为城市公共空间的被挤压，进而穷人分享城市总体空间权利之被排挤。政治与经济（资本）权力的垄断，共同推动着这种挤压与排挤。此外，城市空间生产过程中还存在价值掠夺，比如商业地产开发通过压低拆迁补偿款等获得超额利润。公共空间的挤压，不仅意味着大众身体活动空间的被挤压，同时对公共绿地的挤压也意味着有利于大众生活的生态空间被挤压，进而在生态上也具有非正义性。总之，在“差异”决定价值的消费时代，“空间正义”问题显得尤为突出而尖锐。

三、制度性分享—经济性分享：空间正义的开启与拓展

列斐伏尔、哈维等并未将当代资本主义空间非正义问题绝对化，而是都辩证地指出：空间非正义问题的凸显，也为解决普遍的非正义问题提供了契机。历史、辩证地看，“空间转向”恰恰昭示着分享性价值原则的拓展：一般来说，“空间”比实体之“物”更易于被分享，尽管在资本支配下空间生产的排他性依然很

① ［美］大卫·哈维：《希望的空间》，胡大平译，南京：南京大学出版社 2006 年版，第 168 页、第 176 页。

强；从反面来说，“物”的分配的排他性对工人大众的支配、控制力（如 19 世纪饥饿对工人的控制）无疑更强，而“空间”排他性控制力则相对减弱了。更为重要的是：恰恰是在“物”的问题已基本解决的前提下，“空间”问题才凸显出来。空间非正义问题在 1960 年代的西方社会才凸显出来，但绝不表明这一问题在历史上并不存在，而是历史上的“物（食物等）”的非充足性所造成的“物”分配的非正义性（损不足以奉有余）更为严重而突出。1960 年代以来西方经济的“空间转向”，恰恰标志着西方社会摆脱普遍贫困而走向普遍富裕，至少在西方社会内部，“物”的非充足性、非分享性总体上已得到基本解决——而“物”的普遍分享，离不开“损有余而补不足”的社会福利保障制度这种制度性分享。

列斐伏尔强调，由空间中的生产转变为空间的生产，乃是源于生产力自身的成长。当代市场由“物”向“空间”的转型，首先是生产力发展的结果，但又不仅仅是其结果。从资本主义发展史来看，大机器生产所释放出的生产力，其实早就可以解决“物”的问题了，但历史事实并非如此：一方面，工人大众维持生存的最基本的“物（食物等）”并不能得到充分满足；另一方面，大机器所生产出的“物”却又“过剩”得不断使资本主义陷入周期性经济危机。造成这种状况的根源，是资本独占剩余价值的排他性的价值原则：工人大众“无权”分享剩余价值，他们的“收入”就只能是仅仅只够维持基本生存的“工资”，这种有限的可支配性收入所造成的有限性需求，跟物品生产无限扩张的冲动形成尖锐冲突。在列斐伏尔所谓的发生“空间转向”的 1960 年代，这种冲突在西方社会得到了有效缓解，而缓解的原因是资本独占剩余价值的排他性价值原则受到一定程度的抑制：顺应当代发达生产力，西方各国政府建立起社会福利保障制度，通过二次分配实际上使工人大众部分地“分享”到了一定剩余价值，进而其消费需求得到有效提升，消费不足所造成的周期性经济危机得到缓解。总之，是生产力的发展再加上社会福利保障制度这种“制度性分享”，促进了西方市场由“物”向“空间”的转型，而这一点往往被过分重视空间文化符号性或虚拟性的研究者所忽视。

列斐伏尔所谓“空间生产”也包括“资讯之流”，与“空间转向”基本同步的是所谓“信息转向”“文化转向”“媒介转向”“图像转向”等。当代电影尤其电视（TV）的普及，之所以堪称“大众文化时代”来临的重要标志，是因为其大大拓展了大众文化分享的公共空间。而信息互联网所开辟的赛博空间，因其非实体的虚拟性，某种程度上可以说使大众的文化符号分享空间获得了无限性，移动互联网、智能手机则使其进一步获得了高度的便捷性。互联网开启的虚拟空间正义，标志着分享性价值原则的重大拓展。互联网虚拟空间与一般意义上的城市空间生产有所不同，但两者又是有联系的，比如我们现在推动的基于移动互联网的“智慧城市”建设等，可以说就是一种整合互联网虚拟空间与城市现实空间的努力，这种努力对空间正义会有所促进。

前已指出，“物”的“分享性”是建立在其“充足性”基础上的，“空间”的“分享性”同样也离不开其“充足性”。比如在互联网框架下，电子邮箱就是一种虚拟空间“产品”，一开始并不免费，而现在可以免费分享绝非出自供应商的道德慈善心，而是由于包括宽带在内的互联网技术的极速发展，使互联网虚拟空间更具充足性而趋于无限大。今天盛行的“大数据”“云计算”等，使互联网提供的“信息”产品也趋于无限多，在此状况下，供应商再想收费也已愈加困难。同样，在今天的物联网框架下，淘宝网上的“店铺”也是免费分享的，原因也在于互联网虚拟空间趋于无限大，而网下的“实体”店铺（土地、实体建筑物）则往往是有限的，就很难免费分享（这也说明“空间”较之实体之“物”更易被分享）。总之，极速发展的技术，逼迫商人们不得不让消费者免费分享，当然另一方面也提供了新的商机，顺势而为的商人恰恰通过让消费者免费分享而大赚其钱。这看上去很矛盾，却正是物联网分享经济最突出的新特点。

信息互联网（IOI），标志着信息时代的终结（或完成）和物联网（IOT）时代的开始：它开辟出了分享性的虚拟性空间，同时也是文化性空间，对政治尤其文化权力的垄断性形成了挑战；在此基础上，当今正在兴起的“物联网”，则将分享性价值原则拓展到了“物”或“经济”的领域，进而对经济权力的垄断性也形成一定挑战。在IOI范式下，空间正义还处在虚拟性、文化性状态，而在新的IOT范式下，我们可以推进到物的、经济的“空间”中来审视正义问题，进而有助于我们进一步审视关乎身体的现实空间（比如底层民居、大妈们跳舞的城市广场等）中的正义问题。当然强调身体性绝不意味着对文化符号性、虚拟性的否定，在街头跳舞的英国工人阶级子弟对街头的“占领”、跳舞的中国大妈们对广场的“占领”、“占领华尔街”运动等本身，就意味着对“空间”的“生产”，同时也是对“差异”的“生产”——这种差异空间生产当然具有文化符号性。

因此，物联网使当代市场再次转向“物”，并不意味着“物”的充足性和分享性再次出现问题，而恰恰意味着“物”的分享性的进一步提升及虚拟空间正义向现实空间正义的进一步拓展。在IOI下虚拟性空间的分享，在IOT框架下已扩展到私人身体性现实空间的分享，比如“驴友”们的房屋互换、私人小轿车的“拼车”等。对于物联网分享经济有深入系统研究的美国理论家里夫金，对“汽车共享”有具体分析：

> 如果说私有财产是资本主义制度的本质特征，那么私人拥有汽车就是这一特征的体现……汽车就是最终的圈地运动。人们把私家车看作一座孤岛，他们把自己放在孤岛上，不被他人妨碍。我们也把自由等同于不受阻碍的行动……在资本主义时代，我们对自由的定义是负面的，因为它是一种将他人排除在外的权利。于是，汽车就成了我们固有的自由的象征。①

从空间来看，早期资本主义的“圈地运动”是大众生活空间非正义化的突出标志，而20世纪以来的私家车则是排他性私人身体空间的重要象征。里夫金把封闭、排他性的私家车空间比作“圈地运动”，可谓意味深长。

> 进入互联网时代，人们不再从“排他性”这种负面意义上理解自由……
>
> 私家车是第二次工业革命时期资本主义市场的主要产物。而随着建立在协同共享基础上的汽车共享服务日益兴起，人们获得了随时随地用车的均等机会……
>
> 资本主义时代正在从市场经济的私有产权向以相互协助为基础的共享服务机制转变，人与汽车之间关系的变化就是这一伟大变革正在发生的初步证据。②

---

① ［美］杰里米·里夫金：《零边际成本社会：一个物联网、合作共赢的新经济时代》，赛迪研究院专家组译，北京：中信出版社2014年版，第233页。

② ［美］杰里米·里夫金：《零边际成本社会：一个物联网、合作共赢的新经济时代》，赛迪研究院专家组译，北京：中信出版社2014年版，第233页、第238页、第240页。

我们也可以说，汽车共享也是物联网时代空间共享促进“空间正义”的重要象征。

前面指出，集聚、垄断了过多功能的城市中心制造着有碍正义拓展的“空间差”，而在当下物联网框架下的企业电子商务（如淘宝网等），则部分地抹平了“空间差”，显然有利于空间正义的拓展。在物联网框架下，企业和政府共同推动的“大数据”“云计算”“智慧城市”建设等，将使黏附在城市中心区的服务等各种功能越来越弱化，而中心区的权利与权利排他的垄断性也将随之弱化，分享的普遍性得到进一步提升，虚拟空间正义进一步向现实空间正义拓展。

四、分享主义：物联网促进空间正义的普遍价值原则

在诸多相关讨论如里夫金《零边际成本社会》等著述中，“物联网经济”往往也被称为“分享经济”。它首先是一种由新的技术引发的新的经济发展模式，而其重大划时代意义则是开辟出了一种新的“分享主义”价值原则。践行这一价值原则，乃是实现空间正义的重要路径。这是我们今天把列斐伏尔、哈维等的空间正义理论加以推进和拓展的重要突破口。

一个重视发展物联网分享经济的当代企业家（比如马云等），并非像历史上早已出现的慈善家那样是出于“道德心”，而是首先出于“赢利心”，就是说，在物联网市场框架下，让消费者“免费”分享产品或服务本身，恰恰成为一种新的“赚钱”模式——这可以说是资本扩张背反性最高程度的体现。对此，里夫金《零边际成本社会》、另一研究物联网分享经济的专家克里斯·安德森《免费》等书，皆有集中分析（详论见前）。物联网企业的经济性分享（分享经济）不同于历史悠久的个人的道德性分享（慈善），也不同于政府的制度性分享（社会福利保障制度），而从积极的角度来看，三者充分合流，“分享主义”才会成为影响人类社会的普遍价值原则。

当然，物联网首先只是为分享主义价值原则的践行提供了某种可能性，而且“分享性”与“非分享性”恰恰是物联网市场经济背反性的两面，这两面的冲突在较长时期内依然会很尖锐；并且，到目前为止，这种可能性还只是部分地转化为现实性，阻碍这一价值原则实行的既得利益集团及相应的保守观念的力量非常强大。比如奉行分享主义原则的 Uber 模式就受到传统出租车业的激烈反对；凭

借分享主义理念发展起来的淘宝网等模式，极具创新性，但庞大的商业帝国一旦形成，其垄断性又会阻碍基于物联网分享理念的进一步的创新：始于分享，终于垄断；而以淘宝网等为代表的电商，虽然一定程度上拉平了城市内部的“空间差”，并且也开始向农村拓展业务，但是城乡之间的“空间差”恐怕更难敉平。再如，即使到了今天，说“物”的非充足性、非分享性问题已基本得到解决，也主要只是局限于西方“内部”而言的，全球饥饿人口数字在10亿上下的浮动，表明“物”的非充足性及其分配的非正义性问题，在全球范围内远远没有得到解决；在人类已获得“极致生产力”（里夫金语）的今天，“空间非正义”或“地理不平等”主要不再是体现在西方内部，而是更突出地体现在所谓“南—北”全球结构上。再如互联网虚拟空间正义的不断拓展，很大程度上仰赖于包括免费使用软件等分享原则的践行，而这必然与具有独占排他性的知识产权专利保护制度产生冲突。

我们还可以罗列出互联网、物联网更多矛盾、消极乃至非正义问题，但是，不管怎么说，代表“极致生产力”的物联网毕竟已展现出一种新的大势和新的可能性，一种辩证的历史主义的理解，将有助于认清这种未来发展大势。里夫金《零边际成本社会》揭示：当今物联网分享经济，使传统的“所有权”社会向“使用权”社会转型，而相对于独占、排他的“所有权”，“使用权”具有较强的“分享性”，主导传统资本主义的“交换价值”，将被物联网开启的“分享价值”取代——这与马克思所揭示的“交换价值—使用价值”这一辩证结构相关。国内学界往往忽视的是，其实列斐伏尔也用这一辩证结构分析了空间生产问题。“空间是一个模型，是一个使用价值的永恒原型，它在均质化国家的权威下，抵制了资本主义中的普遍性交换与交换价值”，而“社会主义空间的生产，意味了私有财产，以及国家对空间之政治性支配的终结，这又意指从支配到取用的转变，以及使用优先于交换”。列斐伏尔还强调要把传统的“自上而下”生产出的社会空间，重新建构为“自下而上”的空间，而“预知这些革命性的过程”是“重新将空间定义为使用价值的一种函数”。① 把空间作为“使用价值”从资本控制下的

① ［法］亨利·列斐伏尔：《空间：社会产物与使用价值》，包亚明：《现代性与空间的生产》，上海：上海教育出版社2003年版，第53—57页。

排他性、支配性的“交换价值”的束缚下解放出来，乃是空间正义实现的重要路径——这些在当代物联网框架下已部分得到实现。

从中国当下现实来看，我们一方面已成为全球第二大经济体，另一方面又不得不面对贫富分化这样严峻的现实。这种分化在空间生产中同样有明显乃至更扎眼的表现：城乡差异在扩大，我们生产出的像北、上、广这样的大都市空间，堪比西方大都市的后现代空间，但与广袤的中西部地区并列而呈现出的巨大空间差异，已成为我们进一步发展的巨大挑战。中国在城市空间生产（城镇化）的过程中，同样存在诸多非正义现象，虽然没有明显的贫民窟，但是，富人区与非富人区之间的空间差异，也在不断地被生产着。各种房产广告及影视剧中对豪华富人区的描绘，又对这种阶层空间差异进行二度强化再生产。知识界对这些现象的认识似乎没有太大不同，但在对其成因及其解决路径的认识上，却似乎形成尖锐对立：一部分人将其归咎于市场化改革，倡导要回到计划经济；另一部分人则将其归因于市场还不够彻底自由化，鼓吹要“回到亚当·斯密”。这两种貌似尖锐对立的观念，却有着反辩证法、反历史主义的通病。哈维在这方面要辩证得多：

> 竞争总是受到合作、适应和环境变化的调节和制约，并且通过空间和时间的生产来达到。
>
> 这就说明了我们应该如何解释资本主义的替代方案。例如，传统思考社会主义/共产主义的方式依赖于总体转变，比方说，从竞争向合作、协作和互助的转变，这就太过于简单化和局限性了。[①]

同样，“分享（共享）”也是社会主义的价值原则，但由独占、排他、竞争而进入共享、协作不可能一蹴而就。《零边际成本社会》就强调：由物联网滋生出的“分享价值”与资本主义传统市场的“交换价值”在未来一个很长时期内将处于并存状态。

总之，由物联网引发的分享主义潮流所昭示的是人类文明发展的进步大势，如何选择，关乎的是个人、企业、政府等在此大势中的定位：是逆历史潮流而动

① ［美］大卫·哈维：《希望的空间》，胡大平译，南京：南京大学出版社2006年版，第206—207页。

还是顺势而为。逆势而动难免要被历史淘汰（如物联网对传统产业、企业的淘汰速度越来越快）；如果顺势而为，以物联网分享经济的发展为切入点，个人、企业、政府等应当共同推动分享主义价值原则的广泛践行。个人道德性分享、企业经济性分享与政府制度性分享的合力，将成为促进包括空间正义在内的普遍正义的巨大力量。

第三节　物联网分享主义拓展身体空间正义

本节再结合“身体性”对空间生产理论作进一步分析。一般来说，社会正义往往需要社会财富的分享来保障，当下全球正在兴起的物联网分享经济所滋生出的具有普遍意义的“分享主义”价值原则，将会大大促进和拓展包括空间正义在内的普遍正义。中国正在大力实施“互联网＋”行动，中共十八届五中全会建议把发展“分享经济”写入国家战略，并且鲜明地提出了“共享发展”理念——这些都顺应了全球发展进步大势，对于我们探讨空间正义等问题具有重要启示。

一、重视空间正义的身体性有助于提升正义的普遍性

从现实历史来看，在人类社会的现代化进程中，空间生产的非正义问题，其实是个非常现实的问题：外国圈地运动中的失地农民、贫民窟的居住者及中国城镇化进程中部分失地农民、被强拆者的“身体感受”，告诉我们这种现实性是如何的尖锐；由主导空间生产的城市规划的不当等多重因素造成的包括雾霾在内的空气污染（生态空间非正义），绝不仅仅影响我们的精神、心理，更影响我们的身体、生理，作为一种问题的现实性，对于我们来说是“切身”的，“感同身受”的。因此，探讨空间非正义问题，如果过分偏离“身体性”或者把“身体”及其居住的“空间”过度“符号化”“虚拟化”，就会弱化批判的现实性；从正面来看，解决非正义、促进空间正义的路径，也不能过分偏离“身体性”。用汉语来表述可以说：“切‘身’”的才是更“切‘实’”的。正是在此意义上，相对于只涉及“信息”或“符号”分享的传统互联网，我个人更看重当下正在兴起的关乎“物”的分享的“物联网”之于促进空间正义的重大意义：相对于信息符号，“物”跟空间正义的“身体性”更为切近。

从学术理论来看，西方当代理论家把空间生产及其正义问题，不仅仅只当作“身体”或“物质”问题：法国理论家列斐伏尔强调“空间的生产”不同于“空间中的生产”即“‘物’的生产”，“空间”相对于“物品”就具有更强的“非物质性”或“非实体性”；有地理学学科专业背景的美国理论家大卫·哈维，实际上是将“自然地理学”转换成了“社会地理学”或“文化地理学”，空间的社会性、文化性乃至符号性被特别强调——但这两位理论巨擘并未忽视空间生产问题的现实性：列斐伏尔是在大众日常生活实践中并充分结合资本的运作来讨论空间生产问题的；哈维更进一步在对“资本之谜”的破解中探讨空间非正义问题。充分结合经济来探讨空间问题，使两位理论家的思想具有较强的现实性。与之相比，西方当代所谓“文化研究”关于空间问题的讨论，则存在去经济化而过分文化符号化、虚拟化的倾向。在我看来这种倾向的最大问题，是把研究视野仅仅局限在西方发达城市这样的空间中，而跟着西方文化研究说的中国学界的相关研究，也往往把眼光聚焦于北、上、广这样的发达大都市。在现代化进程中，由空间差异生产造成的非正义，并不仅仅体现在城市内部如富人区—贫民窟的关系结构中，而更突出而集中地体现在城—乡关系结构中；从全球来看，世界空间生产的非正义性，更突出而集中地体现在南—北关系结构中。重视空间正义的“身体性”，既是重视其“现实性”，也是重视其“底层性”。对于发达国家和地区居住在高档小区的人来说，“空间”可能只是个虚拟的文化性、符号性问题（关乎高大上的身份认同等），但对于居住在不发达的乡村、城市贫民窟的人来说，却是真实到残酷的身体性或生理性问题；与此相应，要真正现实解决底层身体空间非正义，就必须使社会财富部分地向底层流转而让底层民众得以分享；而拓展身体空间正义，显然有助于提升正义的普遍性。

现代化进程中的城—乡、南—北空间差异的非正义性，是在资本控制下的剩余价值的流转（向资本持有阶层流转）中形成的。因此，探讨破解空间非正义、拓展空间正义之道，必当充分结合资本、市场等经济因素才能获得更强的现实性和普遍性。如果我们不简单地只是跟着列斐伏尔等西方理论家的话说，就要强调：关乎身体的“物的生产”与“空间的生产”在今天变得同等重要——在“物”联网兴起的当下背景下尤其如此。

二、资本积累“反分享性”价值原则制造空间非正义

当下正在全球兴起的物联网分享经济大潮，绝非仅仅是一种经济或商业现象，同时也是一种关乎全球范围内人与人乃至人与自然关系结构重组的社会现象。国内外目前对物联网分享经济的研究不少，但大都将其作为一种新的商业模式或盈利模式来看，而我更关注其中所滋生出的更具普遍意义的支撑社会结构的价值原则，更愿意将“分享主义”作为一个标示支撑物联网分享经济进而社会整体结构的，并且更具普遍意义的“分享性”价值原则的概念来使用。

结合社会正义来看：一种具有“分享性”的事物往往具有更高“正义性”，或者说，分享性可以促进、提升正义性，普遍正义需要普遍分享来促进，反之，“反分享性”往往阻碍正义性的提升，威胁正义的重要因素之一是权力（权利）的垄断。而资本增殖（积累）的基本价值原则正是这种“反分享性”原则，体现了一种经济权力的垄断，并且往往与政治权力（国家）的垄断纠结在一起。而市场经济权力垄断与国家政治权力垄断高度的纠结，恰恰最突出而集中地体现在现代城市空间生产之中。哈维反思 2008 年全球金融危机时指出，危机在美国出现之后，“随着国家不断帮助金融界人士脱困，很明显我们可以看出国家和资本比以前交织得更紧了”①，即垄断的经济权力与垄断的政治权力更紧密地纠结在一起。极有意味的是，这场金融虚拟经济的危机的触发点恰恰跟城市空间生产有关：它源于美国的房地产业的次贷危机。哈维揭示，从资本的全球流动来看，这场由最发达国家美国虚拟经济引发的危机，所祸害的恰恰不仅仅是美国自己的虚拟经济，对于包括中国在内的发展中国家的实体经济祸害尤烈。由此来看，“虚拟性—非虚拟性”是在考察全球经济社会现象时也不可忽视的一个重要关系框架。哈维不仅是研究空间正义问题的理论家，也对空间生产实践有所介入，并曾参与韩国一座新城规划的评审工作。他在评审中提议：设计方案“是否考虑了生产及其带来的就业形式问题，以及相应的社会关系问题”，“是否考虑了居住在这样一座新兴城市，人们的世界观会怎样变化这一问题（人们是变得更加独立、自

① ［美］大卫·哈维：《资本之谜：人人需要知道的资本主义真相》，陈静译，北京：电子工业出版社 2011 年版，第 212 页。

我，还是彼此之间联系更紧密）”。对此提议，参与评审的建筑师表示出“明显厌倦”，强调“最重要的问题不过是象征意义的问题”。①由此我们马上会想到中国城市很多作为面子工程的奢华“地标”建筑等。对于建筑师来说，一座城市或一座地标建筑就是一件大艺术品，他们关注的是其艺术文化符号方面的象征意义；建筑开发商及相关政府关注的则是少投入多产出。当代世界各地的城市空间生产，大概就是这样在垄断着经济、政治、文化权力的各类精英的规划下进行的，万千普通居民的心理乃至生理（身体）感受，不在这些权力垄断者的考虑之列，或者至少不是他们关注的首要问题。附带再次强调的是，所谓“文化研究”在讨论城市空间时就有只关注其“象征意义”或文化符号性的倾向，而突出空间正义问题的“身体性”，就是为了强调其“底层性”。

《资本之谜》第六章《资本演化的地域分布》集中讨论了资本积累支配下的空间生产问题。哈维指出，现代城市既是“人口（劳动力、消费者）集聚的中心”，也是“资本集聚的中心”。随着时间的推移，城市生活与资本积累过程的交织越来越密切。资本主义曾经凭借“空间战略”——作为“孤岛”的商业城市——打败封建制度，“到了今天，资本家和他们的代言人依然通过对空间的绝对掌控，以及在一定空间内的流动性来维持自己的统治地位”②。而“一般意义上的空间的创建，特别是城市化在资本主义社会已成为一个很重要的议题，这也是吸收过剩资本的一种重要途径”，而“吸收”过剩资本不是“消耗”掉它们，而是为了获得更多剩余价值，“资本主义社会是一个以永无止境地追求剩余价值的生产为目标的阶级形态，这意味着它一直在为城市化创造必要的条件”③——现代意义上的城市化同时就意味着市场化、资本化或资本集聚化。哈维实际上指出空间的非正义是由资本积累的价值原则造成的，并且他还清醒地认识到：“如果不能夺取国家政权，对它进行彻底改造，对当前保护私人财产权、市场制度和无止境的资本积累的宪法和制度框架进行修改，那么我们就根本无法建立起一个

---

① ［美］大卫·哈维：《资本之谜：人人需要知道的资本主义真相》，陈静译，北京：电子工业出版社 2011 年版，第 125 页。

② ［美］大卫·哈维：《资本之谜：人人需要知道的资本主义真相》，陈静译，北京：电子工业出版社 2011 年版，第 152 页。

③ ［美］大卫·哈维：《资本之谜：人人需要知道的资本主义真相》，陈静译，北京：电子工业出版社 2011 年版，第 162—163 页。

反资本主义的社会秩序。"[①] 这是从制度层面来说的，而从支撑经济社会的基本价值原则来看，不改造资本积累的垄断、独占、排他的"反分享性"价值原则，就不可能真正解决空间非正义问题。而由当下物联网分享经济滋生出的"分享主义"价值原则，让我们看到了这种希望。

三、"分享主义"价值原则拓展身体空间正义和普遍正义

"物联网"是在狭义的互联网即信息互联网基础上发展起来的。两者的相通之处在于都推动了"分享性"价值原则的践行并因而对权力垄断有所冲击。两者的不同之处在于：信息互联网凭借信息、符号的分享所推动的是文化分享或文化民主，进而对文化权力（意识形态）垄断形成冲击，由其建构的赛博空间表征着虚拟空间正义；而物联网则在此基础上凭借"物"的分享还推动着经济分享（"物联网经济"被称为"分享经济"）或经济民主，进而对经济权力的垄断也形成冲击，而这显然有助于虚拟空间正义向非虚拟的身体空间正义拓展，进而有利于普遍正义的拓展。在我看来，单纯的文化符号的分享还缺乏普遍性，只有在此基础上推进到物、经济的分享，分享性价值原则才会获得更强的普遍性而可以冠以"分享主义"的名号，而只有这种更具普遍性的"分享主义"价值原则才能大大提升包括空间正义在内的社会正义的普遍性——而这正是物联网分享经济最突出的作用所在。

空间生产主要涉及土地、土地上的建筑及其相关功能，资本私有权的垄断、独占、排他性，在垄断、排他的空间尤其城市空间及其相应功能上有突出体现。前引哈维语指出："主要公共资源在空间上的集中在所有规模上都产生了螺旋式上升的地理不平等"，城市由中心而边缘的空间差所形成的"地理不平等"，主要是由公共资源及其相关功能如购物、优质的医疗与教育等过度集聚在城市中心或者说为城市中心所垄断造成的。而物联网经济模式对这种"地理不平等"有所缓解，比如最能体现物联网"互联网+物流网+金融支付"等 O2O（网上到网下）模式的淘宝网、京东网等电商的出现，一定程度上就弱化了城市中心便于购物的

---

① ［美］大卫·哈维：《资本之谜：人人需要知道的资本主义真相》，陈静译，北京：电子工业出版社 2011 年版，第 243 页。

功能；再如尚处于萌芽状态的“互联网＋医疗”“互联网＋免费课程（慕课）”等，则有可能对城市中心过分垄断优质医疗、教育资源的状况有所改变。城市中心功能垄断的弱化，显然有助于缓解空间差造成的“地理不平等”，进而有助于拓展空间正义。

资本的垄断、排他性是以私人所有权的垄断、独占性为基础的，这在建筑物（所谓不动产）上有突出体现。所谓“（穷人破屋）风能进，雨能进，国王不能进”是一句流传较广的美化私人所有权的蛊惑人心的口号。私人房屋不动产的让渡只有通过金钱的让渡才是公平的，但在当今分享经济框架下，无论在西方还是中国，都出现了旅游者之间不以金钱（租金）为中介的房屋互换现象。里夫金《零边际成本社会》认为这种“空间分享”是分享经济的一种表现形态，而且该书还描述了另一种有突出意义的“空间分享”，即“汽车共享”。汽车共享可以说是物联网时代空间共享促进“身体空间正义”的一个重要象征。

“没有免费的午餐”是捍卫排他性、反分享性的私人所有权的另一句流传更广的口号。《零边际成本社会》第二部分《近乎零边际成本的社会》描述了免费的信息、免费的软件、免费的能源、免费的教育（慕课）、免费的 Wi-Fi 等。这些都是不仅发生在西方，同时也发生在我们身边且在日常生活中也能真切体验到的东西。“免费”就意味着“分享”，“没有免费的午餐”这条私有权的反分享性铁律正在受到冲击和消解。该书第四部分《社会资本和共享经济》，则讨论了在物联网分享经济模式下，“从所有权到使用权”的演变这种关乎资本主义生死存亡的大问题，并且强调：主导传统资本主义的“交换价值”，将被物联网开启的“分享价值”取代。凡此种种对我们探讨超越资本非分享性价值原则以拓展包括空间正义在内的普遍正义有重要启示。

包括里夫金在内的西方学者对中国物联网分享经济的发展充满期待。李克强总理在 2015 年夏季达沃斯论坛上指出：

> 目前全球分享经济呈快速发展态势，是拉动经济增长的新路子，创业创新通过分享、协作方式来搞，门槛更低、成本更小、速度更快，这有利于拓展我国分享经济的新领域，让更多的人参与进来。“双创”是收入分配模式的创新。千千万万人靠创业创新增收，更好发挥了“一次分配”的作用，初

步探索了一条中国特色的众人创富、劳动致富之路，有利于形成合理的分配格局。“双创”是促进社会公正的有效途径。无论什么人，只要有意愿、有能力，都可以靠创业自立、凭创新出彩，都有平等的发展机会和社会上升通道，更好体现尊严和价值。①

中共十八届五中全会更是提出了“共享发展”的理念，这一理念具有长远意义，但又是针对在全面建成小康社会的进程中使农村人口全部脱贫这一具体任务提出的。这种针对性突出了“共享（分享）”的“底层性”，对于探讨空间正义问题不忽视其跟底层性相关的身体性、现实性等有重要启示。实现全部脱贫的重要路径之一是：进一步推进城镇化。前面引哈维语已经揭示中国城镇化进程中所出现的种种空间非正义现象（跟开发商经济权力垄断与地方保护、政治权力垄断的复杂纠结有关）。我们对此并没有遮遮掩掩，也没有必要遮遮掩掩，因为在“共享发展”理念指导下的新型城镇化，必将能克服曾经出现的空间非正义、“地理不平等”等问题。

---

① 李克强：《共绘世界经济增长新蓝图——在第九届夏季达沃斯论坛上的特别致辞》，《人民日报》2015年9月11日第2版。

第七章　中国文论自主创新本土实践基础与思想资源

以上在当今物联网分享时代语境中对马克思审美分享主义的理论分析框架作了初步重构，这一框架涵盖文艺、文化生产、产品、传播、消费等全流程、全生态以及主体、客体、社会等全要素，并最终汇聚到“分享主义平台”上。这种“分享主义平台”对文艺、文化活动的革命性影响就体现在：正在营造出一种跟已有历史传统非常不同的全新的“文艺生态”或“文化生态”。这种革命性影响，在中国当下的微信、抖音等平台上的新的文艺、文化实践中有初步体现，为中国文论自主综合创新奠定了坚实的本土实践基础，中国学者在此基础上也已开始作初步探讨。物联网革命滋生出“分享主义”价值原则，“共享发展”新理念及与此相关的中华优秀传统文化资源，又为中国文论自主创新奠定了深厚的本土思想基础。

第一节　微信、抖音平台：中国文艺新实践、新生态

与物联网“分享主义平台”相关的微信、抖音平台等，正在革命性地改塑着中国本土“文艺生态”或“文化生态”，为中国文论自主创新提供了本土实践基础。

一、物联网平台对文艺生态的重塑与文论范式的转型

前面已对物联网所引发的文化领域“分享性—生产性”关系变革作了初步分

析。西方学者强调，这种“变革”是在物联网“平台”上实现的。凯利指出，“在一个平台的几乎各个水平上，共享都是默认设置”，“随着被分享的事物越来越多，越来越少的事物会被当作财产看待”，“为了完全利用人工智能和其他基于云端的技术力量，我们的工作与娱乐将愈发远离个体所有权的孤岛，而转向云端中的共享世界”① ——而这显然是在艺术文化的生产与消费中有突出体现。蔡斯集中探讨了“人民（大众）”与“平台”是如何创造协同经济并“再造”资本主义的。此外，本科勒还分析了在物联网“平台”上大众成为“产消者”所释放出来的文化创造力（生产性）：

> 10年来，如何判断人们创造出来并在网上与大家分享的一切内容的价值，已成为企业面对的最大挑战之一。就在不久以前，面对通过电视和报纸等传统媒体进行传递的信息，“观众”还处于被动接受的地位，而评估信息价值的标准，则是信息能给做广告的人带来多少“眼球”。即便在互联网的发展初期，很多内容也是按这种模式进行价值评估的（有些内容今天仍采用这种评估方法，尽管并不十分准确）。但是，如果“观众”不再是被动的，而创造内容的人就是这些“眼球”，那会怎么样呢？“过去被称为‘观众’的那些人”（杰·罗森［Jay Rosen］的说法）一旦具备了创造能力，并且具有彼此分享成果、知识见解等的内在动机，那么，就搭建个平台吧？对于“精英”创造者——职业作家、新闻记者、摄影师等来说，这是难以接受的事情，但不可否认，由不付报酬的“业余爱好者”创造出来的内容，也是有价值的。YouTube的巨大成功，也许就是最好的例证……一旦人们不仅将网络作为创造个人内容的平台，而且还不图回报地把他们的成果、知识和资源分享给大家，那么，他们的创造力就无可限量。②

物联网各种分享主义平台恰恰可以释放出无可限量的创造力或“生产性”。马克思、恩格斯指出，由于分工，艺术天才完全集中在个别人身上，因而广大群众的

---

① ［美］凯文·凯利：《必然》，周峰等译，北京：电子工业出版社2016年版，第139页、第142页。

② ［美］尤查·本科勒：《企鹅与怪兽：互联网时代的合作、共享与创新模式》，简学译，杭州：浙江人民出版社2013年版，第215—216页。

艺术天才受到压抑，而在共产主义社会里，没有单纯的画家，只有把绘画作为自己多种活动中的一项活动的人们。两相比较就会发现，本科勒上面对物联网分享主义平台的描述，与马克思、恩格斯对共产主义社会形态的描述非常接近。这为在当今物联网分享时代把文艺、文化问题纳入资本主义消亡并被共产主义替代的历史框架下，重构马克思审美分享主义，推动中国文论自主综合创新，提供了时代契机。

在重塑当今文艺、文化生态上，YouTube、Facebook 等取得了成功，中国的微信尤其最新的抖音平台取得了更大成功。再往前追溯，在电视技术的发展上，中国落后于西方，因此在基于电视的大众文化的研究上也落后于西方，在理论上呈现出跟着西方说而自主创新意识不强等不足；在计算机数字技术上，中国的发展相对晚于西方因而也落后于西方；在互联网数字技术的发展上，中国与西方的差距有所缩小，而在基于互联网技术的网络文学的发展上，中国某种程度上则领先于西方，现在的中国网络文学在西方产生越来越大的影响；在物联网、人工智能等新技术的发展上，中国与西方基本同步，在推动当今互联网移动智能社交平台技术对文艺生态的重塑上甚至超过西方，中国的抖音平台在国外也正在产生一定影响。

与中国在新技术上发展的速度及其对文艺生态重塑的深度相比，当下中国文论研究已略显滞后：在研究范式上，依然跟着西方建立在电视技术上的大众文化研究走；在技术和文化价值观念上，总体上依然没有摆脱西方马克思主义消极的技术悲观主义观念。面对物联网平台，一些“精英”认为这是难以接受的事情，与西方学者一样，中国文论研究者也依然没有摆脱这种精英主义意识。在物联网分享时代，“过去被称为‘观众’的那些人一旦具备了创造能力，并且具有彼此分享成果、知识见解等的内在动机，那么，就搭建个平台吧?”——这正是物联网平台对文化的革命性影响所在，而我们的学者对此尚未足够重视，比如忽视了在抖音等平台上中国大众在提升文艺的“分享性”“生产性”的巨大潜能。

正如自然生物生态的形成过程一样，当今物联网平台所营造出的“文化生态”目前也处于野蛮生长阶段而难免良莠不齐。但是，也正如不能因为杂草丛生而忽视一种新的自然生态中可能会生长出参天大树、栋梁之材一样，我们也不能因为当今抖音等平台上出现种种杂乱乃至负面的文化现象而忽视其中有益的巨大潜能。面对当今物联网平台所引发的文艺、文化革命，中国学者首先应该改变自己文论研究的基本观念。前面已分别在改革开放 40 年、新中国成立 70 年的历史框架中对此作了初步分析，强调文论研究不能只关注文艺“生产什么”，而同时也应该关注“怎样生产”的生产工具等。从“怎样生产”的生产工具来看，在当今物联网分享时代，大众文艺、文化生产的利器是不断升级发展的智能手机。大众借助这种不断发展的生产工具，不断提升对文艺、文化产品的“生产性”能力，并通过互联网社交平台如抖音等传播、分享自己的文化产品。如果从传统的“生产什么”的视角看，这些文化产品的“内容”确实存在低俗化等不足，但从“怎样生产”的文化生产工艺学角度看，作为生产技术工具的智能手机与作为传播技术工具的互联网社交平台，对大众在文化领域的“生产性”“分享性”的提升的影响，绝对是划时代的。

二、微信、抖音平台：中国文艺新实践

科学认知当今物联网分享时代条件下的文艺整体生态，首先要有一种物联网研究中常用的“O2O（Online to Offline，线上到线下）”意识。物联网平台主要影响的是“线上”的文艺生态，在此生态中活动和成长的主体是大众；而在“线下”，以精英为主体的文艺创作依然在继续发展——这两方面构成了当今全球文艺的整体生态。两相比较，线下精英创作在艺术和思想上的价值都依然比较大，但这只是从“生产什么”角度看，而从“怎样生产”角度看，大众的“线上”创作、传播、接受方式，无疑是新技术条件下文艺更“先进”的发展方式。我们既不能因为这种发展方式的先进性而无视微信、抖音平台上存在的“文艺作品”艺术和思想水平总体上不够高的现状，也不能因为线下精英创作的水平高而无视大众平台、线上文艺发展方式的先进性。极一般地说，人类文艺发展未来所采用的基本方式当是 O2O，线上与线下相互结合、相互提升，才会营造出更加合理的文艺整体生态。

纵向比较看，作为基于移动互联网社交平台技术的大众文艺生产工具的“智能手机”，是比基于电视技术的“电视遥控器”更加先进的工具，其大大提升了大众在文艺活动全流程或全生态中的作用和地位；横向比较看，中国在移动互联网社交平台、智能手机等技术的发展上基本与西方同步，基于此的文艺新实践的

发展也与西方基本同步，并呈现出自身的独特性。基于无线移动智能手机并与传统有线互联网连通的微信群、微信朋友圈、微信公众号等，正在营造中国文艺新实践的新生态——这为中国文论自主创新提供了实践基础。

微信平台及其相关技术，是中国大众重塑文艺、文化生态的重要利器，进而也会对社会整体生态有所影响。建立在移动互联网和“微”技术基础上的微信的巨大影响，是我们在日常生活中也能直接感受到的，而认识、分析这种巨大影响的路径，却可以非常不同。面对技术给当代社会文化带来的日新月异、纷繁复杂的影响，《周易·系辞》里一段话颇有概括力。

> 一阴一阳之谓道。继之者善也，成之者性也。仁者见之谓之仁，知者见之谓之知。百姓日用而不知，故君子之道鲜矣。显诸仁，藏诸用，鼓万物而不与圣人同忧，盛德大业至矣哉！富有之谓大业，日新之谓盛德，生生之谓易，成象之谓乾，效法之谓坤，极数知来之谓占，通变之谓事，阴阳不测之谓神……知几其神乎……几者，动之微，吉之先见者也。

用以上这段话来描述当今物联网“日新”之“道”，是再恰当也不过了：物联网“日新”之“道”之“用”是能直接感受到的，“百姓”包括不加反思的“君子”是“日用而不知”的；而物联网之“道”本身或其“体”，则非反思、深究而不可知，力图探究其“道”的“君子”们，却又仁者见仁、智者见智。从文学研究的角度来看，继“网络文学”的命名后，有所谓“手机文学”“微博体文学”，现在也出现了“微信文学”之说——这是一种基于“体式”路径的研究，自有其道理在；但若从影响的广泛性来看，“体性”即“文学性”或许是更匹配的研究路径。

围绕文艺理论的研究对象究竟是“文学”还是“文学性”，中国文论界曾经有过争论，姑不论是非曲直，这一争论的一个重要时代背景是“文学”的“碎片化”。比如一些广告词，一般来说虽不能称为“文学作品”，但确实具有某种“文学性”，或者说，文学的“碎片”确实散见于一些广告词中，如此等等。因此，讨论微信的“文学性”，需充分结合“碎片化”展开。从微信的基本格局来看，微信公众号、微信朋友圈等可以成为较为完整的“文学作品”的传播渠道——而这种传播方式其实与传统方式没有太大区别，但却受到微信碎片化的影响。比如，很长的作品比如长篇小说等，一般来说是不宜通过微信公众号来传播的。事实上，传统文学出版单位开通微信公众号，主要传播的是作品目录、简介、短评及一些比较短的作品。微信群等，承接传统互联网的聊天室、帖子论坛等技术，而其基于智能手机的可移动性，则使传播的便捷性、及时性等更强，但也使碎片化程度更高。这种传播方式与传统方式差异很大，因而对传统的文艺生态的重塑力量也更大。

"几者，动之微，吉之先见者也"，总体来说，微信对文艺生态的重塑，目前还处于这种"几""微"的状态，并且影响未来文艺生态建构的还有其他很多因素。从现状来看，在微信平台上，目前能体现大众文学性创造力的信息可以说还比较少，"多佳句而少完篇"。碎片化有助于解构社会文化权力的垄断性，但是另一方面，文学性创造力的整体提升也需某种程度的"聚合"，而随着相关技术的进一步发展，微信"分享主义平台"也有望成为大众碎片化文学性聚合、提升的平台。

历史地看，逐步发展壮大起来的文学创作的专业化，一方面，确实对大众的文学创造力形成一定压制，但是另一方面，专业化也使本来碎片化、弥散化的文学性得以聚合、强化和提升。当然，处于文化更加民主化的今天，我们再反观人类文学史，就不能再过分夸大专业精英作家的作用：最早的口传文学总体来说是由大众创造的，掌握文字的文化精英的书面语创作，显然对大众口传文学如民谣等有所吸收和聚合。当代"互文性"理论某种程度上就是对"聚合性"的强调，事实上，精英作家个体真正所谓"原创性"的东西并没有想象的那么多。从中国文学史来看，词、曲等文学体式，本出自民间大众，文人使之雅化的过程，某种程度上可以说就是使民间碎片化文学性聚合、提升的过程；再如明清文人小说，与民间说唱等有着密切的关联，或者说更能体现民间大众文学性的聚合化——这对当今如何利用微信平台聚合大众碎片化文学性依然具有重要启示。当然，文学创作真正的"专业化"，是到了近代资本主义时代才出现的，并且"专业化"完成之后又走上越来越"市场化"的发展之路。市场或资本积累（集聚）具有更强的"聚合"冲动，并且也具有更大的"聚合"力量——对于物质生产和包括文艺在内的文化生产来说都是如此。在市场框架下，人类物质生产得以大发展，文艺生产同样得到了大发展。但是，诚如马克思所指出的，资本总是在矛盾、对立中扩张、发展的，这造成了现代社会生活的种种分裂。对于文艺生活来说，又突出地表现为“生产者”与“消费者”的分裂：“生产者”往往是专业人士，普罗大众主要只是文艺产品单纯的“消费者”，大众本身所固有的文艺生产力、创造力相应受到一定程度的压制——而以微信为代表的移动互联技术的重大时代意义，就在于对这种分裂状况有所改观，从而对文艺整体生态也将有所改观。

“极数知来之谓占，通变之谓事。”对于文学及其理论研究者来说，只有不囿缚于当下现实而具有长时段的历史通变观，才能“极数知来”而获得洞察“几”“微”的“先见”之明。以上初步分析表明，如何处理好文学性生产力、创造力“碎片化—聚合化”之间的关系，是在以微信为代表的移动互联技术框架下进一步发展文艺、重塑文艺生态的关键点之一。从互联网对文艺发展不长的影响史来看，最早的网络文学是碎片化的（聊天平台、帖子论坛等），同时也是免费的；后来，由企业圈占网络空间而建立的专业“文学网站”，具有较强的“聚合”力量，大众享用网络文学作品不再免费，尽管收费很低。而随着互联网技术的进一步发展，尤其以微信为代表的移动互联技术的发展，企业通过圈占网络空间来赚钱变得越来越困难。当前，几大著名的中国文学专业网站盈利越来越少，而不得不另寻其他赚钱之路，大致就说明了这一点。文学的进一步发展确实依然需要某种程度的聚合，但重回文学专业网站的非分享的圈占赚钱之路，显然已很难行得通，宽泛地说，构建非直接营利的、开放的“分享主义平台”才是正道。具体地从收费模式来看，在传统的专业网站的平台上，专业写手是通过作为网站圈占者的企业来收费的；而在移动支付金融手段的支持下，在微信平台上，写手们可以直接获取消费者的“打赏”，而不再以企业为中介。如果说文学网站企业是一种“聚合化”的收费模式的话，那么这种“打赏”模式就是一种直接发生在一个个文学生产者与一个个消费者之间的“碎片化”的收费模式，而“生产者—消费者”关系的改变，必将对文学整体生态产生影响。更何况，在微信平台上出现的，更多的或许是不以盈利为目的的自娱自乐并与朋友分享的非专业写手——这种状况其实也更接近文学的“原生态”。过分专业化、以赚钱为目的的文学，在人类悠久的文学史上恐怕只能算是一种短暂现象。

再从文学批评的角度来看，“选本”是中国古代文学批评的一种重要运作方式，这对当今基于微信平台的文学批评或许也具有特别重要的启示：发现、甄别、遴选海量信息中具有文学性的残章断句，并构建其基于分享主义价值原则的聚合平台，当是具有较高文学素养而又以文学发展为担当的文学批评者大有可为的一件事。而对于创作者来说，微信的分享主义平台，也可以成为其收集文学素材的“采风”平台、汇集文学创造性的聚合平台。总之，人人共建微信分享主义平台，对于重塑文艺生态，推动文艺大发展等具有重要意义，从而对重塑社会关系、社会生态等也有一定影响。

继微信等平台后，抖音短视频 APP 平台又异军突起，对中国当代文艺实践产生重大影响，国内相关研究也正在渐次展开。邵征锋《抖音传播的特征、挑战及未来发展趋势探析》[①] 指出，抖音迎合了人们表达自我价值和快节奏、碎片化阅读的需求，具有草根原创内容、智能算法推送、即时演绎互动和本土化等传播特征。国秋华、孟巧丽《抖音的互动仪式链与价值创造》[②] 指出，抖音走红的根本原因在于它成功建构了互动仪式链，使平台建设者、利益相关者、用户建立起高度紧密的合作共享关系，在互动与分享中创造了价值。王玖河、孙丹阳《价值共创视角下短视频平台商业模式研究——基于抖音短视频的案例研究》[③] 将这种共享关系称作价值共创，认为短视频以其智能化、社交化引领新媒体时代潮流，使短视频行业规模迅速增长。黄晓音、邱子昊《技术赋能与情感互动：抖音平台的视觉化音乐传播研究》[④] 分析指出，“技术催生了媒介的同时也变革了传播形态，视觉化的音乐传播形式也随着移动化、智能化的媒介形态趋于成熟”，“技术赋能而泛化短视频生产主体，扩大短视频生产力，经由传播者复制、模仿将音乐短视频演变为网络米姆（meme，也被中国网民翻译为‘梗’——引者注）；作为米姆的音乐短视频作用于其他用户（受众）时主要通过情感互动实现动员，促进音乐视频的传播”。

当然，也有不少文章对抖音平台上出现的乱象作了考察和分析，但这些批评性的文章往往只关注平台上短视频产品在“内容”上的低俗化等问题。熊茵、季

---

① 《现代教育技术》2018 年第 12 期。
② 《中国编辑》2018 年第 9 期。
③ 《出版发行研究》2018 年第 10 期。
④ 《西南民族大学学报（人文社科版）》2019 年第 8 期。

莹莹《从“内容平台”到“关系平台”：抖音短视频的属性变迁探析》[1] 指出，“‘抖音’短视频 APP 已发展成为现象级应用，数据显示，抖音国内的日活用户突破 2.5 亿”，而“‘抖音’对用户间‘关系’与‘社交’的积极建构与激活才是其发展之根本原因”，因此，“移动短视频建设应该不仅止于内容建设，‘关系’与‘社交’建设应该是重要战略”——这种认识是非常深刻的，抖音等平台对文化活动方式或文化生态的改塑，总体来说首先不是体现在“生产什么”的“内容”上，而是体现在“怎样生产”“怎样传播”上，体现在文化产品生产、传播、消费全流程中的人与人尤其大众与精英之间关系的改塑上。传统上，精英创作出产品然后大众消费，主要是一种“点到面”的模式，大众作为“面”只是文化产品单纯的“消费者”；而在抖音等移动互联网平台上，所形成的则是一种“点到点”模式，大众也成为文化产品的“生产者”，总体上成为“产消者”，大大推进了现代以来文化大众化、民主化的进程。

众多文章往往只局限于对抖音本身的研究，并且主要是从文化方面展开分析，而王水莲、李志刚、杜莹莹《共享经济平台价值创造过程模型研究——以滴滴、爱彼迎和抖音为例》[2] 则将抖音置于物联网革命所开启的“共享经济”这一大背景下展开探讨：

> 平台在共享经济中起着非常重要的作用，但学术界对共享经济平台的研究关注有限。共享经济平台是整合过剩产能，匹配供需，承载人人参与的复杂系统。共享平台价值创造过程有三个环节，依次是资源整合、供需匹配和共创驱动。资源整合包括平台组织资源、供需资源和第三方资源三个层面的整合。共享经济平台供需匹配有多种方式和机制，选择哪种匹配方式取决于用户行为的信息化程度。共创驱动是平台驱动用户参与行为和公民行为为平台及其他用户创造价值，从而进一步提高平台整合资源的能力，并创造创新价值，带动行业转型升级。

---

① 《编辑学刊》2019 年第 4 期。
② 《管理评论》2019 年第 7 期。

这种整体性的宏观研究思路无疑具有更高的学术理论价值。

抖音等物联网平台及其对文化的影响尚处在发展之中，中国学界的相关研究也处于起步阶段，总体上存在纵向深度、横向广度不够而理论系统性不足的问题——有鉴于此，要在纵向历史维度上，把抖音等平台新实践特别是其所正在营造出的新的文艺、文化生态，置于人类尤其现代以来文艺、文化生态不断发展变化的历史脉络中加以审视——本书前面尤其第二章已有相关梳理。

（一）在“印刷资本主义”时代，自动印刷机以及纸张的机器自动化生产等，大大提升了文字性文化产品所需基本材料的生产力水平，进而也降低了文字产品的生产成本。大众也就相对较容易地获得这些文字产品，明显的表现是识字率的提高。相应地，大众对文字产品的阅读、欣赏能力以及初步的写作能力也得到一定程度的提高，报纸、期刊等又进一步加快了文字产品的传播速度、扩大了传播范围。但总体来说，大众还主要是文字产品的“消费者”或消费主体，生产主体主要是专业精英人士，大众即使能生产出文字产品也只能在私人之间传播，这反过来也大大限制了大众在文字产品上的“生产性”的提升。这是从文化生产说的，而联系物质生产来看，大众能够从事文字产品的消费、生产的必要物质条件是：能够以相对较短的劳动时间获得必需的物质消费品并拥有一定的闲暇时间——而物质生产的自动化机器生产方式为此提供了初步可能，现代文化的大众化得到初步开启。

（二）进入“电子资本主义”时代，广播、电影尤其电视等成为文化产品新的生产工具或生产、传播方式，与此前的书籍、报纸、期刊等文字产品相比，与此相关的音像产品的传播速度进一步加快、传播范围进一步扩大，并且成为大众更容易消费的文化产品。但是，面对这些电子音像产品，大众依然主要是“消费者”，生产主体依然主要是专业精英人士，大众中的一部分人也可以掌握与广播、电影、电视相关的新型文化生产工具如照相机、录音机、摄影机等，因而也可以初步生产一些音像产品，但这些音像产品依然主要只在私人之间传播，这反过来同样大大限制了大众在音像产品上的“生产性”的提升。联系物质生产看，机器自动化生产方式的进一步发展（如出现“流水线”等），使大众能在相对更短的劳动时间内获得相对更多的必需品并且拥有相对更长的闲暇时间。所以，与“电子资本主义”相伴随的社会转型，也被描述为“闲暇（休闲）社会”的来临，还被描述为“消费（者）社会”的来临，大众在文化产品上的消费能力得到更大程度的提高，一种真正意义上的“大众文化”逐步形成，现代文化的大众化、民主化得到更大程度的提升。

（三）此后又进入了“数字资本主义”时代。而在笔者看来，现在许多相关研究所常用的“数字资本主义”这个概念流于过分宽泛，更细致地看应再分为两个阶段，第二阶段所出现的文化生产方式革命才真正具有划时代的意义。

1. 互联网Web 1.0阶段：基于数字技术的计算机尤其互联网等成为文化产品新的生产、传播工具，大众文化产品的传播速度得到进一步加快、传播范围得到进一步扩大。但是，在Web 1.0框架下，大众在互联网上只能浏览网页，而不能“发布”“传播”自己的产品，因而总体上依然是文化产品的“消费者”，生产主体依然是专业精英人士——在此意义上，互联网Web 1.0与传统的电视等只有程度上的不同，基本范式没变。

2. 互联网Web 2.0阶段：互联网社交平台技术某种程度上可以说引发了“平台资本主义”的到来，其新特点是“数字资本主义”这一概念所无法完全涵盖的，现代文化生产方式一场堪称“范式革命”的划时代革命由此开启。在平台上，大众不再仅仅只是浏览、消费文化信息，而是同时也能生产、发布、传播自己的文化信息产品，从而不再仅仅只是单纯的“消费者”，而成为文化产品的“产消者”，在传统专业精英之外成为现代文化产品新的“生产主体”，为大众在文化产品“生产性”上的大幅度提升提供了可能。随着互联网进一步无线化、移动化、智能化，智能手机正在成为当代大众在文化生产上的利器。基于“电视范式”的西方伯明翰学派等揭示，在文化活动中，作为“消费者”的大众并非是完全被动的，其能动性可以通过“电视遥控器”等表现出来。大众通过遥控器换台可以影响电视产品的收视率，这种收视率又反过来影响以专业精英为主体的电视产品的生产，不符合大众口味的电视产品的生产会因为没有足够高的收视率而在商业上失败。因此，大众对电视产品的生产是有一定影响力的。但是不管怎么说，“电视遥控器”毕竟还只是直接在电视文化产品的“消费领域”行使自己的选择权、表现自己的影响力。当今“智能手机”则使大众直接在文化产品的“生产领域”形成初步的影响力。大众借助智能手机开始生产自己的文化产品，与印刷资本主义时代大众借助纸和笔、电子资本主义时代大众借助摄影和录像等设备的生产没有太大不同，关键在于在当今“平台资本主义”时代大众还可以进一步通过互联网“平台”这一公共空间“发布”“传播”自己的文化产品，而不是像此前时代那样只能在私人空间传播文化产品。用马克思的话说，大众自己的文化生产开始获得“直接的社会性”，这为大众自身在文化产品上的“生产性”的提升提供了客观的技术手段。联系物质生产看，互联网社交平台技术等不仅影响文化生产，而且也影响物质生产，物质生产力的大幅度提高，又为大众文化“生产性”的提升提供了更加厚实的物质基础。

因此，可以把抖音等文化生产方式概括为“智能手机＋平台”模式。在此新模式下，文艺、文化生产、发布、传播、消费等全流程或全生态都正在被改塑：大众成为具有一定的“直接的社会性”的文化产品的“生产主体”，在现代文化发展史上引发了一场真正意义上的划时代的“生产主体”革命；平台上大众文化生产的“直接的社会性”又决定其文化产品的“分享性”，因而也在文化领域引发了一场社会价值革命，对资本主义传统的“反分享”价值原则形成冲击；大众成为具有一定的“直接的社会性”的“生产主体”，必然对传统文化生产方式中专业精英人士的垄断性的生产主体地位形成挑战，生产、传播、消费“点（精英）到面（大众）”的传统模式正在被“点到点”新模式所替代，文艺、文化整体生态中人与人的关系结构正在被改塑。由此可见，本书初步勾勒出的马克思的“直接的社会性—分享性—生产性”的理论框架，对于抖音等新实践及其未来发展趋势等，具有较强的理论阐释力。

马克思“直接的社会性—分享性—生产性”共时框架，又是在资本主义衰退、共产主义生成这一历史框架中构建起来的，既具有超强的理论系统性，也具有纵深的社会历史性。马克思分析指出：

> 自然科学展开了大规模的活动并且占有了不断增多的材料。但是哲学对自然科学始终是疏远的，正象自然科学对哲学也始终是疏远的一样。过去把它们暂时结合起来，不过是离奇的幻想。存在着结合的意志，但缺少结合的能力。甚至历史学也只是顺便地考虑到自然科学，仅仅把它看作是启蒙、有用性和某些伟大发现的因素。然而，自然科学却通过工业日益在实践上进入人的生活，改造人的生活，并为人的解放作准备，尽管它不得不直接地完成

> 非人化。工业是自然界同人之间，因而也是自然科学同人之间的现实的历史关系。因此，如果把工业看成人的本质力量的公开的展示，那么，自然界的人的本质，或者人的自然的本质，也就可以理解了；因此，自然科学将失去它的抽象物质的或者不如说是唯心主义的方向，并且将成为人的科学的基础，正象它现在已经——尽管以异化的形式——成了真正人的生活的基础一样；至于说生活有它的一种基础，科学有它的另一种基础——这根本就是谎言。在人类历史中即在人类社会的产生过程中形成的自然界是人的现实的自然界；因此，通过工业——尽管以异化的形式——形成的自然界，是真正的、人类学的自然界。①

马克思这些经典论述，对于我们反思当下物联网分享时代中国文论的总体性不足，具有重要指导意义。“技术（机器）/资本”构成了所谓“现代性”的一体两面之基本结构。马克思既强调在资本框架下现在机器技术所造成的“异化”“非人化”的一面，也强调其“为人的解放作准备”的革命性的一面。现代自然科学和机器技术的革命性，首先体现为资本主义借此对封建主义进行革命并使封建主义退出历史舞台，而在进一步的发展中，更加发达的自然科学和机器技术又将革命的矛头指向资本主义自身，并终将使资本主义也退出历史舞台。总体上，马克思高度强调现代机器技术的革命性，面对这种不断提升的革命性，资本主义的保守性将越来越凸显出来。而西方马克思主义及受其影响的一些中国文论研究者，却只看到现代机器技术与资本勾结所造成的“异化”“非人化”的一面，而忽视现代机器技术“为人的解放作准备”的革命性的一面。当代物联网等技术，可以说体现了现代自然科学通过工业在实践上更广泛而深入地进入人的生活，并更广泛而深入地改造人的生活，并为“人的解放”正在作充分的准备、奠定更坚实的实践基础的特点。“尽管它不得不直接地完成非人化”，而改变这种“非人化”，不是限制物联网等新技术的发展，而恰恰是要继续发展并更充分运用这些技术，使这些技术累积起的革命性力量，最终葬送资本主义。比如，我们当然不必回避在抖音等平台上所出现的文化乱象，但是，对于这种乱象，基于传统的精英主义

① 《马克思恩格斯全集》第 42 卷，北京：人民出版社 1979 年版，第 128 页。

立场的人会将其归咎于大众，基于传统的技术悲观主义立场的人会将其归咎于互联网平台等新技术本身——而造成这种文化乱象更重要的根源其实在“资本”。“智能手机＋平台”模式在提升大众在文化活动中的生产性和分享性方面具有巨大潜能，而资本恰恰是限制这种潜能充分释放出来的重要障碍。因此，从商业模式角度研究抖音等是非常必要的，但仅仅只有这种研究也是不够的；借助商业化平台推动文化大众化是可以的，但不能忽视其中存在的矛盾对抗性。

与消极悲观主义的技术观相联系的，还有人文主义与科学主义、哲学尤其是所谓人文哲学与自然科学的相互疏远、精神生产与物质生产的相互割裂等问题。比如跟着西方理论走的一些中国文论研究者实际上至今没有摆脱马克思所说的“生活有它的一种基础，科学有它的另一种基础”这种“谎言”，依然只是“顺便地考虑到自然科学，仅仅把它看作是启蒙、有用性和某些伟大发现的因素”，认为“真正人的生活”只与文艺等人文活动直接相关，与自然科学、工业等无关，甚至科技、工业等对“真正人的生活”只有负面消极影响，如此等等——不反思这些观念、不解决这些问题，而依然跟着西方理论说，我们就无法将当今物联网生产方式革命所开启的中国文论自主创新的“可能性”转化为“现实性”，从而丧失理论自主综合创新重大的时代机遇。因此，回到马克思并充分重视在跟物质生产的联系中反思和总结抖音等平台上的中国本土新文化实践，对于推动物联网分享时代中国文论自主综合创新等，非常必要，而中国文论在这方面大有可为。

第二节　共享、全人、微时代：本土思想资源与自主创新初探

习近平《在省部级主要领导干部学习贯彻党的十八届五中全会精神专题研讨班上的讲话》[①] 在分析“共享理念”的思想资源时指出：

> 共享理念实质就是坚持以人民为中心的发展思想，体现的是逐步实现共同富裕的要求。共同富裕，是马克思主义的一个基本目标，也是自古以来我

① 《人民日报》2016年5月10日第2版。

> 国人民的一个基本理想。孔子说："不患寡而患不均，不患贫而患不安。"孟子说："老吾老以及人之老，幼吾幼以及人之幼。"《礼记·礼运》具体而生动地描绘了"小康"社会和"大同"社会的状态。按照马克思、恩格斯的构想，共产主义社会将彻底消除阶级之间、城乡之间、脑力劳动和体力劳动之间的对立和差别，实行各尽所能、按需分配，真正实现社会共享、实现每个人自由而全面的发展。

共享理念既有着中华优秀传统文化方面的思想资源，也有着经典马克思主义方面的思想资源，"真正实现社会共享、实现每个人自由而全面的发展"所描述的就是共产主义"自由人联合体"——这些可以成为在当今物联网分享时代中国文论自主创新的思想资源和价值制高点。

在当今物联网分享时代，推进包括文论在内的中国特色哲学社会科学自主综合创新，依然离不开马克思主义、中华优秀传统文化、国外哲学社会科学这三方面资源。前面已对马克思主义、国外哲学社会科学两方面的资源作了较为充分的梳理和运用，下面再对跟物联网革命所滋生的"分享主义"价值原则相关的中华优秀传统文化方面的思想资源略作梳理。

一、"共享""财散民聚"论略述

上面引述的习近平讲话中提到了《礼记·礼运》对"大同"社会的描绘，兹将原文引述如下：

> 大道之行也，与三代之英，丘未之逮也，而有志焉。大道之行也，天下为公，选贤与能，讲信修睦。故人不独亲其亲，不独子其子，使老有所终，壮有所用，幼有所长，矜寡孤独废疾者皆有所养，男有分，女有归。货恶其弃于地也，不必藏于己；力恶其不出于身也，不必为己。是故谋闭而不兴，盗窃乱贼而不作，故外户而不闭。是谓大同。

"货恶其弃于地也，不必藏于己"近乎"按需分配"的普遍的"共享性"原则，"力恶其不出于身也，不必为己"类于"各尽所能"，即每个人充分发挥创造力的

“生产性”原则——中国近代接受马克思主义之初，就用本土的“大同”描述“共产主义”，两者确实存在相通之处。

“共享”一词在古代典籍中多有使用，其中，宋人李衡撰《周易义海撮要》（《四库全书》本）卷二“象曰：天地交泰后以财成天地之道，辅相天地之宜，以左右民”注解引杨绘语，对“共享”有精彩的描述：

> 天生有限，地出有涯，而人之欲无节，当大通之时而失其均，则强者常有余，弱者常不足，有余者奢侈而不知止，不足者冻馁而不知恤，则否乱自此而生也。故继体守文之后，财成辅相，使天地生养之道，人得而共享之，天地多少之宜人得而平分之，以左右防民之失，此所以久乎泰之道而杜绝乎否之生也。

这段描述受到了《老子》七十七章的影响：“天之道，犹张弓欤，高者抑之，下者举之；有余者损之，不足者补之。天之道，损有余而补不足；人之道则不然，损不足以奉有余。孰能有余以奉天下？唯有道者。”——“损有余而补不足”从而使人人得而“共享”之、“平分”之，乃是对社会“共享（分享）”价值原则极好的描述，而“损不足而奉有余”则是对私有制条件下财富越来越积聚到少数人手中的“反分享”价值原则极好的描述。再如清人魏荔彤撰《大易通解》（《四库全书》本）卷十有云：“公悚非私食也，尤贵于公，信而后可共享焉。”宋人俞琰撰《周易集说》（《四库全书》本）卷二十一释“有孚挛如不独富也”有云：“小畜之时，内有众君子则九五富矣，然而九五之富非自能尔也，要皆六四之功也。今九五以六四有容众之德，遂与之孚信挛结而共享其富，故曰有孚挛如不独富也。”“共享其富”可谓“共富”而与“独富”相对。

关于“共享”价值原则的社会影响，《礼记·大学》有云：“是故君子先慎乎德。有德此有人，有人此有土，有土此有财，有财此有用，德者，本也；财者，末也。外本内末，争民施夺。是故财聚则民散，财散则民聚。”“财聚”而“损不足而奉有余”导致“民散”即社会分裂，“财散”而“损有余而补不足”导致“民聚”即社会团结——《旧唐书》（《四库全书》本）卷八十五对此有更详细的阐发：

> 夫理天下者，以义为本，以利为末，以人为本，以财为末，本盛则其末自举，末大则其本必倾。自古及今，德义立而利用不丰，人庶安而财货不给，因以丧邦失位者，未之有也。故曰：“不患寡而患不均，不患贫而患不安。”“有德必有人，有人必有土，有土必有财。”……自古及今，德义不立而利用克宣，人庶不安而财货可保，因以兴邦固位者，未之有也。故曰：“财散则人聚，财聚则人散。”……失人而聚货，夫何利之有焉……财聚人散，不其然乎……天子者，以得人为资，以蓄义为富，人苟归附，何患蔑资？义苟修崇，何忧不富？岂在贮之内府，方为己有哉！故藏于天下者，天子之富也；藏于境内者，诸侯之富也；藏于囷仓箧椟者，农夫、商贾之富也。奈何以天子之贵，海内之富，面猥行诸侯之弃德，守农商之鄙业哉！

古代典籍中类似的描述还有不少，限于篇幅，兹不多引。

当代物联网革命的一个重要时代成果是滋生出“共享（分享）”这一社会价值原则，我们古人的相关论述，可以成为阐释这种社会价值原则的重要思想资源。当然，这些传统思想资源的创造性转化，以马克思主义为指导非常重要。比如，我们关于“共享”“均贫富”等方面的思想，难免有“平均主义”和空想色彩，只有置于马克思所强调的社会形态的历史演进中，这些传统思想资源的当代价值才会合理地呈现出来。

用“天下为公”“货恶其弃于地也，不必藏于己；力恶其不出于身也，不必为己”等来描述共产主义是没有问题的，问题在于“要达到这一点，以前一切社会形态都太薄弱了”，而只有“资本主义的生产才第一次创造出为达到这一点所必需的财富和生产力”。[①]“财散”而“损有余而补不足”，在中国漫长的封建社会中总体上只能是“道德性分享（慈善等）”或统治者采用的一时性的“政策性分享”，但总体生产力的薄弱使社会整体上处于“不足”或“稀缺”状态，在此状况下，对于中国封建社会及世界上一切私有制社会来说，“损不足而奉有余”的“反分享”才是常态，即老子所谓的“人之道”。因此，只有充分发展生产力，

---

① 《马克思恩格斯全集》第16卷，北京：人民出版社1964年版，第271页。

彻底改变社会经济整体上的“不足”或“稀缺”状况，“天下为公”的大同社会才会得以实现，“货恶其弃于地也，不必藏于己”的普遍分享的价值原则或“天”之“大道”才会真正得以普遍践行。以马克思主义为指导，立足当代新实践，创新性发展、创造性转化这些传统思想资源，对于推进中国文论自主创新非常必要。

二、“全经”“全人”与中华美学精神略述

宋儒吕祖谦《左氏博议》（《四库全书》本）卷十三提出《诗》为“全经”说：

> 二帝三王之《书》，牺文孔子之《易》，《礼》之仪章，《乐》之节奏，《春秋》之褒贬，皆所以形天下之理者也。天下之人，不以理视经，而以经视经，剞劂离析、雕缋疏凿之变多，而天下无“全经”矣。圣人有忧之，泛观天壤之间，虫鸣于夏，鸟鸣于春，而匹夫匹妇，欢愉劳佚，悲怒舒惨，动于天机不能已而自泄，其鸣于诗谣歌咏之间，于是释然喜曰：天理之未凿者，尚有此存，是固匹夫匹妇胸中之“全经”也。遽取而列诸《书》《易》《礼》《乐》《春秋》之间，并数而谓之六经。羁臣贱妾之辞与尧舜禹汤文武之格言大训并列而无所轻重，圣人之意盖将举匹夫匹妇胸中之“全经”，以救天下破裂不全之经，使学者知所谓《诗》者，本发乎闾巷草野之间，冲口而发，举笔而成，非可格以义例而局以训诂也。义例训诂之学，至《诗》而尽废。是学既废，则无研索扰杂之私以累其心，一吟一讽，声转机回，虚徐容与，至理自遇，片言有味而五经皆冰释矣。是圣人欲以《诗》之平易而救五经之支离也。孰知后世反以五经之支离而变《诗》之平易乎？盖尝观春秋之时……先王之教未经践蹦岿然独全者，惟风雅颂而止耳，此孔子所以既论之六经而又以首过庭之问也。

“过庭之训”典出《论语·季氏》：“陈亢问于伯鱼曰：子亦有异闻乎？对曰：未也。尝独立，鲤趋而过庭，曰：学诗乎？对曰：未也。不学诗无以言。鲤退而学诗。”又，明儒陈献章《陈白沙集》（《四库全书》本）卷一《夕惕斋诗集后序》

也有诗为"全经"之论并有相近之分析："受朴于天，弗凿以人，禀和于生，弗淫以习，故七情之发，发而为诗，虽匹夫匹妇，胸中自有全经，此风雅之渊源也。而诗家者流，矜奇眩能，迷失本真，乃至旬锻月炼，以求知于世，尚可谓之诗乎？"

吕祖谦强调，在六经中，其他五经易于"破裂""支离"，而作为"全经"的诗对此有补救之用——这是对中华礼乐文化精神的重要体认。与"全经"相关的审美教育，在传统立人、成人的经典教育中居于重要而独特的地位。《论语》之"泰伯"篇有云，"兴于诗，立于礼，成于乐"；"述而"篇，"志于道，据于德，依于仁，游于艺"——"诗""乐""艺"大抵与文艺审美相关。又，"宪问"篇："若臧武仲之知，公绰之不欲，卞庄子之勇，冉求之艺，文之以礼乐；亦可以为成人矣。""成人"也离不开"礼乐"。与"成人"说相近，《庄子》（清郭庆藩《庄子集释》本）之"庚桑楚"篇有"全人"说："圣人工乎天而拙乎人，夫工乎天而俍乎人者，唯全人能之。"成玄英疏云："全人，神人也。夫巧合天然，善能晦迹，泽及万世而日用不知者，其神人之谓乎！"前引陈白沙"受朴于天，弗凿以人，禀和于生，弗淫以习"云云，类近此所谓"全人"。"全经""全人"说关乎西人所谓文艺的审美教育功能：西儒康德提出审美问题的旨趣之一就是为了补救"感性"与"理性"之"破裂"，后继者席勒提出审美"游戏冲动"可救"感性冲动"与"形式（理性）冲动"之"支离"，并且强调这正是美育之重要功能所在；"胸中有全经"之人方可成为"全人""成人"——由于所处文化时间、空间不同，吕祖谦"全经"论与西儒审美教育之论固然不尽相同，但也确实存在相通之处。

"全经""全人"之论，是中华美学精神的重要体现之一，所谓"全人"与马克思所说"全面发展的个人"颇有相通之处①，不同之处在于：马克思是在私有财产的运动、剩余价值的流转尤其是生产资料"劳动者的个人所有制"的不断生成的历史进程中，来分析我们古人所谓"全人"的——而置于这种历史进程中，这方面的思想资源就会得以创造性转化，其当代意义就会得以呈现。

马克思指出，"在发展的早期阶段，单个人显得比较全面"——这是中国封

① 这方面详细分析，参见刘方喜：《"全经""全人"与中华美学精神》，《文学遗产》2017年第1期。

建社会能够产生“全人”思想的历史原因，但是，只有资本主义生产才“在产生出个人同自己和同别人的普遍异化的同时，也产生出个人关系和个人能力的普遍性和全面性”，为“全面发展的个人”或“全人”的生成奠定充分的物质基础。“留恋那种原始的丰富，是可笑的，相信必须停留在那种完全空虚之中，也是可笑的。资产阶级的观点从来没有超出同这种浪漫主义观点的对立，因此这种浪漫主义观点将作为合理的对立面伴随资产阶级观点一同升入天堂。”① 从社会形态历史演进过程看，“资本主义生产本身由于自然变化的必然性，造成了对自身的否定。这是否定的否定”②。这种“否定的否定”就形成了生产资料所有制发展的这样一种历时结构：“劳动者的私有制—非劳动者的私有制（资本主义）—劳动者的个人所有制（共产主义）”。在劳动者私有制条件下，劳动者及其劳动具有一定自由个性而“显得比较全面”。而在资本主义非劳动者私有制条件下，劳动者及其劳动丧失自由个性，但却为具有自由个性的“全面发展的个人”主体的生成创造物质条件。在此物质条件下，扬弃私有制而重建“劳动者的个人所有制”，“全面发展的个人”主体就会真正得以生成。与此相伴随的“分享”价值原则的生成进程同样如此：在资本主义之前包括中国封建社会在内的小生产者私有制条件下，劳动者部分地“分享”生产资料、生产工具，因而也可以部分地“分享”产品；在资本主义“非劳动者”私有制条件下，生产资料被从劳动者手中彻底剥夺而被非劳动者（资本家）所垄断，这种生产资料上的“反分享”，也导致产品的“反分享”——但是这种“反分享”却为其后的共产主义的“普遍分享”创造物质条件，“劳动者的个人所有制”意味着每一个劳动者皆可“分享”生产资料，进而也可人人“分享”产品，如此等等。这种历史脉络表明，马克思的历史观绝非如一些人所认为的那样是单向“线性的”，而是否定之否定的螺旋上升性的。在共产主义劳动价值原则及其主体的建构中，前资本主义劳动部分分享的价值原则、部分具有自由个性的主体特性并没有被绝对否弃，而只是扬弃其狭隘性等。在充分的物质基础上，社会财富的普遍分享得以真正实现，劳动主体的自由个性得以重建。因此，在前资本主义生产方式基础上产生的中华传统“全人”

① 《马克思恩格斯全集》第 46 卷上册，北京：人民出版社 1979 年版，第 109 页。

② 《马克思恩格斯全集》第 49 卷，北京：人民出版社 1982 年版，第 246 页。

“共享”等思想，在共产主义及其思想建构中，也会发挥应有作用。

中华优秀传统文化博大精深，限于篇幅，以上只是初步简单地列出名目，未作详论，这方面的研究具有很大拓展空间，对此加以深入、系统研究，有助于夯实物联网分享时代中国文论自主创新的本土思想基础。

三、微时代：中国文论自主创新初探

中国当代文论一段时间来跟着西方说而自主性不足的一个具体表现是，在分析中国文艺、文化现象中主要使用西方概念，而中国学者王德胜等根据中国微信等平台上文艺新实践提炼出“微时代”等新概念，可以说标志着中国文论已开始提炼自己的概念，并对自主创新作初步探索。其《微时代：生活审美化与美学的重构》① 指出：“微时代的到来，在文化层面上促成了一种前所未有的‘生产性’”,“移动互联网信息生产与传播的便捷化和自由性，为人们在当下活动中解除审美的精英特质、普遍分享草根化的生活意义，提供了广阔的现实环境”，日常感受正在向“集体共享意义”直接转移；“在今天这个时代，碎片化、即时化和草根化的生活微化实践，则开始日渐明确地指向了一种新的、日常生活意义的美学建构”，对传统美学观念形成巨大挑战；因此，“微时代的美学话语重构”必须关注“移动互联网信息生产与传播能力的实现”，关注“表象直观、需求多元、消费群体化的微时代生活实践，以及这种生活实践形态对于人的意义感受活动的影响方式和影响程度”。其《“微时代”：美学批评的空间意识建构》② 从空间意识角度，对相关问题作了进一步阐发，指出，“微时代”文化空间具有开放性与交互性特征，而“交互性”“不仅是指整个移动互联网系统内部的信息生产、传递与交换有着彼此勾连、相互联络的特征，更重要的是，它意味着现实空间中人的存在意识的广泛流动与相互共享”，这种共享“普遍激化了美学意识的平民化和泛化”。

其《“微时代”的美学》③ 有更系统的理论分析：“‘微时代’的到来，改变了当下的生活存在，改变了移动互联网环境下文化生产与传播的基本形态，也直

---

① 《光明日报》2015 年 4 月 29 日第 14 版。

② 《浙江社会科学》2017 年第 1 期。

③ 《社会科学辑刊》2014 年第 5 期。

接引发了‘微时代的美学’。”关于“微时代”文艺美学的系列讨论已经触及“生产性”与“分享性（共享性）”之间的关系等重要问题，是新时代中国文论自主创新的初步探索。

总之，在当今物联网分享时代，微信、抖音等平台上的文艺、文化新实践已经初步积累起一定的本土实践资源，在马克思主义、中华优秀文化等方面又有着丰富而深厚的思想资源；立足本土新实践，以马克思主义为指导，在中华优秀传统文化的创新性发展、创造性转化中，在与国外文论的思想对话中，推进中国文论自主综合创新正当其时。

第三节　物联网分享时代中国文论自主创新正当其时

理论创新的动力往往来自社会生产方式的新变和转型。面对当下由物联网、大数据、人工智能等引发的文艺生态变革，我们首先需要增强理论自信、文化自信和转型意识，积极推动理论转型发展。新技术正在改造物质生产方式，并与包括文艺在内的精神生产日趋融合，那种割裂跟物质生产的联系而孤立谈文化艺术问题的理论范式，将越来越缺乏解释力，而充分结合物质生产来探讨精神生产的马克思主义理论解释力越来越强。

改革开放以来，在信息技术、文艺实践牵引下，在社会文化潮流带动下，中国文论经历语言学转向、文化转向等，当前正经历关于新技术转向的探索，中国文论迎来自主创新重大机遇。与此同时，中华民族正在走向全面伟大复兴，构建与之相匹配的文艺理论创新体系，已成为新的时代使命，而新技术转向将助推我们完成这一使命。

一、西方旧理论已无法解释中国新实践

新技术转向正在引发包括文艺理论在内的哲学社会科学基本理论范式转型，但很多研究者至今仍乐此不疲地操持后现代主义话语，没有意识到这些后现代文论作为上一轮文化转向的产物，对新的社会文化实践已越来越缺乏解释力。

与语言转向、文化转向、新技术转向相伴随的是现代信息技术的三次革命：一是与语言转向相关的现代印刷技术，促进文化艺术大众化、民主化；二是与文

化转向相关的电子信息技术，主要包括广播、电影尤其是电视技术等，进一步拓展大众文艺形态和传播范围；三是与新技术转向相关的互联网技术，以数字传播和双向传输等优势，更进一步提高大众文化生产力、传播力，从根本上改变人类社会信息生产、传播、接受形态——新的文论建构必须能有效回应这种整体生态的改变。

从媒介看，以上三次转向又表现为由纸质（文字）媒介、电子（音像）媒介向互联网数字媒介演进。产生自文化转向的西方后现代文论，主要建立在电视媒介基础上，比如麦克卢汉《理解媒介》所讲的"新媒介"主要就是指电视，伯明翰学派大众文化理论就建立在这种范式上。互联网已经为我们超越这种范式提供现实媒介技术基础，然而现在对互联网文化的讨论往往还在运用旧的电视范式。文化批评虽然也开始关注物联网、大数据、人工智能等新技术，但总体来说，研究对象是新的，所运用的理论范式却依然是旧的。进一步推动文论基本范式转型，还需做更细致、深入的辨析和反思。

二、新技术转向呼唤马克思归来

技术变革首先带来文化艺术生产内部生态的巨变，引发文化主体范式转型。大众在文化活动中发挥什么样的作用，是文化转向中的重要议题。文化转向主要关注的是大众在文化消费中的作用，因此，与电视范式相应的大众主体范式主要是消费者范式。而到了以互联网社交平台为代表的Web 2.0尤其是基于无线化、移动化的智能手机普及阶段，大众通过智能手机非常便捷地可以把编辑、改编乃至自创文艺信息发布到社交平台上，由此大众也成为文化生产主体或"产消者"。如果说电视带来大众文化消费方式变革的话，智能手机等则带来大众文化生产方式变革。作为"产消者"的大众开始参与包括文艺在内的文化信息生产流转各环节、全过程，并逐步对社会文化整体生态产生越来越大的影响。而更前沿的大数据和人工智能等数字技术，使智能机器也正在成为"生产者"。文化转向中单一的消费者范式研究与当下这些新社会文化现象已越来越不匹配，生产主体范式的变化必将对文化艺术生产、传播、评价等造成越来越深刻的影响，充分认识文化生产主体的新转型，已成为文艺理论发展新的现实需要。

更为重要的是，物联网、大数据、人工智能等新技术还关乎包括物质生产在内的广泛社会生活领域，给文化艺术的外部生态带来巨变，由此我们也可以进一步反思文化转向存在的某些不足。第一次语言转向作为所谓“向内转”，偏离马克思结合社会实践尤其物质生产讨论文艺问题的历史唯物主义方向；第二次文化转向虽是“向外转”，但这里的“外”总体上不包括经济活动尤其是物质生产，这一转向对历史唯物主义的偏离倾向并未改变。今天可以扭转这种偏颇的重要社会实践基础是：在新技术转向中，包括文艺在内的精神生产与物质生产出现更高程度的融合，世界呼唤马克思归来。

文化艺术生产内外生态的巨变，呼唤文论基础范式的转换。当下新技术正在促使信息技术与物质生产日趋融合：互联网Web 2.0技术进一步发展，使不同于“信息”的“物”融入互联网从而形成“物联网”，引发物质生产方式革命。如果说智能手机只是使大众掌握精神生产资料而在数字世界中生产符号产品，那么3D打印机则使大众一定程度上拥有物质生产资料而可以在现实原子世界中生产物质产品。当今新技术不仅在改塑大众文化生活，而且在影响大众经济生活，革命性地改造当今物质生产方式，这正是历史唯物主义更受重视、世界呼唤马克思归来的原因，也是我们超越西方文论轻视物质生产而就文化论文化、就符号论符号等倾向的现实立足点。

三、物联网等新技术发展为中国文论自主创新提供重大机遇

如果说在语言转向、文化转向中，中国文论或多或少存在“跟着西方讲”的不足，那么，在当下新技术转向及其引发的文化艺术新变中，中国文论将迎来自主创新重大机遇，主要体现在以下几个方面。

其一，理论创新往往来自社会生产方式的新变和转型，互联网、物联网、大数据、人工智能等新技术正在改造当今全球物质生产方式，并与包括文艺在内的精神生产日趋融合，文化转向中割裂与物质生产联系孤立谈文化艺术问题的理论范式将越来越缺乏解释力，而充分结合物质生产探讨精神生产的经典马克思主义理论解释力必将越来越强，这是坚持和发展中国马克思主义文论的理论优势，也是我们的理论自信所在。

其二，在文化转向相关的电视文化发展上，中国较西方有所落后，而在与新技术转向相关的互联网社交平台、智能手机普及和应用上，中国与西方基本同

步，是世界瞩目的互联网大国，这是我们推进文论自主创新的文化技术基础。中国网络文学发展已取得较大成绩，并在海外产生越来越大的影响；网络剧、连通网上网下的 IP 影视等文艺新形态正在快速发展；微信、抖音等平台异军突出，正在改塑着文艺、文化生产、流通、消费的全流程、全生态；如何将大数据、人工智能等新技术融入文艺尤其是网络文艺的创作传播中，已开始被高度关注。进一步锻造与新技术相融合的更先进的文化生产传播方式，将是中国文化艺术自主大发展的关键。在此基础上，需要我们更新文艺观念和批评方式，建构与之相匹配的文艺理论话语体系。诸如利用大数据分析文艺发展、传播状况和趋势，探索人工智能等新技术如何融入文艺创作、传播、评价过程，从而提升文艺的生产力、传播力、引导力等，都是中国文论进一步创新发展的重要切入点。

其三，新的技术转向带来社会生活领域广泛变革，这将为中国文化艺术自主发展和文论自主创新奠定越来越坚实的物质基础。“文运同国运相牵”，文论创新发展也与国运相牵。在当今全球新技术范式大转型中，我们的国运发生历史性变化，中华民族正在走向全面伟大复兴——这正是在当下世界文论发展过程中，中国文论自主创新、坚定理论自信和文化自信的底气所在。

但诚如马克思所揭示的，“人的思想跟不上事变的进程”，包括文论在内的“观念的上层建筑”往往落后于经济基础变革、先进生产力和科学技术发展。技术转向中物联网、大数据、人工智能等新技术正按摩尔定律呈现指数级增长，已经并将更深刻地改变包括文化艺术在内的人类社会生活。与这种指数级速率相比，当今文艺理论研究的思维方式、包括文论在内的哲学社会科学研究范式普遍显得滞后。因此，在自觉深刻反思基础上，更新观念，推动新技术转向和文论范式新转型，就不仅仅是增强理论和文化自信的需要，更是顺应全球发展新趋势的现实需要。在历史传承、中西对话中推进自主创新，中国文论必将大有可为。

后　记

本书的“诞生”有一定偶然性。我对物联网等当代新技术的社会影响的研究已经持续了较长的一段时间，主持并承担了中国社会科学院马克思主义理论学科建设与理论研究工程后期资助项目“物联网生产方式革命与马克思工艺学思想研究”工作，主要侧重于研究物联网等对当代物质生产方式的影响；作为文艺、文化方面的专业研究者，同时也关注研究物联网对社会文化的影响，发表了一些涉及这方面的论文。一次偶然的机会，我参加国家社会科学基金艺术学重大项目“微时代文艺批评研究”的讨论会，与该项目主持人王德胜先生聊起我的相关研究，因与微时代文艺、文化有较强关联性，他觉得我应该尽快出一本书。然后我与河北大学出版社杨显硕先生联系，他很感兴趣，愿意支持本书的出版；首都师范大学美育研究中心又为本书出版提供了部分经费资助，在此一并表示衷心感谢。这是我在河北大学出版社出版的第二本专著，显硕先生为这两本书的编辑、出版付出了很大的辛劳；没有王德胜先生的鼓励和支持，本书也不能这么快就面世；本书的部分内容已在一些期刊上发表过，这里就不一一列出给予支持和付出辛劳的相关编辑朋友的名字了——在此一并表示诚挚的谢意！总之，没有相关学术部门和师友们的支持，本书不可能如此快得以付梓。马克思认为“书有自己的命运”，本书出版后遭际如何，就只能交给“命运”决定了。

是为记。

刘方喜

2020 年 5 月